10|18

12, avenue d'Italie — Paris XIIIe

Les enquêtes de Miss Seeton
aux Éditions 10/18

Par Heron Carvic

Miss Seeton entre en scène, n° 2805
Miss Seeton persiste et signe, n° 2806
Miss Seeton jette un sort, n° 2847
Miss Seeton fait des vocalises, n° 2915
Miss Seeton joue et gagne, n° 2937

Par Hampton Charles

Miss Seeton prend l'avantage, n° 2989
Miss Seeton au service de Sa Majesté, n° 3052
Miss Seeton à la barre, n° 3104

Par Hamilton Crane

Haut les mains, Miss Seeton, n° 3172
► Miss Seeton au clair de lune, n° 3321

MISS SEETON AU CLAIR DE LUNE

PAR

HAMILTON CRANE

Traduit de l'anglais
par Katia HOLMES

10|18

INÉDIT

« Grands Détectives »
dirigé par Jean-Claude Zylberstein

Si vous désirez être régulièrement tenu au courant
de nos publications, écrivez-nous :

Éditions 10/18
c/o 10 Mailing (titre n° 3321)
35, rue du Sergent Bauchat
75012 Paris

Titre original :
Miss Seeton by Moonlight

ISBN 2-264-03205-7

Note de l'éditeur

Que peut faire un acteur anglais qui, après avoir interprété le rôle d'Hortensio dans *La Mégère apprivoisée* et celui de Fest dans *La Nuit des rois*, s'est spécialisé dans la comédie policière, d'abord au théâtre puis à la radio, lorsque sonne l'âge de la retraite ? Quand il s'agit d'Heron Carvic il invente Miss Seeton. Et que faire lorsqu'il décède en laissant derrière lui, après cinq aventures, une héroïne excentrique et déjà célèbre qui ne demande qu'à vivre ? Eh bien, reprendre le flambeau, comme on dit (sans trop savoir pourquoi). C'est ce qu'a fait Hampton Charles d'abord, le temps de trois romans, avec un succès croissant et une belle longévité, puis Hamilton Crane a pris sa suite

CHAPITRE PREMIER

Il faut être deux pour se disputer, chacun le sait. Et il faut un village tel que Plummergen, dans le Kent, pour montrer au monde tout le plaisir qu'on peut tirer d'une querelle. Lorsque Mrs. Welsted, qui tient le magasin de tissus avec son mari et sa fille, se trouva alitée avec la grippe et refusa de donner la clé de l'église à Miss Pydell, désireuse de s'adonner à sa pratique quotidienne de l'orgue, ces dames eurent des mots. Résultat : Miss Pydell fréquenta désormais la paroisse de Rye, dans le comté voisin du Sussex. Et quand Mrs. Skinner et Mrs. Henderson se chamaillèrent pour savoir à qui ce serait le tour de fleurir l'autel trois semaines plus tard, Miss Molly Treeves, la sœur du pasteur, eut beau les sermonner, elle ne put que panser des blessures fatalement vouées à se rouvrir à la moindre provocation.

Or, la provocation est rarement longue à se manifester à Plummergen, village friand de controverse. Que les sujets de discussion viennent à manquer, et l'on s'empresse d'en inventer au profit de ceux qui brûlent d'en découdre, qui ne vivent même que dans ce but-là, pourrait-on dire. Quasiment tous les membres de cette petite communauté sont capables (à des degrés divers) de susciter un débat houleux si besoin est, mais Miss Erica Nuttel et Mrs. Norah Blaine, alias les Cinglées, sont toujours les premières à en prendre l'initiative, étant virtuellement passées maîtres dans cet art.

Les Cinglées ont embrassé un mode de vie voué presque à égalité au végétarisme et aux cancans. Elles avalent davantage de salade de haricots et colportent plus de scandales que tout autre habitant du Kent. Résidentes de Plummergen depuis une bonne douzaine d'années, elles se flattent d'avoir été acceptées par les gens du cru, ce en quoi elles se trompent. On les tolère, on joue le jeu pour leur faire plaisir mais, dans leur dos, les villageois se moquent d'elles, eux qui sont nés dans des cottages où leurs aïeux ont vu le jour et où, en toute vraisemblance, vivront leurs petits-enfants. Des cottages qui ont conservé leurs fenêtres d'origine — à guillotine, en chien assis ou à vantail —, à la différence de *Lilikot*, la maison des Cinglées, avec cette fausse note que produit la baie vitrée habillée de voilage.

De façon fort commode pour les Cinglées, *Lilikot* est sise dans la rue principale — et unique — de Plummergen, officiellement connue sous le nom de la Rue, en face de ces deux centres nerveux du village que sont le bureau de poste et le garage Crabbe, qui dessert Brettenden par un service d'autocar deux fois la semaine. Cela signifie que les Cinglées ne manquent pas la moindre allée et venue au village, quitte (en l'absence d'autre perspective prometteuse) à lui conférer une importance qui peut faire défaut. S'il fallait mesurer l'inventivité sur une échelle de un à dix, Miss Nuttel et Mrs. Blaine marqueraient un score de onze à tous les coups ; et c'est toujours au bureau de poste-épicerie de Mr. Stillman qu'a lieu la première diffusion publique des résultats de leurs efforts d'imagination.

Mais ce matin-là, c'était différent : les Cinglées n'étaient pas les instigatrices des folles divagations qui sont le pain quotidien de Plummergen, elles en étaient les victimes, et tout le monde s'amusait beaucoup.

Mrs. Flax avait ouvert le feu :

— Quatre livres de sucre cristallisé, Mr. Stillman, merci. Mrs. Blaine n'est pas la seule à vouloir confectionner une dernière fournée de confiture de fraises.

Le mot « confectionner » voulait rappeler à son auditoire, si besoin était, sa position de sage du village : quel que fût le sujet abordé, elle était assurée qu'on respecterait ses opinions. Ou, du moins, qu'on l'écouterait avec un intérêt courtois et silencieux.

Sans bruit, Mr. Stillman posa deux paquets de sucre devant Mrs. Flax, qui continuait :

— Non que la pauvre femme soit de taille à confectionner de la confiture, à mon sens ! Ben patraque, qu'elle m'a paru cette semaine, et même avant. Et deux citrons, Mr. Stillman, merci.

— Pas du tout dans son assiette, renchérit Mrs. Skinner.

Un murmure général lui fit écho ; jusqu'à Mrs. Henderson qui ne put, à regret, nier l'évidence constatée par tous.

— Il y a quelque chose dans l'*ambiance* de cette maison, ajouta-t-elle en jetant un regard sombre vers *Lilikot* par la fenêtre du bureau de poste. Différent, qu'on dirait.

— Et on peut deviner pourquoi, précisa Mrs. Spice. Jamais de la vie j'aurais imaginé voir une chose pareille : elles qui s'entendaient comme larrons en foire quand elles sont arrivées ici, et maintenant...

— Quand des amis se brouillent, nota Mrs. Skinner, évitant délibérément de regarder Mrs. Henderson pour fixer le fond du magasin, il y en a toujours un des deux qui est bien plus à blâmer que l'autre, nous le savons tous. Mais, puisqu'elle est trop tête de pioche pour s'excuser, personne n'y peut rien.

Mrs. Scillicough s'éclaircit la gorge et d'autres affichèrent un sourire entendu tandis que Mrs. Henderson reniflait.

— Certains vous envoient du « tête de pioche », quand d'autres considèrent qu'il s'agit ni plus ni moins de respect des principes, informa-t-elle le petit groupe de ménagères. Dites ce que vous voudrez mais les Cinglées, elles tiennent à leurs principes, l'une comme l'autre — qu'on soit d'accord avec elles ou pas, chacun à sa guise.

— Moi, j'ai jamais été d'accord avec elles, annonça Mrs. Flax. C'est pas juste, ça, de jouer les dégoûtées devant de la bonne viande, comme elles font, sans parler de tous ces trucs qu'elles *inventent*, avec des lentilles, des pois chiches et Dieu sait quoi encore ! C'est faire offense à la Nature, voilà quoi, si vous voulez mon avis, déclara Mrs. Flax, qui se prenait pour la seule personne de Plummergen habilitée à inventer, à élaborer des mélanges et à exploiter la Nature. Sinon, poursuivit-elle, pourquoi est-ce qu'on nous a donné de bonnes dents et des estomacs, si c'est pas pour apprécier une côtelette ou une tranche de bacon de temps en temps ? Au fait, mettez-m'en donc deux livres, merci, ajouta-t-elle en se retournant vers Mr. Stillman, qui attendait, debout, tandis que la conversation fusait autour de lui. Et réglez la machine sur sept ; sans trop de couenne, non plus. Non, reprit-elle tandis que l'énorme disque de la machine à découper le bacon se mettait à tourner dans sa cage rouge sang, ce que je pense, c'est que Mrs. Blaine n'est pas juste patraque — en tout cas, ça ne vient pas que d'elle, façon de parler. Il y a aut' chose derrière. On pourrait même dire qu'elle est carrément malade, mais...

— Elle a pas consulté le Dr Knight, objecta la jeune Mrs. Newport, qui habitait une des maisons HLM à la sortie du village, devant lesquelles Mrs. Blaine aurait dû passer pour se rendre à la clinique appartenant au médecin et que ce dernier gérait avec son épouse, sous l'œil sévère du major en retraite Matilda Howett.

— Elle le fait jamais, rétorqua Mrs. Skinner. L'en a pas besoin, avec toutes ces simples qu'elles font pousser, précisa-t-elle avec un coup d'œil inquiet en direction de la Femme Sage. Eh bien, quel est votre avis sur la question, Mrs. Flax ? Autre chose que patraque à la suite de leur dispute, vous pensez ?

Mrs. Flax se redressa.

— Patraque ? répéta-t-elle, survolant son auditoire d'un regard qui promettait des révélations. Il y a bien aut' chose qu'un air patraque chez Mrs. Blaine, croyez-moi — des simples, vous avez dit ? Et qui c'est au juste qui s'occupe de leur jardin, là, de l'autre côté de la rue ? Pas Mrs. Blaine...

— Miss Nuttel ! lâcha une voix, fournissant la réplique attendue, tandis que ces dames, un instant le souffle coupé, soupiraient, ravies et excitées. Mais... Mrs. Flax, vous voulez tout de même pas...

— Oh, mais que si ! S'il y a dans ce village quelqu'un qui en sait plus long que moi sur les simples, j'aimerais le rencontrer. Et quand on se met à être patraque si subitement, comme ça a fait pour Mrs. Blaine — parce qu'on peut pas nier qu'elle était toute guillerette la semaine dernière —, eh bien... conclut Mrs. Flax, la bouche en cul de poule et l'air docte. J'affirme rien, comprenez bien, mais j'en pense pas moins ; il y a pas de loi qui m'en empêche, fit-elle, ponctuant son propos de la tête et fronçant les sourcils. Les signes sont suffisamment clairs pour ceux qui voient avec les yeux de la connaissance...

— Y a pas de signes de rien, objecta Mrs. Scillicough d'un ton neutre, sauf qu'elles ont pas pu se mettre d'accord sur cette imbécile de sculpture qu'est à Brettenden. Dieu sait que je comprendrai jamais que des gens puissent se brouiller pour un fatras de ferraille, mais c'est pourtant ce qui est arrivé aux Cinglées. Et rien de plus.

Mrs. Scillicough n'avait guère de respect pour l'autorité de Mrs. Flax depuis que la docte dame avait si lamentablement failli dans la prescription d'herbes calmantes censées procurer un répit à la jeune mère soumise aux exigences de ses célèbres triplés. En désespoir de cause, Mrs. Scillicough avait doublé, puis triplé la dose mais le remède avait obstinément continué à agir en stimulant plutôt qu'en calmant, occasionnant maintes nuits d'insomnie.

— Elles se sont un peu chamaillées, voilà tout, déclara-t-elle, étouffant un bâillement provocant.

Mrs. Flax, surprise, n'eut pas le temps de trouver ses mots pour réprimer cette modeste révolte : Emmeline Putts, derrière le comptoir, se lançait déjà dans un flot de paroles. Emmy se sentait personnellement concernée par la sculpture contestée : celle-ci avait été commanditée par la biscuiterie de Brettenden où travaillait sa mère et se dressait devant ladite usine.

— Vous ne devriez pas parler de « ferraille », Mrs. Scillicough, ah non, vraiment pas ! Pensez donc, c'est une des plus belles œuvres d'Humphrey Marsh ! Même que c'est le P-DG qui l'a dit.

— Et ils en ont parlé dans le journal ! Un chef-d'œuvre, qu'ils ont dit, avec la photo et tout, lança Mrs. Skinner comme si c'était un argument décisif.

Mrs. Scillicough, elle, ne voyait pas pourquoi le *Brettenden Telegraph and Beacon* (fondé en 1847, avec absorption de l'*Iverhurst Chronicle and Argus* en 1893) devrait passer pour l'arbitre du goût à Plummergen. Un désaccord auquel Mrs. Henderson apporta automatiquement son soutien, rejetant la tête en arrière d'un geste vif :

— De la ferraille, comme dit Mrs. Scillicough, et je dois avouer que je suis d'accord. Une vraie horreur, ce truc qui encombre le devant de la biscuiterie, et on peut pas manquer de le voir en passant. Comment on a pu donner des sous pour un machin pareil, ça me dépasse !

— Mais c'est signé Humphrey Marsh ! souffla Emmy.

Bien qu'elle n'eût jusqu'à très récemment jamais entendu parler du célèbre sculpteur moderne, elle était un parfait sujet pour la suggestion et un splendide exemple du pouvoir de la presse. Quand sa mère était rentrée en lui annonçant que le *Beacon* allait publier un article avec photo la semaine suivante et qu'elle-même, Mrs. Putts, s'était peut-être trouvée dans le champ quand on avait tiré le portrait du maire de Brettenden dévoilant la statue baptisée *Chaîne alimentaire* (et elle avait bel et bien figuré sur le cliché !), Emmy était devenue une autorité sur Humphrey Marsh, du jour au lendemain ou presque. Elle avait découpé l'article pour le mettre dans son livre d'or et commandé un agrandissement où l'on distinguait le haut de la tête de sa mère — du moins l'intéressée en jurait-elle. La famille Putts n'avait pas joui d'un tel renom depuis le jour où Emmy, en longue perruque blonde, avait été couronnée Miss Plummergen à la fête d'été.

— Il est vachement célèbre, Mrs. Henderson ! Y a eu un livre écrit sur lui et un truc dans mon magazine aussi. Et puis il est drôlement beau. Des muscles partout, ajouta Emmy dans un soupir. Même qu'il est passé à la télé hier soir, j'ai adoré à mort !

— Moore ? lança Mrs. Skinner, les derniers mots d'Emmy éveillant un souvenir dans sa mémoire. Ah, oui, je l'ai vu aussi : « Un deuxième Henry Moore en puissance », cita-t-elle, oui, c'est bien lui. Ne t'emballe pas avec tes « muscles partout », Emmeline Putts ; sûr que c'est à force de trimballer des gros morceaux de ferraille et de taper dessus au marteau, fit-elle, adressant une mimique courroucée à Mrs. Henderson avant d'ajouter : Très moderne, qu'il est. Y a des gens si ignorants qu'ils croient que la sculpture, c'est juste des statues de marbre et du travail au ciseau. Complètement démodé, à ce qu'il paraît. Maintenant, c'est la soudure et le chalumeau ; c'est ce que Humphrey Marsh a expliqué au type de la télé qui l'interviewait. Une... une « vision d'avenir » ou quelque chose dans ce goût-là...

Sa mémoire lui faisant défaut, son débit se tarit et elle tomba dans le silence sous le regard dédaigneux de Mrs. Henderson.

— « Vision » : c'est peut-être le nom que certaines personnes décident de donner à ça, mais ça ressemble plutôt à un cauchemar, à mon avis — et du reste pas qu'au mien, ajouta-t-elle avant que les admiratrices du style iconoclaste d'Humphrey Marsh aient le temps de répliquer. Crésus, lui, c'est pas le genre de trucs qu'il recherche, vous avez remarqué ? C'était dans le journal la semaine passée — dans *Anyone's*. Pas une ligne sur de soi-disant « visions » qu'il aurait barbotées à droite et à gauche. Lui, il aime que les choses, ça ressemble à quoi que c'est censé être. Et même que c'est bien dommage, que je pense. Parce que sinon, conclut Mrs. Henderson d'un ton triomphant, il pourrait envoyer sa bande débarrasser ce fatras qu'il y a devant la biscuiterie, et nous, on serait plus obligés de voir ça. Et je prendrai trois paquets de biscuits, Mr. Stillman, s'il vous plaît, si Mrs. Flax veut bien m'excuser. J'ai mieux à faire de mon temps que de discuter d'âneries toute la sainte journée.

Ces dames restèrent le souffle coupé par ce manque de respect flagrant mais Mrs. Henderson, emportée par sa propre éloquence, ne s'en souciait guère. Elle avait reconnu une note d'assentiment dans le regard de la plupart de ses auditrices, après son allusion à Crésus ; elle avait marqué un point, elle le savait, et elle voulait quitter la boutique — et la discussion — sur une note de triomphe qui serait encore plus énervante pour Mrs. Skinner.

Laquelle était certes énervée. Mr. Stillman, ayant jeté un regard interrogateur vers Mrs. Flax (qu'il était en train de servir), apporta les biscuits demandés par Mrs. Henderson, qui passait avant son tour. Mrs. Skinner, sa rivale, lâcha alors :

— De l'*art moderne*, voilà ce que c'est. Forcément difficile à comprendre pour certaines gens, l'Art Moderne, précisa-t-elle avec une solennité de ton qui parait le mot de majuscules.

Mrs. Henderson se dirigeait déjà vers la porte, les biscuits dans son sac ; elle se retourna et lança une remarque à la cantonade, par-dessus l'épaule :

— Et si *certaines personnes* prenaient le temps de réfléchir aux gens bizarres qui sont censés tout savoir sur « l'Art », elles ne seraient pas si pressées de se ridiculiser en en parlant et en mettant des idées fausses dans la tête des autres !

Sur quoi elle sortit. Le reste de la compagnie se retrouva là à se regarder, feignant de ne pas voir ce qu'elle avait voulu dire, mais n'y parvenant pas : on avait parfaitement compris à qui elle faisait indirectement allusion et quels étaient ces « gens bizarres » auxquels elle avait si adroitement lié le nom de Mrs. Skinner. Mais de là à le reconnaître et à le dire à haute voix, c'était une autre affaire...

Emmy Putts sentit obscurément que la réputation de son héros était en jeu et déclara d'un ton pensif

— Oui, bon. Elle cause jamais des masses, non, mais ça tombe sous le sens qu'elle réfléchit beaucoup, vu qu'elle a fait la classe aux gosses et tout. Oh oui, je m'demande ce que Miss Seeton pense de tout ça ! J'me l'demande vraiment.

Un soupir collectif et lourd d'hypothèses en tout genre se fit entendre dans le bureau de poste, puis les langues se remirent à aller bon train.

CHAPITRE II

Le sujet de ces multiples hypothèses était comme toujours à cent lieues de se douter que sa personne ou ses affaires puissent intéresser les autres. Il y avait sept ans que Miss Emily Dorothea Seeton vivait à Plummergen, après avoir pris (avec plaisir) sa retraite anticipée de professeur de dessin d'une école de Hampstead. Un septennat qui, aux yeux de Miss Seeton, avait été aussi heureux et tranquille que possible. Nombreux étaient ceux qui auraient été en désaccord avec elle sur ce point, au rang desquels le commissaire divisionnaire Delphick de Scotland Yard ; le commissaire principal Chris Brinton d'Ashford, dans le Kent ; l'inspecteur principal Harry Furneux de Hastings, dans le Sussex ; et sir Hubert Everleigh, le directeur adjoint de Scotland Yard, sans oublier les escrocs et malfrats de tout poil qui avaient vu leur carrière considérablement écourtée après que leurs chemins avaient croisé celui de Miss Seeton.

Miss Seeton, pour sa part, ne se rendait pas compte de tout cela. Sans aller jusqu'à dire que son regard, pourtant entraîné à apprécier l'Art et à le comprendre, ignorait l'inhabituel ou s'en détournait, il passait à travers sans le voir. Elle était incapable de concevoir que les péripéties dans lesquelles elle se retrouvait si souvent embarquée aient le moindre rapport avec elle : l'aventure n'est pas pour les dames bien élevées, et donc pas pour elle, Miss Seeton. Tout ce qui sortait de l'ordinaire devait nécessairement concerner une autre personne, à la recherche de laquelle ses yeux s'égaraient peut-être un moment. Mais quand elle se ressaisissait et réprimait sa regrettable curiosité, elle était capable d'éliminer complètement de son esprit tout ce qui ne cadrait pas.

Ce jour-là, elle avait réussi à faire abstraction totale du formidable déploiement d'agitation qui régnait autour d'elle — balais, chiffon à épousseter, aspirateur — et, tranquillement assise, lisait la lettre d'une correspondante qui était, au fil des ans, devenue une amie chère. Tandis que Martha Bloomer mettait un bel enthousiasme à récurer et à briquer *Sweetbriars*, le cottage que Miss Seeton avait hérité de feu sa marraine et cousine, Mrs. Bannet, la maîtresse de céans souriait toute seule. Elle tourna une autre page de la missive, sans se soucier du plumeau qu'on agitait au-dessus de sa tête pour anéantir la toile d'une araignée qui ne s'était pas méfiée.

« Bien le bonjour, Miss S, commençait la lettre écrite d'une encre noire et résolue. Je vous écris de mon lit, le croiriez-vous — une cheville foulée, imaginez un peu ! »

— Oh, mon Dieu ! commenta Miss Seeton.

Avec un claquement de langue, elle regarda la fin de la lettre pour voir laquelle de ses nombreuses connaissances avait eu tant de malchance — bien qu'elle eût déjà une petite idée là-dessus, rien qu'à la manière dont l'auteur s'adressait à elle.

Et elle avait raison : « Bien à vous, comme toujours, depuis mon lit de souffrance, Mel », proclamait la signature, deux fois soulignée et gribouillée avec panache. Les reporters, se souvint Miss Seeton, doivent noter très rapidement les faits à relater. La sténo, une chose si utile, mais qu'elle n'avait quant à elle jamais eu besoin d'apprendre. Toutes les jeunes filles de la Section commerciale recevaient un enseignement de sténo avant de quitter l'école et leurs amies leur empruntaient parfois leurs manuels pour acquérir des rudiments de cette écriture puisqu'elles devaient prendre des notes pendant les autres cours. À l'exception des leçons de dessin, naturellement, où il était plus important de « Voir » de ses propres yeux que d'apprendre à griffonner des mots décrivant la façon de voir d'un autre. Du moins Miss Seeton le supposait-elle. Telle était en tout cas la méthode d'enseignement qu'elle s'était efforcée d'utiliser avec ses élèves : penser, voir de ses propres yeux, puis dessiner ce qu'ils avaient vu afin que d'autres puissent le partager...

« Une cheville foulée, imaginez un peu ! » Miss Seeton reprit le fil de sa lecture, pensant apprendre comment l'accident était arrivé à la pauvre Amelita Forby, le petit diable de reporter du *Daily Negative*. Mais Mel avait trop d'égard pour sa vieille fille de correspondante pour risquer de la faire rougir. Si les relations de Mel avec Thrudd Banner, le journaliste free-lance vedette de la World Wide Press, n'étaient pas exactement un secret pour leurs amis, la jeune femme ne trouvait pas nécessaire d'entrer dans le détail de leurs moments d'intimité. Ils n'étaient ni l'un ni l'autre acteurs de cinéma, magnats des affaires ou membres d'une famille royale. En outre, Miss Seeton étant une pratiquante émérite du yoga depuis plusieurs années, elle n'aurait sans doute guère été impressionnée par les activités physiques auxquelles s'adonnaient ses amis, quelques instants avant que le petit craquement mat d'un os qui se brise ne vînt mettre un point final à leur divertissement.

Les paragraphes suivants traçaient un amusant croquis verbal de Mel, de ses béquilles, de l'expérience qu'elle avait eue en se présentant aux urgences (« Devinez ce que je vais dénoncer dans mon prochain article, Miss S ? Oui, vous avez pigé : le système de soins de la Sécurité sociale ! »), et des limites de Thrudd dans le rôle d'infirmière. « Mais il ne faut jamais baisser les bras, Miss S, vous me connaissez. Alors, j'ai envoyé le bonhomme au travail pour l'empêcher de me rendre dingue à force de faire tant d'histoires. Nous, les femmes, on se débrouille drôlement mieux quand les hommes ne nous encombrent pas le plancher ! » Marquant un bref temps d'arrêt pour cause de judicieuses considérations, Miss Seeton dut convenir que cette chère Mel avait sans doute raison — cette *pauvre* Mel, aurait-elle peut-être dû dire, bien que la jeune reporter ne semblât pas trop souffrir.

« En tout cas, il travaille dur, tout en s'occupant de moi (du moins en essayant), et le magazine *Anyone's* de cette semaine publie une exclusivité de Thrudd Banner qui risque de vous intéresser, avons-nous pensé, voir coupure ci-jointe. Comme je sais que vous ne passez guère de temps à lire les journaux — et qui peut prétendre que vous n'ayez pas raison ? Pas Mel Forby ! —, il est fort probable que l'article vous aura échappé. Vous ne trouvez pas que ce jeune homme promet ? Mais attendez un peu que je sois debout et que je recommence à circuler : le mot même de *scoop* ne suffira pas, croyez-moi ! »

Miss Seeton jeta de nouveau un œil sur la « coupure ci-jointe » : un article où figurait la signature de Thrudd Banner sous le gros titre de : « LA COLLECTION CRÉSUS ! *Des escrocs suspectés de voler des œuvres d'art sur commande.* » Miss Seeton soupira, hocha la tête à la pensée des aspects les plus navrants de la nature humaine, et reprit sa lecture.

En réalité, le titre contenait déjà toute l'histoire mais un reporter digne de ce nom ne manque jamais une chance de démontrer ses talents d'investigateur dans des paragraphes propres à captiver l'attention du lecteur. Miss Seeton apprit comment Thrudd en était venu à identifier un rapport — jusque-là insoupçonné — entre différents vols d'objets d'art survenus en Europe récemment. Des vols organisés, ou du moins inspirés, par un homme qu'il avait baptisé Crésus. Des vols de pièces si rares qu'elles ne pourraient jamais être revendues sur le marché. « Seul un homme aussi riche que le célèbre roi peut avoir les moyens de conserver ces trésors dans les conditions spéciales qu'ils requièrent et qu'assurent les musées et les galeries d'art, avec contrôle de l'hygrométrie, de la température et de la pureté de l'air ambiant... »

— Attention à vos pieds, ma belle ! prévint Martha Bloomer, modèle de propreté, en poussant le balai mécanique vers les quelques miettes qui ne justifiaient pas qu'on sortît l'aspirateur. Pourquoi vous n'allez pas au salon finir de lire ? J'ai terminé le ménage, là-bas.

Docile, Miss Seeton recula sa chaise, bien qu'elle en fût justement arrivée à la dernière ligne de l'article de Thrudd dont elle ne reprendrait sans doute pas la lecture — du moins pas pour le moment.

— Mais il faut que je réponde, bien sûr, murmura-t-elle, partant d'un pas agile afin de laisser la place à Martha. Pour la remercier de m'avoir transmis cet article des plus intéressants et pour lui exprimer ma sympathie — à propos de sa cheville foulée, je veux dire, ajouta-t-elle avant d'afficher une grimace perplexe. Je suppose que c'est convenable de faire d'une pierre deux coups... ou bien devrais-je lui envoyer une carte de bon rétablissement et joindre ma lettre dans la même enveloppe ? Ou alors, enchaîna-t-elle, un sourire dansant dans le regard, je pourrais lui envoyer un petit croquis que je ferais à partir de sa description. Tellement vivante. Ce qui n'est pas surprenant, venant d'elle, je suppose ; en revanche, je ne me serais pas attendue à tant de gaieté de sa part. L'astuce avec laquelle elle a dédramatisé sa malchance ! Mais c'est son travail. Quoique, avec une cheville foulée... Je suppose qu'elle sera incapable de travailler pendant un moment, ce qui doit être très affligeant. Et puis il faut que je sois sûre d'arriver à poster ma lettre à temps. Pour éviter de sortir deux fois, voyez-vous, expliqua-t-elle tandis que Martha (qui avait consacré la moitié de son attention à écouter et l'autre à chasser les miettes) la regardait d'un air interloqué. Parce que je ne crois pas, poursuivit Miss Seeton, que j'en ai une à la maison. Une carte de vœux de bon rétablissement, j'entends. Et c'est bien ce que je pense que je vais faire, conclut-elle, prenant les feuillets de la lettre de Mel et l'article de Thrudd, et s'apprêtant à laisser Martha en paix.

— Alors, une pauvre âme s'est cassé la cheville ? interrogea Martha, qui avait l'habitude des associations d'idées parfois décousues de sa patronne. Quelqu'un de spécial ? J'ai pas reconnu l'écriture en ramassant la lettre sur le paillasson.

Miss Seeton brandit la lettre vaguement en direction de Martha.

— Cette pauvre Miss Forby ! Mais je dois dire qu'elle a l'air remarquablement gaie, malgré tout. Et aussi un exemplaire d'un article si passionnant de Mr. Banner. Si gentil de leur part de penser à moi !

— Ah, vos amis reporters !

Mrs. Bloomer avait une attitude ambivalente vis-à-vis de la presse. Elle appréciait une bonne histoire, comme tout le monde, et dévorait avec délice des pages et des pages d'articles potentiellement diffamatoires. À moins qu'il n'y fût question de sa chère Miss Emily, auquel cas elle brandissait un glaive enflammé. Martha avait entendu parler du système féodal en classe, pendant les cours d'histoire ; son attitude vis-à-vis de sa patronne tenait en partie du rôle de domestique, de surveillant et de protecteur. Ce troisième aspect dominait nettement quand Miss Seeton était embarquée dans une de ses aventures. Mais, au fil des ans, Thrudd et Mel avaient gagné le respect réticent de Martha. Ils ne profitaient jamais de l'innocence de Miss Seeton, que d'autres, moins scrupuleux (Martha le savait bien), auraient exploitée ; ils s'efforçaient même de la protéger, comme Martha elle-même et comme tentait de le faire la police, qui traitait la vieille dame en collègue. Le commissaire divisionnaire Delphick était le premier à avoir coopté les services de Miss Seeton et c'était grâce à lui qu'elle avait pu s'offrir une machine à laver et d'autres équipements ménagers qui facilitaient bien la tâche de Martha. Et puisqu'il semblait apprécier Thrudd Banner et Mel Forby, Mrs. Bloomer estimait qu'elle ne courait pas trop de risques à suivre son exemple en permettant à Miss Seeton de profiter de leur amitié... Et elle n'était pas jalouse pour un sou, ça va de soi.

— Vos amis reporters, renifla Martha en passant son chiffon à épousseter sur la table où s'était trouvée la lettre de Mel. Alors, ils vous ont envoyé de la lecture, hein ?

Miss Seeton opina du chef :

— Apparemment, il y a un article de Mr. Banner dans l'*Anyone's* de cette semaine — que je ne lis jamais, vous le savez — et ils m'en ont gentiment envoyé un exemplaire, à propos d'œuvres d'art volées un peu partout en Europe et d'un homme qui doit être très riche — celui qui paie des gens pour les voler. Les tableaux et les statues, veux-je dire.

Martha dressa l'oreille au nom d'*Anyone's*.

— Ah oui, j'ai vu ça ce matin. Un drôle de nom qu'il a, ce richard (jamais de la vie elle n'aurait avoué qu'elle ne savait pas le prononcer). Mais je savais pas que c'était Mr. Banner qui l'avait écrit. Eh ben ! lâcha-t-elle, l'air dûment impressionné, elle qui avait jusque-là toujours un peu douté de la qualité de journaliste de Mel et de Thrudd, mais quand leurs écrits paraissaient dans un journal lu dans la moitié des foyers du pays... Et cette pauvre Miss Forby avec la cheville foulée, reprit Martha, hochant la tête. Eh ben, ça alors ! Et vous allez lui envoyer un petit dessin pour l'égayer un peu... Ça lui fera plaisir, j'en suis sûre. Filez donc vite au salon, hors de la poussière, et, ajouta-t-elle, vous pourrez lui dire dans vot' lettre que je suis désolée pour elle. *Anyone's*, voyez-moi ça ! Et Mr. Banner qui écrit sur des tableaux, des sculptures et des choses comme ça... M' demande ce qu'il penserait de cet affreux fatras devant la biscuiterie...

Miss Seeton tenta d'être juste :

— C'est de l'art *moderne*, Martha, ma chère. J'avoue ne pas me sentir au diapason des idées de Mr. Marsh autant que je le devrais peut-être — après tout, l'enseignement doit ouvrir l'esprit du professeur autant que celui des élèves... mais du moins, cela provoque la *réflexion* — l'art moderne, j'entends. C'est ce qu'il y a de mieux après la vision, la réflexion : en connaître assez pour comprendre qu'il faut commencer par *réfléchir* à ce que l'artiste cherche à nous faire voir — sa vision du monde.

Mais ce n'est pas toujours facile de communiquer ses idées aux autres, précisa Miss Seeton avec conviction, et c'est pourquoi les autres doivent faire l'effort de voir ce qu'on a tenté de leur donner à voir — s'ils le peuvent. Parfois, bien sûr, ajouta-t-elle car elle était honnête, ils ne peuvent pas. Et ça signifie forcément un échec de la part de l'artiste... conclut-elle dans un soupir, songeant à ses propres limites.

Martha de ricaner :

— Et comment donc que c'est un échec ! Tenez, ce fatras-là, car ça m'a tout l'air d'un fatras, grandeur nature et hors de prix d'après ce que disait le *Beacon* de la semaine dernière — vous vous souvenez que je l'ai apporté pour vous le montrer. Et tout ça n'a ni rime ni raison, vous direz ce que vous voudrez. Si on donne des sous aux gens pour... pour avoir une « vision » qu'on dirait que quelqu'un a écrabouillé des vieilles boîtes de conserve et une machine à coudre, eh bien, moi, j'embarque ma poubelle dans le prochain car pour Brettenden et je demande combien qu'on m'en offre. Je vous en ficherai, moi, de la *Chaîne alimentaire* ! C'est censé vouloir dire quoi, hein ?

— La mécanisation, répondit Miss Seeton après un instant de réflexion. L'usine... les tapis roulants, ou devrais-je dire la chaîne ? Et les biscuits qui sont faits pour être mangés, bien sûr, et qu'on fabriquait avant à la main...

Elle s'interrompit, plissa le front : il devait sûrement y avoir une meilleure explication dans l'interview qu'Humphrey Marsh avait accordée au *Beacon*, non ? Un homme qui, malgré sa jeunesse, semblait avoir des idées bien arrêtées...

Martha ricana encore et marmonna des propos où il était question de rouleau à pâtisserie, de planches à pâtisserie et d'une solide dose de bon sens. Miss Seeton sourit et c'est avec une étincelle dans le regard qu'elle ajouta d'une voix tremblante :

— Je suis sûre que c'est ma faute, Martha, ma chère, si je suis si aveugle au talent de Mr. Marsh, mais je dois avouer que la première fois que j'ai vu sa sculpture, je n'étais pas du tout sûre de ce qu'il essayait de me montrer. De fait, ça m'a rappelé une des histoires de ma chère cousine Flora — vous vous en souvenez sans doute, non ? Du temps où elle était membre du club cycliste dans ses jeunes années, ils se sont tous retrouvés au fossé, un jour, quand le vélo du président du club a été effrayé par un cheval — ou plutôt, non, quand le cheval a pris peur et a détalé. J'étais justement à vélo moi-même quand j'ai repensé à ça — au cheval, veux-je dire, ou plutôt à ma bicyclette. Je passais devant la biscuiterie — qui est aussi une sorte de machine, ou du moins qui en contient, pour fabriquer des biscuits. Tiens, peut-être que je ne suis pas aussi peu en sympathie avec l'œuvre de Mr. Marsh que je le supposais..., conclut Miss Seeton, l'air étonné.

Et, fort encouragée par cette preuve de sa capacité à voir au moins une partie de ce que l'artiste voulait montrer, Miss Seeton se hâta de passer au salon pour écrire sa lettre, laissant Martha livrer une guerre sans merci à la poussière qu'elle était bien décidée à occire jusqu'au dernier grain.

Miss Seeton relut la missive de Mel avant de composer sa réponse. Au paragraphe final, elle évoqua leur première rencontre et la remarque de la jeune reporter notant que le responsable artistique du journal serait peut-être intéressé par des croquis signés Seeton. Les dessins qu'elle joignait maintenant à sa lettre n'étaient évidemment qu'un témoignage de sympathie — loin d'elle l'idée de suggérer autre chose ! — mais, puisque Mel avait eu la gentillesse d'exprimer de l'intérêt pour ses dessins, elle trouverait peut-être amusante cette carte de vœux de bon rétablissement à laquelle Miss Seeton s'était essayée — à partir de son habile description, avec les béquilles et tout...

Prenant son bloc à dessin, Miss Seeton calcula le nombre de fois qu'il fallait plier la feuille pour qu'elle rentre dans l'enveloppe avec sa lettre, puis elle ferma les yeux, essayant d'imaginer les grandes lignes d'une bande dessinée, pourquoi pas, racontant la mésaventure de Mel. Et dont on pourrait faire différentes lectures selon le mode de pliage adopté. Ça demanderait pas mal de réflexion pour s'assurer que les lignes des diverses parties du dessin se raccorderaient bien...

Juste ciel ! Miss Seeton cligna des yeux. Elle avait dû les rouvrir depuis plus longtemps qu'elle ne le pensait car elle avait réussi à remplir la feuille, mais ce dessin n'aurait pas grand sens pour Mel Forby, à moins qu'elle n'ait eu son accident en voiture à cheval. L'un des passagers avait des formes féminines, pas de doute. Pourtant, voyons, même en sachant que les jeunes d'aujourd'hui sont si libérés, jamais Mel ne serait sortie si peu vêtue, non ? Car la silhouette de femme manquait décidément de vêtements : un vague drapé, un point c'est tout. Et le poney... ou bien était-ce un cheval ?

— Les mains [1], murmura Miss Seeton se rappelant des conversations avec de jeunes enthousiastes du Poney Club et la mention des mensurations qui pouvaient interdire l'accès à certaines courses. Quatre pouces, je crois, ou était-ce six ?

1. La main est une unité de mesure qui ne s'utilise que pour mesurer la hauteur au garrot des chevaux et qui correspond à un travers de main ou quatre pouces (soit une dizaine de centimètres, le pouce étant égal à 2,54 cm). *(N.d.T.)*

Mais elle avait d'autres sujets d'interrogation que la taille des chevaux et des poneys. Il ne pouvait pas y avoir le moindre rapport entre Mel Forby et ce croquis, ça n'avait pas de sens — à moins que... Évidemment. Ne venait-elle pas de parler avec sa chère Martha de biscuits confectionnés à la main, et de l'histoire de la cousine Flora, avec le vélo (les roues de la charrette étaient très claires sur le dessin) et le cheval qui avait effrayé le président du club ? Son subconscient avait mélangé cette conversation avec la situation délicate dans laquelle se trouvait la pauvre Mel. Pas de doute : la silhouette féminine représentait Mel en chemise d'hôpital, qu'on préparait à l'opération nécessaire pour soigner sa cheville. Les autres personnages présents dans la voiture à cheval devaient être des infirmières ou des aides-soignants l'emmenant au bloc opératoire...

Miss Seeton décida que le dessin était peut-être un peu trop hermétique pour le chevet d'une blessée et, en tout cas, pas drôle, contrairement à son intention. Elle arracha la feuille du bloc et la posa de côté avant de se remettre à l'ouvrage.

Finalement, elle rangea les feuilles dans son carton à dessin et le referma soigneusement, sans se poser la question de savoir si cette image de charrette pouvait intéresser d'autres gens de sa connaissance, en dehors de Mel.

Comme la police, par exemple.

CHAPITRE III

Il faut expliquer que les habitants de Plummergen sont pour près de la moitié d'avides lecteurs d'*Anyone's*. L'autre moitié apprend tout ce qui peut se dire d'intéressant dans ce magazine populaire en entendant les autres en parler — à la poste, normalement. Ce jour-là, cependant, il était encore trop tôt pour que lady Colveden fût sortie en courses et la conversation restait de nature plus générale à Rytham Hall.

— Encore du café ? proposa lady Colveden à la ronde en soupesant la cafetière d'argent. Oui, Nigel, je sais que tu en veux, mais pourrais-tu jeter un coup d'œil derrière le journal pour voir si ton père a fini le sien ?

Nigel adressa une grimace à sa mère :

— Je sais que tu ne peux pas t'empêcher de souscrire à l'idée que ton époux doit passer avant ta progéniture — c'est ainsi qu'on a élevé ta génération —, mais puis-je me permettre de signaler que je travaille deux fois plus dur que papa s'imagine le faire, sinon plus ?

Des froissements de papier lourds de sens s'élevèrent du journal qui dissimulait le major-général sir

George Colveden, Bart., KCB, DSO, JP[1]. Nigel sourit et poursuivit :

— Et par une telle chaleur, un agriculteur actif a vraiment besoin de reconstituer sa réserve de fluides, sous peine de se déshydrater...

Il prit derrière le *Times* paternel une tasse vide qu'il tendit avec la sienne à sa mère pour qu'elle les remplisse.

— Je devrais peut-être y mettre une pincée de sel, suggéra-t-il.

Sa mère hocha la tête d'un air de réprimande.

— Tu ne devrais pas te moquer de ton père, lui reprocha-t-elle. Mais, je dois l'avouer, ce serait agréable qu'il soit parfois vraiment des nôtres — pourtant, ça semble un peu une méchante plaisanterie que de le réveiller...

Des froissements encore plus prononcés agitèrent le *Times* et sir George se racla la gorge au moment où Nigel s'apprêtait à parler.

— Ce garçon a du bon sens, Meg. Vu ça dans le désert, bien souvent : une pincée de sel contre les coups de chaleur. Deux cuillerées, je te prie.

Lady Colveden ouvrit de grands yeux pour présenter des excuses silencieuses à son fils, qui attrapa la salière et y plongea sa cuillère. Elle frémit, fit la grimace et se tourna vers la fenêtre pour ne pas être témoin du spectacle. Il y avait des moments où ses hommes la taquinaient au-delà du possible et elle ne savait jamais très bien s'ils disaient vrai ou non. Ce qui pouvait être exaspérant au quotidien, mais intéressant à l'occasion.

— Tenez, regardez, voilà Bert. Il est en retard,

1. Liste des titres de sir George : baronnet, *Knight Commander of the Order of the Bath, Distinguished Service Order* (médaille militaire), et juge de paix. *(N.d.T.)*

aujourd'hui, releva-t-elle par-dessus le raclement de la cuillère de Nigel.

— Tu veux plutôt dire « tenez, écoutez », rectifia Nigel avec un petit rire, bientôt suivi d'un bruit d'étouffement quand il avala sa première gorgée de café (finalement, il prendrait peut-être quand même le risque d'être sonné par la chaleur !). Je trouve que la poste devrait lui acheter une camionnette avec un moteur un peu plus fiable. Je me demande s'il voudrait que j'y jette un coup d'œil rapide pour lui rendre service.

Après des années passées avec une clé anglaise sous le capot de sa petite MG ou dans les entrailles du tracteur de la ferme, Nigel se croyait (avec quelque raison) assez expert en matière de combustion interne.

On entendit une série de coups de klaxon pleins d'entrain, et le rouquin préféré du village, un jeune préposé qui assurait la tournée de Plummergen une semaine sur trois et espérait bien obtenir le poste à plein temps, parcourut le reste de l'allée dans sa camionnette cahotante qui s'arrêta devant la grande entrée avec une violente secousse.

— Il pourrait y avoir des nouvelles excitantes dans sa petite sacoche brune, pas seulement des factures, lança Nigel. J'y vais ?

Il repoussa sa chaise. Sa mère semblait inquiète :

— Ce sera fatalement contraire aux règlements syndicaux ou autre chose. Si tu te mets à tripatouiller le moteur, je veux dire. Et suppose que tu aggraves la situation ?

— Tu ne veux pas te retrouver responsable d'une grève générale des postes ! renchérit son père, couvrant les protestations de Nigel.

Il aurait été difficile de faire pire et, de toute façon, il savait parfaitement ce qu'il faisait.

— Souviens-toi de ce qu'on dit dans l'armée, ajouta sir Colveden : ne te porte jamais volontaire !

Nigel s'arrêta net.

— Bon, vaut peut-être mieux pas, concéda-t-il à regret, mais résigné.

On entendit le cliquetis du volet de la boîte aux lettres dans le hall, suivi d'un bruit sourd. Nigel partit d'un petit rire :

— Je pourrais toujours rajuster le panier métallique sous la boîte aux lettres, observa-t-il, un œil sur le *Times* de son père, l'autre sur sa mère.

Lady Colveden lui lança un regard d'avertissement en voyant le journal trembler dans les mains paternelles. Récemment, un jour que sir George s'était baissé pour renouer un lacet et relevé sans faire attention, son crâne dégarni avait subi l'attaque sournoise d'un desdits paniers métalliques aux coins renforcés et contondants. Après avoir émis un chapelet de jurons choisis parmi la fine fleur de son vocabulaire militaire, le baronnet avait arraché le méchant panier de ses attaches et l'avait jeté de toutes ses forces au bout du hall. Les commentaires de Martha Bloomer avaient été presque aussi éloquents que ceux de sir George quand elle avait découvert les éraflures : elle allait devoir passer des heures à cirer pour les effacer...

Nigel perçut le regard de sa mère, s'étrangla et fila dans le hall pour ramasser le petit tas de courrier. Il était vaguement déçu de ne rien voir pour lui, bien que ne s'attendant pas vraiment à trouver une enveloppe portant son nom inscrit par une main féminine. Il était entre deux petites amies en ce moment... Tiens, il y avait bien une lettre avec une écriture de femme, mais elle ne lui était pas adressée.

— Une pour toi, maman, et le reste pour papa : des circulaires, des factures, ce genre de trucs, annonça Nigel en rentrant dans la salle à manger pour distribuer son butin. Le cachet de la poste est tout barbouillé sur la tienne, maman, alors si le maître chanteur fantôme essaie de brouiller les pistes, il a fait du beau boulot.

Il passa la mystérieuse enveloppe à lady Colveden, puis fit le tour de la table pour déposer le reste du courrier, bien rangé, sous le nez de son père. Sir George émit un grognement en guise de remerciement et continua sa lecture du journal. Nigel reprit sa place après s'être arrêté au passage pour prendre une tasse propre dans le bahut et il fit à sa mère la grâce d'un regard suppliant. Celle-ci étant trop occupée à ouvrir sa lettre pour le remarquer, il se versa le reste de café et y ajouta une généreuse quantité de sucre.

— Juste ciel ! s'exclama lady Colveden en entamant la lecture de sa lettre.

Nigel leva les yeux.

— La pauvre petite ! reprit sa mère qui, parvenue à la fin de la première page, soupira et continua à lire. Mais c'est terrible...

Sir George abaissa le *Times* et jeta un regard en coulisse à son fils. Nigel haussa les épaules et hocha la tête. Sir George se replongea dans son journal.

— Oh là là ! s'écria lady Colveden. Tout de même, c'est excitant !

— Maman ! lança Nigel, qui ne pouvait plus supporter le suspense. Si c'est excitant au point que tu nous gratifies d'un commentaire incessant, donne-nous au moins les détails, s'il te plaît. Qu'est-ce qui te fait jacasser comme ça ?

Lady Colveden posa la lettre et le considéra avec un regard peiné.

— Nigel, comme s'il m'arrivait de « jacasser »...

— Mais tu sais bien que si, ma très chère mère, quand tu t'excites à propos de quelque chose, répondit Nigel, pointant sa cuillère à café vers elle. Et n'essaie pas de prétendre que tu n'as pas de lueur dans les yeux parce qu'elle se voit parfaitement, d'où je suis.

Le *Times* dansa entre les mains de sir George.

— Tu vois ? Même papa qui a remarqué — à travers douze épaisseurs de papier, qui plus est. Si tu n'abrèges pas nos souffrances, il en sera peut-être même réduit à t'interroger lui-même. Et imagine un peu le choc que ce serait pour ton système !

Lady Colveden étouffa un petit rire et s'efforça de prendre l'air sérieux :

— Ce n'est rien de risible, Nigel. Cette lettre vient d'Alicia Eykyn et jamais tu ne devineras ce qu'elle raconte.

— Un incendie ? Une inondation ? Un tremblement de terre ? lança Nigel au hasard. Elle a gagné une place dans l'équipe olympique de show-jumping ? Non, ça ne justifierait pas tous tes cris d'horreur. Elle a cambriolé le refuge pour chiens de Battersea !

La jeune comtesse en question était bien connue pour son amour des races canine et chevaline.

— Allez, maman, crache le morceau ! Qu'est-ce qui se passe ?

— *Raffles !* souffla lady Colveden d'un ton propre à éveiller la curiosité.

Nigel regarda sa mère. Puis le *Times* que sir George avait abaissé juste assez pour que le père et le fils puissent échanger un regard de totale incompréhension.

Soudain, Nigel gémit :

— Ah non, encore un appel de fonds pour une cause ou une autre qui offre à la pauvre paysannerie une chance d'accéder à une banque de temps avec le billet gagnant [1] !

1. La suite révélera que Raffles est le nom d'une personne,

— On ne peut guère en rejeter la faute sur Miss Seeton, s'empressa d'ajouter sa mère.

Il y eut un silence lourd de pensées, puis Nigel soupira.

— Alors, de quoi parlons-nous donc ? demanda-t-il avec douceur.

Lady Colveden prit une profonde inspiration.

— De Raffles le Rançonneur, annonça-t-elle. Évidemment. Comme tu l'as sans doute toujours su, et je pense que c'est...

— Maman ! Pas les émeraudes Eykyn, non ?

Pendant que Nigel parlait, un tremblement d'horreur affecta le *Times*. Sir George se racla la gorge.

— La totalité ? s'enquit-il. Sale déveine ! Combien ? ajouta-t-il.

— George, franchement ! Cette superbe parure est sans prix. Et tellement liée à l'Histoire : elle a été portée par toutes les mariées Eykyn depuis Dieu sait quand...

— C'est bien pour ça qu'il aura fait main basse dessus, renchérit Nigel. Il faut reconnaître un mérite à ce type, qui qu'il soit : il s'y connaît ! Mais les bijoux ont dû être récupérés, à l'heure qu'il est, non ? Alicia ne prendrait pas le risque d'en parler tant que les bijoux ne sont pas en sa possession, au cas où il en aurait vent et croirait qu'on a prévenu la police. Et on ne reverrait jamais les émeraudes.

Sa mère confirma d'un signe de tête :

— Renvoyées par la poste, en recommandé, comme à son habitude. Et rien d'anormal, apparemment : pas de fausses pierres, pas de fermoir cassé. Alicia pense même qu'il les a fait nettoyer : elle jure qu'elles n'ont jamais eu un tel éclat. C'est pour ça

mais c'est aussi un nom commun signifiant « loterie » et c'est dans ce sens que le comprend ici Nigel. *(N.d.T.)*

que le premier souci de Bill a été d'appeler quelqu'un pour expertiser les émeraudes, au cas où il les aurait remplacées par des fausses.

La deuxième disposition prise par le comte avait été de doubler le montant de l'assurance sur la parure : des émeraudes parfaites, montées en bracelets, boucles d'oreilles, broche, collier, et une tiare que la comtesse portait rarement car elle lui donnait mal à la tête, disait-elle.

— Et tout était exactement en l'état, continua lady Colveden. Alors je suppose que les bijoux leur ont semblé avoir plus d'éclat parce que, bon, ils étaient si contents de les avoir récupérés.

— Tu tombes dans le sentimentalisme, maman. Cela dit, je comprends, ajouta Nigel, aussi frappé par l'apparition de lady Eykyn à un bal de chasse l'année précédente, parée de ses joyaux et dans toute sa gloire, que l'avait été le jeune Roméo apercevant Juliette Capulet pour la première fois à la réception donnée lors des fiançailles de la jeune fille. Ça alors, continua Nigel, toujours impressionné par ce souvenir, la flamme se ravivant dans son cœur de chevalier servant. Plutôt épouvantable, s'ils ne les avaient pas récupérés au complet !

— Si jamais on retrouve le voleur, Bill insiste pour prendre la tête des opérations, un fouet à la main, raconta lady Colveden en consultant l'élégant griffonnage de la comtesse (lord Eykyn était bien connu pour ne pas s'en laisser conter par quiconque). Sauf qu'ils ne vont pas l'attraper, bien entendu. Il est trop malin. En fait, maintenant que l'affaire est réglée sans encombre, je la trouve presque romantique, dans un sens. Alicia aussi : elle dit que c'est plutôt un compliment qu'il ait jugé que ça valait la peine de se donner tant de mal pour voler ses bijoux.

Un « Pfff ! » furieux émergea du *Times* qui s'abattit sur la table dans un grand froissement de papier tandis que sir George grommelait :

— Des balivernes de bonne femme, ça, mauvais pour les affaires ! affirma-t-il, son devoir de magistrat lui dictant de ne pas laisser les membres de la famille Colveden faire d'un malfrat un fichu héros. J'apporterai du renfort à ce vieux Bill avec le fouet, poursuivit-il sous l'œil étonné de son épouse. Quand on voudra. Ce type-là est un escroc... y a pas à tortiller.

— Euh, oui, George, mais c'est un escroc inoffensif, se hâta de lui rappeler sa femme. Je veux dire qu'il vole des objets, oui, mais jamais il ne donne de coups sur la tête, jamais il ne vandalise les lieux ou manque à sa parole. Quand il promet de renvoyer quelque chose, il le fait toujours.

— L'honneur des voleurs, murmura Nigel, qui vit les extrémités de la moustache paternelle vibrer de colère. Et, à propos de se donner du mal, maman, comment s'y est-il pris, cette fois-ci ?

— Apparemment, il a grimpé sur le toit, attaché une corde à l'une des cheminées et il a — quel est le terme ? —, ah, il est descendu en rappel, reprit-elle après avoir consulté la lettre de lady Eykyn, jusqu'au rebord de fenêtre le plus proche. Après, il a dû marcher d'un rebord de fenêtre à l'autre jusqu'au petit salon. Tu sais comme les pièces sont loin du sol, expliqua-t-elle, parcourue par un frisson évocateur, j'ai le vertige rien que de regarder par les fenêtres. Sans parler de ce que ça doit être de s'asseoir sur le rebord avec une cuvette d'eau savonneuse pour faire les vitres ! Mais il a laissé des éclats de verre partout sur le tapis, et c'est ainsi qu'ils ont su comment il était entré — Raffles, je veux dire. Ensuite, il a attaché une autre corde au pied de ce meuble chinois dont la mère de Bill se servait pour ranger son service en porcelaine Crown Derby — tu te souviens de ce meuble massif, n'est-ce pas ? Eh bien, il est descendu en rappel jusqu'en bas, en laissant les cordes sur place, conclut-elle tandis que Nigel exprimait sa surprise par un « Oh ! » muet. Il a du panache, non, n'est-ce pas le terme qui convient ?

— Pour commencer, oui, commenta Nigel, sa voix dominant les grommellements de plus en plus furieux de sir George. *Incroyable* en est un autre : imagine la super forme qu'il doit avoir pour ne pas lâcher prise ou perdre son sang-froid au moment fatidique. Quoique... je pourrais sans doute lui en donner pour son argent quand il s'agit d'engranger des balles ! ajouta-t-il, préoccupé par les foins. Mais — mince alors, il a vraiment un truc, non ? Et je me demande pendant combien de temps encore il va s'en tirer impunément. On ne peut pas s'empêcher de se sentir gagné par une sorte de, euh, d'admiration pour ce type-là...

L'opinion de Nigel sur l'audacieux monte-en-l'air surnommé « Raffles le Rançonneur » par la presse était partagée par la plupart de ceux qui avaient lu le récit de ses exploits. Si les journaux à sensation, tels qu'*Anyone's*, rapportaient le moindre détail de ses exploits criminels (cinq rançons connues du public, plus un nombre indéterminé d'épisodes auxquels on ne faisait que d'obscures allusions), même des quotidiens plus sobres, tels le *Times* et le *Daily Telegraph,* mentionnaient ce voleur à l'occasion dans un entrefilet discret. Car Raffles — qui qu'il fût — était dans l'actualité. On parlait de lui dans les files d'attente des magasins, on échafaudait des hypothèses sur son identité et sur l'éventualité de son arrestation. Mais chacun sait que les Britanniques ont un faible pour les perdants, et une bonne partie de la population espérait secrètement qu'il ne serait jamais pris.

— La police semble ne pas être plus près de l'arrêter maintenant qu'au début, précisa lady Colveden, du moins à en croire Alicia. Bill l'a aussitôt prévenue, bien sûr, et on lui a conseillé de jouer le jeu pendant qu'on enquêtait par ailleurs, mais il a mis au point un moyen de les berner qui était très malin. D'abord, il les a laissés poireauter une éternité — tu sais, comme il fait toujours —, histoire de créer du suspense et de les inquiéter encore davantage, les pauvres. Et quand il a fini par leur demander de l'argent, il leur a dit de le déposer sur un chantier, un dimanche après-midi, sous une caisse d'emballage retournée qu'il aurait marquée à la peinture rouge. Ou bien était-ce bleu ? Oh, mon Dieu, je ne suis plus très... fit-elle en se hâtant de consulter la lettre de lady Eykyn.

— Je ne crois pas que ça ait de l'importance, interrompit Nigel tandis que sa mère, soucieuse d'exactitude, parcourait les lignes tracées à l'encre noire d'une main ferme. On voit le tableau. Alors, que s'est-il passé ?

— J'ai dit que c'était malin, lui rappela sa mère, et je le maintiens, même si ton père fait vibrer sa moustache d'un air courroucé ! Parce que c'était en effet malin. La police avait posté des hommes sur le site, évidemment, et quand Bill a apporté l'argent, bon, il l'a fourré sous la caisse d'emballage, dans un sac en plastique, et puis il a rejoint ceux qui guettaient pour attendre Raffles...

— Avec son fouet ? demanda Nigel dans un sourire.

Un ricanement étouffé émergea de la moustache de sir George qui trembla nettement. Lady Colveden enchaîna rapidement :

— Alicia ne le précise pas. Mais ça n'aurait rien changé s'il l'avait apporté, parce que Raffles n'est pas venu — du moins, ils ne l'ont pas vu.

— L'Homme invisible, commenta Nigel, qui aimait aller au cinéma lorsque le travail lui laissait le répit d'une sortie. Alors, ils ont relevé ses traces de pas dans la neige ?

— Ne sois pas stupide, Nigel, on est à la mi-juillet, répliqua sa mère du tac au tac avant de se ressaisir. Je croyais que tu avais envie d'apprendre ce qui s'était passé ? Si tu m'interromps sans cesse, tu ne le sauras jamais.

— Excuse-moi, murmura-t-il, surprenant un regard de sir George qui, lui aussi, semblait intéressé à présent, le *Times* oublié gisant sur la table, un coin dans le pot de marmelade. Allez, vas-y, demanda Nigel, nous sommes tout ouïe.

— Et ça le mérite, répondit sa mère avec sérieux. Vous n'aurez sans doute jamais l'occasion de connaître d'aussi près un larcin d'une telle audace... déclara-t-elle, laissant mourir sa phrase devant l'air qu'affichaient ses hommes.

Elle pensa à Miss Seeton, devint rose comme une pivoine et ajouta :

— Euh, vous voyez ce que je veux dire : on a là un récit de témoins, avant même que ça paraisse dans les journaux. Il n'a encore jamais utilisé ce subterfuge-là, autant que je...

— Maman ! protesta Nigel, pointant de nouveau sa petite cuillère en direction de sa mère. Cesse donc tes digressions et venons-en aux faits ! On a une ferme, ici, qui a besoin qu'on s'en occupe correctement, tu t'en souviens ?

— *Les égouts*, souffla lady Colveden, livrant le dénouement de l'histoire d'une voix pleine d'excitation.

— Les égouts ? répéta Nigel. Tu veux dire... le Troisième Homme et non son frère l'Invisible ?

Sir George fut pris d'une quinte de toux.

— Non, rétorqua sa mère avec irritation tout en empilant la vaisselle sur un plateau. Je veux dire que Raffles avait posé la caisse juste au-dessus d'une bouche d'égout : il est arrivé en rampant sous terre, où personne ne pouvait le voir, bien sûr ; il a ramassé l'argent du pauvre Bill — ils avaient mis de vrais billets, juste au cas où ça tournerait mal, parce qu'ils tenaient à récupérer les émeraudes — et puis il a filé par le même chemin. Ni vu ni connu. Et, conclut lady Colveden d'une voix tremblante, et... il a laissé un reçu !

— Mince ! s'exclama Nigel, dûment impressionné.

Nettoyant son journal en raclant la marmelade à la petite cuillère, sir George observa :

— Ce gars-là a de la classe, faut reconnaître. De toute façon, plus que la bande à Crésus...

CHAPITRE IV

Quelques jours plus tard, c'est dans un lieu nettement moins sélect que Rytham Hall que la bande à Crésus fut évoquée : Scotland Yard. L'article de Thrudd Banner dans *Anyone's* avait sonné l'alarme et, depuis la parution du magazine, les commissariats de tout le pays avaient reçu des appels de citoyens inquiets : curateurs de musée, propriétaires de galeries d'art et autres personnes ayant des raisons de redouter les machinations du millionnaire mégalomane pour se procurer des œuvres.

— Il doit être fou, si tous les objets disparus signalés par Interpol ont vraiment été fauchés pour lui, déclara le commissaire divisionnaire Delphick à l'inspecteur Bob Ranger en écartant un des rapports anxieux rédigés par son collègue de la Brigade des œuvres d'art. En admettant que ce type existe et qu'il n'est pas simplement le fruit de l'imagination enfiévrée d'un journaliste.

— Thrudd est généralement bien informé sur les faits, souligna Bob d'un ton pensif. Je vous accorde qu'il aura un peu enjolivé le récit pour rendre l'histoire plus intéressante, mais je vous parie qu'il y a un vrai de vrai Crésus quelque part, follement occupé à collectionner des œuvres.

— Et, comme je l'ai dit, à en juger par ce rapport, ce type-là doit être fou, répéta Delphick, désignant du bout de son stylo-bille le document de la Brigade des œuvres d'art. Aucune personne saine d'esprit ne pourrait supporter de vivre au milieu d'un tel mélange d'objets hétéroclites, moins du fait de leur variété qu'à cause des styles si violemment différents. Il a chouravé un peu de tout, du Renaissance au rococo, et si tout cela est destiné à la même pièce, il doit singulièrement manquer de goût.

Bob, qui n'était même pas sûr de l'orthographe de *Renaissance* (deux *s* ou trois ?), prit un air entendu :

— Peut-être qu'il a une très grande maison, monsieur, avec des pièces immenses, ajouta-t-il, une pointe d'envie dans la voix.

Il était marié depuis peu et la maison qu'il partageait avec Anne convenait mieux à la petite taille de son épouse qu'à son mètre quatre-vingt-dix-huit, mais un jour, qui sait...

— Ou alors, enchaîna-t-il, s'efforçant d'arracher son esprit de la contemplation du bonheur conjugal, peut-être qu'il prévoit de vendre la camelote au plus offrant, monsieur, au lieu de la garder. Il a même pu la voler sur commande, pour d'autres. Et si c'était un... un cerveau du crime, monsieur, plutôt qu'un millionnaire fou qui veut se faire un palais ?

— On sait au moins une chose à son sujet, répondit Delphick d'un ton résolu. Il est peut-être aussi dingue qu'une bande de lapins en rut au printemps, mais il n'a rien à voir avec nous, Dieu soit loué ! Terling et ses potes de la Brigade des œuvres d'art peuvent courir après des escaliers de quinze mètres en fonte et en spirale si ça leur chante, ici on s'occupe de délits plus sérieux que la fauche d'ornements architecturaux, avec ou sans intérêt historique.

— Ils ont joliment assommé le veilleur de nuit, releva Bob, qui avait été le premier à attirer l'attention de son supérieur sur l'article du jour paru dans la presse populaire.

Les officiers de police d'un certain rang n'avoueront jamais qu'ils lisent le *Blare* ; ils comptent sur leurs subordonnés pour les tenir informés de tout contenu susceptible de les intéresser.

— Et la prochaine fois, continua Bob, ils pourraient blesser quelqu'un encore plus s...

— Je répète, inspecteur Ranger, que cette bande à Crésus n'a pas la moindre espèce de rapport avec nous, interrompit Delphick, fixant Bob d'un œil froid et menaçant. Il n'y a pas de doute que l'inspecteur principal Terling a eu un moment d'aberration quand il m'a envoyé son rapport...

Suivit un long silence, lourd de réflexion. Bob reprit son journal dans la corbeille du courrier en partance de Delphick et revint s'asseoir à son bureau. Il ouvrit le journal d'un geste absent et repéra le gros titre qui avait attiré son attention :

— « *Vol d'un escalier en spirale : Crésus suspecté* », lut-il en accentuant l'effet d'allitération. Vous savez, monsieur, il y a quelque chose avec tous ces *s*, je peux pas m'empêcher de penser que...

— Non, Bob, répliqua Delphick d'un ton dangereusement doux. Vous n'avez pas besoin de penser, croyez-moi — du moins, pas à la chose que vous allez suggérer, je le sens d'instinct.

— Vous ne voulez pas plutôt dire *la personne*, monsieur ? lâcha Bob avant de pouvoir se retenir.

Les yeux de Delphick se rétrécirent ; Ranger refoula un sourire, lança à son supérieur un bref regard d'excuse, replia et rangea son exemplaire du *Blare*. Il prit son bloc de sténo, l'ouvrit et entreprit avec un soupir de transcrire les dernières pages d'un interrogatoire de la veille avec une dame de réputation douteuse qui pouvait être le témoin clé dans une affaire de racket de protection de night-clubs.

Amusé, mais s'efforçant de le dissimuler, Delphick regarda son malicieux inspecteur qui avait exagérément courbé l'échine. Il prit son stylo-bille et, avant d'attraper la pile de rapports suivante au bout de son bureau, il se mit à gribouiller sur son buvard...

Pour émettre un gémissement quand il se rendit compte de ce qu'il avait dessiné.

Un parapluie.

Miss S !

— Bob, vous êtes un enquiquineur patenté ! déclara Delphick.

L'inspecteur sursauta tandis que son supérieur arrachait la feuille de buvard aux quatre coins de cuir du sous-main et se mettait à la déchirer.

— Quelque influence maléfique, commenta le commissaire divisionnaire en continuant à déchirer le buvard en petites bandes qu'il empilait d'une main décidée, vous a incité à me taquiner en évoquant la pensée d'une certaine habitante d'un certain village d'un certain comté au sud-est de Londres...

— Excusez-moi, monsieur.

Bob cligna des yeux : Delphick entreprit de déchirer les bandes de buvard à angle droit et, avec un gémissement étouffé, il jeta les confettis dans la corbeille qu'il avait tirée à lui d'un pied affolé. Quand les derniers petits morceaux de buvard rose furent tombés en tournoyant dans la poubelle, Delphick se frotta les mains et afficha un mince sourire.

— Allez, au boulot, inspecteur Ranger ! Et je ne veux plus entendre dans ce bureau la moindre allusion, le plus petit rappel ou la mention de Miss Seeton avant que la bande à Crésus ait été arrêtée, grâce aux efforts exclusifs de l'inspecteur principal Terling et de ses hommes, compris ?

— Parfaitement, monsieur, répondit Bob, dont les épaules tressautaient.

Delphick repoussa la corbeille à sa place. Elle tomba. Il jura.

— Vous ne pouvez pas l'accuser de *ça*, monsieur, observa Bob, qu'il n'était plus possible d'arrêter, tandis que la corbeille métallique roulait par terre, semant une trace rose dans son sillage.

Delphick le fusilla du regard :

— Accuser qui, inspecteur Ranger ?

— Ma tante Em, monsieur, répliqua Bob, qui avait plusieurs années auparavant adopté Miss S comme membre honoraire de sa famille et avait rarement eu lieu de le regretter. Je sais que les choses ont tendance à être, euh, un peu bizarres, quelquefois, quand elle est dans le coin. Mais elle n'est pas là pour l'instant, non, monsieur ?

— Heureusement que non ! confirma Delphick en respirant à fond.

Le rejoignant sur la moquette, Bob l'aida à ramasser les confettis qu'à eux deux ils traquèrent jusqu'au dernier.

La situation étant revenue à la normale, Bob prit la parole :

— Vous savez, monsieur, j'ai réfléchi. Au fait que tout se met à débloquer quand elle est dans le coup — avec nous, la police, monsieur. Et pourtant, le reste du temps, il semble qu'elle mène une vie parfaitement normale à Plummergen — les parents d'Anne nous préviendraient s'il se passait de drôles de choses et ils n'en parlent jamais. Et aussi quand on va la voir, Anne et moi, en tant que particuliers — je veux dire, je n'y vais pas en tant que flic mais que personne —, eh bien, elle est presque typique de la tante vieille fille, monsieur. Ça pourrait être la tante de n'importe qui.

— *Presque typique*, répéta Delphick. C'est bien là le problème, Bob : elle ne sera jamais exactement comme la tante de n'importe qui, parce que Miss Seeton est unique, ne nions pas l'évidence. Je ne vois pas en quoi sa situation de consultant artistique auprès de Scotland Yard, avec de modestes émoluments en contrepartie de quelques dessins par an...

Sa voix mourut et il resta silencieux, réfléchissant à la remarquable collaboration de Miss Emily Seeton avec la police métropolitaine et, à mesure que sa réputation grandissait, avec d'autres. Tout avait commencé le jour où, au sortir de Covent Garden où elle venait d'avoir le plaisir d'assister à une représentation de *Carmen*, elle avait interrompu un jeune et dangereux vendeur de drogue qui s'apprêtait à poignarder sa petite amie, lui avait piqué le dos du bout de son parapluie, réprouvant son attitude si peu galante face au sexe faible.

— Le sexe faible ! grogna Delphick avec ironie en repensant à la manière dont Miss Seeton avait ensuite survécu à une attaque au gaz, des coups de bâton, un enlèvement, une tentative de sacrifice humain, une bombe... Mais seulement parce qu'on le lui avait demandé, je suppose, enchaîna-t-il à sa propre intention. Pour faire son devoir, dirait-elle, et, ajouta-t-il en regardant Bob pensivement, nous sommes ceux qui la payons pour faire son devoir, comme vous l'avez souligné. Elle met tout sens dessus dessous sur son passage, bien sûr, c'est ce genre de personne ; mais elle n'agirait pas nécessairement de la sorte si, au départ, on ne le lui demandait pas...

— Voilà ce que je voulais dire, monsieur. On l'a en quelque sorte amorcée. Comme une fusée. La poudre est toujours capable d'exploser mais encore faut-il que quelqu'un y mette le feu. Et, bon, peut-être qu'on est les allumettes de Miss Seeton, monsieur.

— *Je* le suis, vous voulez dire. Comme vous me l'avez si astucieusement signalé, il semble que Miss Seeton n'ait guère tendance à s'adonner à ses fantaisies quand on la laisse vivre sa vie Que la vie doit être paisible à Plummergen, soupira Delphick, dans les moments où elle ne reçoit pas d'appel aux armes de Scotland Yard !

Il hocha la tête pensivement; Bob retourna à ses papiers après avoir fait un pari silencieux avec lui-même. Vingt-quatre heures — quarante-huit au plus —, et Miss S et la police se retrouveraient de nouveau en eau profonde. Même après tant d'années, il ignorait comment elle s'y prenait — elle ne le faisait pas exprès, c'est évident — mais il suffisait qu'elle apparaisse à l'horizon en brandissant son fameux pépin pour que le monde se mette à trembler sur son axe.

De fait, elle n'avait même pas besoin de se montrer en personne : un tiers pouvait déclencher le processus à sa place. Comme l'inspecteur principal Terling, de la Brigade des œuvres d'art, par exemple...

— Vingt-quatre heures, murmura-t-il en regardant l'heure à la pendule.

— Pardon, Bob, vous disiez?

— Rien d'important, monsieur, répondit l'intéressé, croisant virtuellement les doigts et jetant de nouveau un rapide coup d'œil sur la pendule.

Ce ne fut pas vingt-quatre heures mais dix-neuf minutes plus tard que le téléphone sonna sur le bureau de Delphick.

— Sir Wormelow Tump? Il demande à me parler? s'étonna Delphick, tiquant. Je suppose que je pourrais le recevoir au besoin mais... il vous a donné une idée de ce... Ah bon. Très bien, faites-le monter et mon inspecteur l'attendra à l'ascenseur.

— Sir Wormelow Tump? demanda Bob avec la

douceur de ses cent sept kilos d'aimable innocence. Ce nom me dit quelque chose, monsieur. Ce n'est pas ce gars de la Cour qui s'occupe de la collection de souvenirs soi-disant artistiques de la reine à Buckingham, que Sa Majesté n'a pas le temps d'épousseter en personne ? J'ai un vague souvenir de tête rétrécie et d'une fille mannequin qui présentait des bijoux. Quelque part, euh, dans le Kent — un village au nom plutôt fruité [1], monsieur, non ? Et ce Tump n'est-il pas parti en croisière sur la mer Égée il y a une paire d'années ? Celle qu'on avait offerte à Miss S comme une sorte de bonus, et puis vous avez été appelé sur place parce que...

— Bob ! rugit Delphick, qui tapa le bureau du plat de la main et grimaça aussitôt de douleur. Si vous n'arrêtez pas de sourire comme ça, je ne réponds pas des conséquences. Il se peut que le but de la visite de sir Wormelow n'ait aucun rapport avec ça. De fait, je ne vois pas comment il pourrait en être autrement. Bon, allez donc le chercher, voulez-vous ? Et, pour l'amour du ciel, cessez de sourire comme un chat repu. Vous n'avez aucune raison d'être aussi affreusement gai ; je vous saurais gré de modérer votre allégresse.

— Mais certainement, monsieur, fit Bob en repoussant sa chaise. Juste que j'ai cinq livres de plus en poche qu'il y a une demi-heure...

Il se dirigea vers la porte et fila avant que son supérieur furibard ait le temps de déchiffrer ses propos.

Sir Wormelow Tump, curateur de la collection royale des *Objets de Vertu* [2]*, était un personnage aus-

1. Plummergen contient le mot *plum*, prune. *(N.d.T.)*
2. Les mots en italiques suivis d'un astérisque signalent les expressions qui figurent en français dans le texte. *(N.d.T.)*

tère et aristocratique, d'une taille imposante et aux manières impeccables. Il salua Delphick avec un sourire reconnaissant et une poignée de main, l'air parfaitement à l'aise. Mais le regard qu'il jeta brièvement en direction de l'inspecteur Ranger suggéra au divisionnaire que l'objet de sa visite sortait de l'ordinaire.

Cela signifiait sans doute qu'après tout Miss Seeton était bel et bien concernée — ce qu'il aurait pu deviner dès le départ s'il avait été sincère avec lui-même au lieu de se laisser énerver par Bob. « Sortait de l'ordinaire » : voilà qui résumait presque Miss Seeton. Il y avait des coïncidences, et les coïncidences...

— Vous vous rappelez mon inspecteur, n'est-ce pas, sir Wormelow? Vous vous êtes rencontrés à Rytham Hall à l'occasion de cette petite affaire des bijoux Lalique.

— Bien sûr, je m'en souviens, monsieur le commissaire divisionnaire. Nous venons de refaire connaissance, l'inspecteur Ranger et moi : un plaisir de le retrouver, affirma sir Wormelow dont les traits élégants ne dénotaient au demeurant guère de plaisir, malgré ses paroles courtoises.

— Laissez-moi vous assurer que Ranger est la discrétion même, sir Wormelow. Il y a plusieurs années que nous travaillons ensemble et vous pouvez évoquer en sa présence tout ce dont vous souhaitez discuter avec moi. Mais asseyez-vous donc !

Delphick attendit que Bob ait apporté une chaise au visiteur, puis il lui indiqua d'un mouvement de sourcils qu'il ferait mieux de se rendre aussi invisible qu'il était possible pour un homme de sa carrure. Bob, derrière le dos de Tump, fit un geste en direction de son bloc sténo et interrogea son supérieur du regard. Delphick confirma d'un imperceptible signe de tête.

Sir Wormelow ne parut pas remarquer cet aparté, occupé qu'il était à fouiller la poche de sa veste. D'une main aux doigts minces, il en retira une enveloppe gris pâle tandis que Bob s'asseyait à son bureau.

— C'est... une affaire plutôt délicate, je le crains, Mr. Delphick, commença sir Wormelow, qui prit une profonde inspiration. Je ne doute pas que vous allez me reprocher — et c'est justifié — de n'être pas venu vous trouver plus tôt, mais...

Il retourna l'enveloppe grise dans ses mains.

— Il est des chagrins, comprenez-moi, qu'on préfère initialement garder pour soi... On n'a pas toujours envie de parler de, euh, de ses émotions...

— Oui, je comprends, sir Wormelow, répondit le divisionnaire pour rassurer son malheureux visiteur.

Les gros bonnets de la police étaient généralement au courant depuis des années de l'orientation sexuelle de sir Wormelow, peu conforme à l'orthodoxie ambiante (Delphick pensait que c'était à cela qu'il venait de faire allusion), mais comme ce monsieur ne s'affichait pas et ne représentait aucun risque, on l'avait laissé s'adonner en paix à ses préférences homosexuelles (de fait, se rappela Delphick avec une pointe d'ironie, c'était Miss S qui avait aidé à l'innocenter quand on avait pointé vers lui le doigt de la suspicion).

Sir Wormelow prit une profonde inspiration :

— C'était dans le *Blare* d'aujourd'hui — ma femme de ménage le lit toujours pendant ses interminables pauses-café, et j'avoue éprouver malgré moi une certaine curiosité pour le journalisme à sensation... Ah, mais je bavarde, je bavarde, n'est-ce pas, monsieur le divisionnaire ? Je m'invente des excuses et je retarde le moment d'en venir à ce que je dois vous dire.

— En effet, sir Wormelow. Mais il n'y a pas vraiment de mal à ça, tant que vous finissez par le dire.

Les lèvres finement ciselées de sir Wormelow esquissèrent un sourire :

— Quelle charmante façon de me conseiller de cesser de vous faire perdre votre temps, Mr. Delphick ! Je vous remercie de ne pas vous être emporté contre moi, j'ai du mal à exprimer... à expliquer... dit-il, puis, d'un geste soudain, il tendit la lettre à Delphick : Lisez ceci, je vous prie, monsieur le commissaire divisionnaire. Je crois qu'ensuite vous comprendrez ce qui m'amène.

— Comme vous voudrez, sir Wormelow.

Delphick sortit de l'enveloppe grise une lettre. Tump baissa la tête ; attitude qui pouvait signifier le consentement. À en juger par la position des épaules de sir Wormelow, Bob Ranger eut presque l'impression qu'il devait avoir les larmes aux yeux.

Un silence gêné plana dans le bureau pendant que Delphick lisait la missive tracée d'une écriture fine sur du papier gaufré. Elle commençait par : « Mon cher Wonky » et se terminait par une formule de salutation en grec que Delphick (malgré les origines de son nom) ne comprenait pas. Mais il ne voyait pas le besoin de se la faire traduire : la lettre même était en anglais et il la reprit au début pour la relire.

Sa deuxième lecture achevée, il posa sur Tump un long regard pensif :

— Le chantage, sir Wormelow, est un délit, comme votre ami doit sûrement le savoir. On ne peut que déplorer qu'il se soit senti incapable d'aller trouver la police...

— Mais dans sa situation — rendez-vous compte —, je me demande si *vous* l'auriez fait, Mr. Delphick. Je doute que moi-même je pourrais être sûr qu'une telle initiative n'aurait pas de... conséquence néfaste... pour moi ou pour d'autres. C'est très joli de bien vouloir sacrifier sa réputation pour une juste cause, mais...

Delphick acquiesça du chef, sans mot dire. Tump ajouta d'un ton suppliant :

— Jusqu'à présent, ce n'était qu'un... qu'un chagrin personnel, mais le journal disait que le veilleur de nuit avait été attaqué brutalement et qu'il est en... en réanimation. Alors j'ai compris que j'avais été un lâche... Et je me suis souvenu de votre... gentillesse... à bord de l'*Eurydice*.

Delphick confirma d'un nouveau signe de tête :

— Je comprends, sir Wormelow. Enfin, en partie. Mais que voulez-vous que je fasse au juste ?

Tump redressa les épaules et la tête :

— Il faut arrêter ces gens nuisibles, monsieur le commissaire divisionnaire. Plus rien ne peut me ramener mon pauvre ami, mais personne ne devrait avoir à endurer les tourments qu'ils l'ont forcé à subir avant que... qu'il prenne la seule porte de sortie qu'il pouvait trouver. Vous devez les arrêter, Mr. Delphick. Et, sans parler de vengeance, je... je vous aiderai par tous les moyens en mon pouvoir.

CHAPITRE V

Le commissaire divisionnaire Delphick hésita :

— Naturellement, la police apprécie toujours la coopération du public, sir Wormelow, et je ne serai que trop heureux de vous présenter à l'inspecteur principal Terling, qui est notre expert de la Brigade des œuvres d'art, mais...

— Non, protesta Tump, esquissant le geste de lever une main pour souligner son refus et hochant la tête en signe de dénégation. Je ne doute pas que cet inspecteur soit un homme compétent, mais je me sentirais... je préférerais travailler avec vous, Mr. Delphick. Je vous connais et... et j'ai confiance en vous. Et vous, bien sûr, vous me connaissez.

— En effet. Mais, comme j'allais vous l'expliquer, cette affaire n'est absolument pas de mon ressort. Les vols d'objets d'art ne me concernent pas, sauf s'il y a mort d'homme. Je ne peux pas faire grand-chose pour vous aider, sur un plan officiel...

Sir Wormelow, en courtisan expérimenté sensible aux allusions les plus discrètes et voilées, ne manqua pas celle-ci :

— Mais êtes-vous tout aussi désarmé sur un plan officieux ? Je crois que non, Mr. Delphick.

Le commissaire divisionnaire sourit :

— Il n'y a sans doute aucun mal, à mon sens, à discuter de la chose, sir Wormelow. Me tromperais-je en disant que vous y avez déjà réfléchi ? Cela m'intéresserait d'avoir votre avis.

Tump rendit à Delphick son sourire et s'inclina légèrement.

— Dès l'instant où j'ai lu le journal, j'ai compris qu'il fallait faire quelque chose. Et j'ai en effet réfléchi au problème très sérieusement, bien que ma connaissance de l'affaire se borne à... à la lettre de mon pauvre ami et aux articles de la presse populaire. Qui doivent contenir au moins un peu de vérité, il faut le supposer, non ?

— Thrudd Banner passe généralement pour un homme fiable, répondit Delphick. Bien sûr, il faut toujours tenir compte de l'exagération propre aux journalistes mais, à en juger par le rapport de l'inspecteur principal Terling que je viens de lire, je dirais que les faits qu'expose Banner sont exacts, aussi peu nombreux soient-ils. Car c'est une des affaires les plus dépourvues d'indices dont le Yard ait eu à traiter depuis longtemps. Les hypothèses du *Blare* pourraient se révéler aussi proches de la vérité que nous pourrons jamais escompter l'être.

Sir Wormelow réfléchit.

— Ce... ce collectionneur fou et millionnaire orchestre des vols dans toute l'Europe pour satisfaire sa... sa mégalomanie, et personne ne connaît son identité. Les brutes à sa solde pratiquent le vol par effraction et terrorisent ceux qui gardent les objets de sa convoitise, mais ils disparaissent ensuite sans laisser de trace. Encore faut-il que tous les vols attribués au dénommé Crésus aient bien été perpétrés à son instigation. Certains propriétaires d'œuvres d'art apprécieraient beaucoup le versement de l'assurance sans parler du *cachet** que peut apporter le fait que vos biens aient été convoités par un connaisseur...

— Sauf que — je le disais justement à mon inspecteur avant votre arrivée —, si tous les vols imputés à Crésus sont effectivement de son fait, on ne peut guère parler d'un connaisseur : le bonhomme se contente d'accumuler.

— Ou la femme, suggéra Tump, qui venait d'avoir une idée. Peut-on se fier aux suppositions de la presse qui voient en Crésus un homme, ou bien la police possède-t-elle d'autres informations qu'elle ne souhaite pas partager avec le grand public ?

— Selon l'inspecteur principal Terling, d'après les quelques chuchotements qu'il a pu capter — il y en a fort peu, semble-t-il — et dont disposent Interpol et toutes les forces de police d'Europe, Crésus serait un homme. Non que cela change grand-chose en réalité, ajouta Delphick, car personne ne prétend que Crésus commet les vols en personne, ou assomme lui-même ou elle-même les veilleurs de nuit — pardonnez-moi sir Wormelow. Dans notre boulot, on s'endurcit malheureusement face aux dures réalités de la vie : une sorte de réflexe de survie, comprenez-vous.

— Je pense que oui. Vous évoluez dans un milieu moins préservé que le mien, Mr. Delphick. Au demeurant, précisa l'aristocrate aux traits fins en redressant les épaules, même un membre de la cour de Sa Majesté sait quand il faut assumer les réalités, déclara-t-il en gratifiant Delphick d'un regard rusé. Vous dites que vous avez lu le rapport d'un des responsables chargés du dossier. Me tromperais-je en supposant qu'il vous a été adressé en dépit de votre... du fait que vous n'êtes officiellement pas concerné par l'affaire, parce que vous bénéficiez d'une forte influence artistique?

Bob Ranger, derrière lui, faillit s'étouffer en retenant une exclamation amusée. Delphick lui décocha un regard noir, vit l'œil de Tump s'allumer et s'éclaircit la gorge.

— Simple courtoisie de la part d'un collègue, sans plus, sir Wormelow. Vous n'ignorez sans doute pas qu'on me surnomme l'Oracle. Et que les oracles sont censés tout savoir. L'inspecteur principal Terling cherchait seulement à me faire plaisir en voulant justifier...

Delphick, à court de mots, sentit son regard fléchir sous celui de Tump qui le fixait. De nouveau, il darda un œil furibond sur Bob, se racla la gorge avec une incroyable vigueur et prit une très profonde inspiration.

— On peut difficilement la faire intervenir à titre officiel, sir Wormelow, lâcha-t-il enfin. Vous connaissez le chaos qui s'ensuit quand elle s'embarque dans une affaire et, comme je vous l'ai expliqué, le dossier Crésus ne me concerne en rien. Pourtant... se surprit-il à ajouter sous l'œil d'un Bob jubilant, c'est-à-dire... Bon sang, sir Wormelow, il suffit que Miss Seeton se pointe, même en marge de quelque chose...

— Je sais, je sais. Mais — vous m'excuserez — elle obtient les résultats attendus, non?

— Oui, concéda Delphick à contrecœur. Non sans risques considérables à l'occasion — pour elle et pour les autres. Elle pense que c'est son devoir, bien sûr, et ne peut jamais vraiment croire qu'il pourrait lui arriver quelque chose. Ce qui n'a pas été le cas jusqu'à présent, me direz-vous, mais un jour sa chance pourrait aussi bien tourner et j'estime que si nous voulons profiter de ses dons remarquables, nous devrions... les réserver pour les plus...

Il retomba une fois de plus dans un silence gêné, sous le regard intéressé de sir Wormelow, Bob Ranger toujours vigilant à l'arrière-plan. Un ange passa.

— Vous avez déjà travaillé avec elle, non? On pourrait presque dire qu'elle est au nombre de vos amis, enchaîna Delphick, conscient qu'il avait su dès le départ qu'il tiendrait de tels propos. Nous ne sommes pas dans un État policier, vous savez. On pourrait difficilement empêcher quelqu'un d'aller rendre visite à un ami sans susciter un tollé de la part des défenseurs des libertés individuelles. Et si les officiers de police ne prennent pas soin de leurs dossiers, poursuivit-il, étendant le bras pour prendre son stylo-bille et faisant du même coup tomber par terre le rapport portant le cachet de la Brigade des œuvres d'art sur la couverture, ils ne devront s'en prendre qu'à eux-mêmes si des citoyens ramassent lesdits documents et les lisent, et même agissent en conséquence. Bien que ce soit répréhensible aux yeux de la loi...

Il se leva, s'étira :

— Vous m'excuserez, n'est-ce pas, sir Wormelow? Je suis plutôt occupé ce matin, je le crains, et je dois vous abandonner aux bons soins de mon inspecteur qui vous raccompagnera. Ranger, pourquoi ne pas faire visiter un peu les lieux à sir Wormelow avant qu'il s'en aille? Je suis sûr que ça l'intéresserait de découvrir les équipements dernier cri dont nous disposons pour combattre la criminalité — comme la photocopieuse, par exemple...

Dix minutes plus tard, il était de retour dans son bureau à ruminer le rapport de l'inspecteur Terling — le document était de retour sur sa table de travail. Assis à sa place, Bob l'observait avec une intense curiosité, sans oser souffler mot. C'était la première fois qu'il voyait l'Oracle contrevenir au... bon, contourner ainsi le règlement. Cela dit, le fameux Tump n'était pas un citoyen tout à fait ordinaire, plutôt dans le genre camarade d'armes honoraire de l'armée irrégulière de Miss Seeton.

Bob eut un petit rire et Delphick leva les yeux, abandonnant sa rumination.

— Parce que vous trouvez que c'est drôle, Bob ?

— Dans un sens, oui, monsieur. Excusez-moi.

— Ce qui est arrivé à l'ami de Tump — et vraisemblablement à un nombre indéterminé de malheureux messieurs dans le même cas —, ce n'est pas drôle. Il s'est suicidé plutôt que de trahir son secret. La bande a fait pression sur lui : il devait leur montrer les meilleurs objets à voler et le meilleur moyen d'y arriver, sinon ils dénonceraient son homosexualité en public et mettraient un terme à sa carrière — pour le moins. Il était confronté à un bien pénible dilemme, Bob. S'il allait voir la police et l'aidait à tendre un piège pour pincer la bande et essayer de remonter jusqu'à Crésus, il savait que le secret de sa petite faiblesse serait éventé. Tump a raison : je doute qu'en pareilles circonstances je me serais tellement pressé pour aller chercher de l'aide.

— Mais se suicider, monsieur, un peu excessif, non ? Il aurait bien mieux valu les laisser piquer la camelote, s'il n'arrivait pas à se décider à collaborer avec nous. Je suppose que c'était un type intelligent : ami de Tump et curateur, ou gardien. En tout cas, ça me semble un terrible gâchis. Presque criminel.

— Le suicide n'est plus un délit, Bob, même si je suis d'accord avec vous pour dire que c'est un gâchis. Cependant, si l'ami de sir Wormelow était convaincu que c'était le seul choix qui lui restait...

Et, après tout, on a fait deux guerres mondiales pour défendre la liberté de choisir... Enfin, il se peut que toute cette histoire ait son utilité. Si la bande a usé de semblables méthodes dans d'autres cambriolages, on sait au moins que ça vaut la peine d'enquêter sur les membres du personnel les plus vulnérables, partout où s'est produit un vol, pour essayer de trouver des pistes : voir si, à l'époque du cambriolage, il y a eu des suicides inattendus ou des morts accidentelles douteuses. C'est le genre de chose qui n'a peut-être pas été contrôlé avec toute la rigueur nécessaire — comme on peut s'en apercevoir rétrospectivement. On a au moins une raison de remercier sir Wormelow...

« Et j'espère qu'on lui sera toujours reconnaissant une fois qu'il aura mêlé Miss Seeton à l'affaire. Sinon...

Plus tard, ce même après-midi, sir Wormelow trouva le numéro de téléphone de Miss Seeton par le service des renseignements et lui demanda s'il pourrait avoir le plaisir de sa compagnie le lendemain et l'emmener déjeuner. Miss Seeton, aussi surprise que ravie, accepta l'invitation et recommanda le *George and Dragon* de Plummergen, un endroit commode et réputé pour sa bonne cuisine saine.

Miss Seeton était dans un état de relative agitation le lendemain matin quand sir Wormelow remonta la courte allée menant à sa porte et sonna. Elle avait essayé quatre de ses chapeaux typiques, en forme de crête de coq, incapable de décider lequel mettre — ou fallait-il n'en pas porter ? Ce n'était pas un des jours de Martha Bloomer et elle n'osait pas l'interrompre dans son travail à Rytham Hall juste pour lui demander conseil. Le tailleur de tweed léger et la blouse discrète au col légèrement jaboté étant sa meilleure tenue pour un déjeuner, elle n'avait pas eu de difficulté de ce côté-là. Mais le problème se posait pour le chapeau, parce qu'elle avait le choix. À Bret-tenden, la ville voisine, il y avait une boutique où Mel Forby avait trouvé le parfait couvre-chef lors d'une récente visite et, poussée non par l'envie mais par l'admiration, Miss Seeton avait décidé de se rendre chez Monica Mary et de s'offrir quelque chose d'un peu spécial. Mais à présent, essayant un chapeau après l'autre, elle commençait à regretter d'avoir succombé avec tant d'enthousiasme à la force de conviction et au talent artistique de la modiste. Cela dénotait sans doute une faiblesse de volonté chez elle, se disait-elle, mais elle s'était bien amusée tout de même, songea-t-elle en souriant à son reflet dans le miroir, au-dessus de la table de l'entrée.

Pour finir, elle ferma les yeux, prit son épingle à chapeau et piqua en direction des chapeaux alignés devant elle. Bien. Elle remballerait vite les trois autres avant l'arrivée de sir Wormelow : les messieurs ont peu d'indulgence pour l'intérêt que les dames portent à leurs toilettes — à moins d'être mariés, et encore !

— Ce que sir Wormelow n'est pas. Marié, je veux dire, apprit-elle à son reflet, et il n'a donc pas l'habitude d'attendre que les gens se décident — ce que, bien sûr, j'ai fait maintenant, annonça-t-elle en ramassant les trois chapeaux et en se dirigeant vers l'escalier. Et, quant au parapluie que je dois emporter, quelle chance : il n'y a aucune doute en l'occurrence !

Elle s'arrêta à mi-chemin dans l'escalier pour regarder la rangée de parapluies bien nets, accrochés à leur place près de la table de l'entrée. Tous en bon état de marche, de couleur sobre, avec de commodes poignées recourbées en bois, en bambou ou en métal habillé de cuir. Sauf un, dont la poignée était en métal, certes, mais d'une sorte qui luisait d'un discret éclat jaune sous l'éclairage indirect de l'entrée. Jaune et doré, de fait, car ladite poignée était en or. Elle était creuse, pas pleine, comme Miss Seeton s'empressait toujours de le signaler — pensez, le poids et le coût ! —, mais en tout cas de l'or certifié par un poinçon, expliquait-elle aux incrédules. L'objet lui avait été offert en souvenir d'une aventure par le monsieur fort courtois qui l'avait partagée. L'aventure, pas le parapluie. Bien qu'il y ait plein de place pour deux dessous, naturellement — sous le parapluie, cela va de soi.

— Mon meilleur pépin ! déclara-t-elle fièrement, montant le reste des marches deux par deux.

C'était vraiment encourageant de voir à quel point sa lecture du *Rajeunissez de jour en jour grâce au yoga* avait amélioré ses genoux. Et sa vie. Le matin même, elle avait réussi à rester dans la posture du Serpent qui danse pendant dix minutes ! Il suffisait de se reporter ne serait-ce que quelques mois en arrière : quand elle avait commencé à envisager d'étirer le dos de cette manière, elle avait fortement douté qu'elle réussirait même à exécuter un seul pas, sans parler de toute la danse ! Cela procurait une telle détente, tant de réconfort et de calme !

Quel dommage qu'elle ait perdu cet avantage mental en se tracassant si bêtement au sujet de sa tenue ! Miss Seeton posa sur son lit les trois chapeaux qu'elle avait rejetés et reprit le chemin de l'escalier. Elle était arrivée en bas, dans le hall, quand elle commença à s'interroger : l'épingle à chapeau, avait-elle vraiment fait le bon choix — l'éclairage de sa chambre était différent de celui du hall et peut-être un des autres couvre-chefs aurait-il mieux convenu avec son tailleur... Ou bien était-ce la blouse...

C'est alors que retentit la sonnette, et Miss Seeton en fut secrètement fort soulagée.

CHAPITRE VI

Se fondant sur l'expérience de sa première visite dans le Kent, sir Wormelow s'était rappelé qu'il fallait prendre le train de Douvres à Charing Cross et changer à Ashford pour rejoindre la ligne secondaire de Brettenden. Une voiture asthmatique attendait devant la gare, se souvint-il. Et, pour peu qu'on réussît à distraire le chauffeur de sa lecture du *Sporting Life* et que le moteur se laissât persuader de démarrer et de continuer à tourner, l'engin pouvait véhiculer les visiteurs sur la dizaine de kilomètres les séparant de Plummergen, lesquels étaient pour la plupart en descente — heureusement pour la voiture !

Son admirable projet de louer les services de Mr. Baxter et de son auto fut contrecarré quand, arrivant à Brettenden, il ne vit pas trace de voiture en attente. La cabine de téléphone de la gare avait été saccagée — nul ne semblait savoir quand la Poste condescendrait à la réparer — et le chef de gare ne pouvait décemment pas prendre sur lui d'autoriser un quidam à pénétrer dans son bureau pour se servir de son appareil. Certainement pas. Et le fait que le monsieur fût d'accord pour payer la communication n'y changeait rien : il n'était pas un officiel, non ? Ni un membre du syndicat ? Bon, dans ce cas il n'était pas couvert par l'assurance, alors si jamais il glissait et se cassait une jambe, on aurait des ennuis à n'en plus finir, soyez-en sûr !

— Alors, peut-être auriez-vous l'amabilité de bien vouloir appeler un taxi de ma part ? suggéra sir Wormelow, une main dans sa poche de pantalon, tandis que résonnait la petite musique encourageante des pièces qui tintent discrètement. Voyez-vous, je désire me rendre à Plummergen, mais c'est bien trop loin pour y aller à pied, vous en conviendrez.

— Jamais qu'une dizaine de kilomètres, répliqua le chef de gare.

Il était membre de la confrérie « J'adhère », une secte extrémiste de Brettenden qui proscrit pratiquement tout, sauf la mortification de la chair, et impose l'abstinence d'alcool, les bains froids et un pèlerinage annuel et obligatoire à Canterbury (à pied et avec des pois cassés dans les chaussures), à plus de trente-deux kilomètres de distance, à l'autre bout du comté. Ses membres sont végétariens, dépourvus de sens de l'humour et « adhèrent » fièrement à la lettre de la loi.

— Dix kilomètres, répéta sir Wormelow sidéré, faisant tinter les pièces plus fort. Je ne crois pas vraiment... j'ai rendez-vous pour déjeuner, voyez-vous...

— Vie d'abondance et péché de l'alcool, nul doute ! s'exclama le chef de gare, son regard s'allumant. Intempérance et gaspillage éhonté. Ferait autant de bien à votre âme qu'à votre corps, s'pas, d'aller là-bas à pied ! Bon, et au retour aussi, c'est sûr !

Sir Wormelow faillit s'étrangler. Il devint très pâle, ses yeux quémandant une aide mais sa langue ne pouvant se résoudre à supplier ce béni-oui-oui. Lequel l'observait avec dédain :

— Vous ne m'avez guère l'air d'un homme

capable de faire dix kilomètres à pied, je vous l'accorde, même en descente. Non que j'approuve une telle décadence, notez bien, s'empressa-t-il d'ajouter de peur que l'inconnu n'exploite le moindre signe de faiblesse de sa part, puisque je m'efforce d'être fort pour le Seigneur, mais y a un service de car pour Plummergen deux fois par semaine — et aujourd'hui, c'est justement le jour. Et il s'arrête là-bas, avoua-t-il après un temps de pause.

Sir Wormelow, homme de cour jusqu'au bout des ongles, le remercia, fort soulagé, et se hâta de traverser pour rejoindre l'arrêt du bus, redoutant de s'apercevoir en consultant les horaires qu'il venait d'en rater un et qu'ils ne passaient que toutes les deux heures, ou autre chose de tout aussi malcommode. Mais la chance était avec lui : il y avait un car pour Plummergen dans dix minutes, l'informa un horaire, qui ne mentit pas, aussi sincère qu'un membre de « J'adhère ». Douze minutes plus tard, sir Wormelow Tump était assis dans la première rangée, niveau inférieur, de l'autobus à impériale, et il avait droit au massage gratuit que lui dispensaient les amortisseurs tandis que le car se dirigeait vers Plummergen en brinquebalant.

À peu près au moment où sir Wormelow montait dans l'autocar, la scène des courses matutinales battait son plein au bureau de poste de Plummergen. La petite Mrs. Hosigg, épouse du contremaître de la ferme de sir George et aussi peu loquace qu'à son habitude, était venue faire un saut pour chercher des petits pots pour son bébé. Pas un mot de plus que *s'il vous plaît* et *merci*, avant de payer en puisant dans un porte-monnaie qui semblait affreusement vide — et si tôt dans la semaine !

— Guère plus que des gosses eux-mêmes, eux, et les derniers à pouvoir se payer des mômes ! déclara la jeune Mrs. Newport en reniflant.

Mrs. Newport avait vingt-deux ans. L'âge de Lily Hosigg n'était pas certain, mais on penchait généralement pour moins de vingt ans.

— Il lui donne pas assez, moi je crois, déclara Mrs. Spice. Tout le monde sait que sir George paie bien, alors qu'elle est là à fouiller au fond de sa bourse pour trouver trois sous.

— Il doit le boire, suggéra Mrs. Skinner. Elle qu'est toute seule à la maison avec le bébé, pendant qu'il file au pub. Vaut mieux pas y penser.

Or, tout le monde y pensait, et avec un certain plaisir. Les jeunes Hosigg étaient toujours nettement restés sur leur quant-à-soi et ils passaient, qui plus est, pour être de fermes supporters de Miss Seeton — assez pour se voir condamnés par de nombreux habitants du village.

— Ce couple-là ne va pas durer, affirma Mrs. Newport, forte de sa riche connaissance de l'état matrimonial. Sûr qu'il va les tabasser, elle et le bébé, quand il aura un verre dans le nez !

Pendant que Lily Hosigg se félicitait d'avoir mis de côté presque tout l'argent nécessaire à l'achat de l'élégante veste de travail qu'elle voulait offrir à Len pour son anniversaire (il ne manquait plus que deux livres et demie), d'autres disséquaient sa vie de famille jusque dans le moindre détail. Et en concluaient qu'elle ne tarderait pas à partir pour de bon, parce qu'il y a des limites à ce qu'on peut encaisser, et si c'était pas une misère...

Cependant, la discussion n'était pas aussi vive et animée que d'habitude. Le bureau de poste contenait certes la foule des clientes habituelles — qui se rappelaient de temps en temps la raison de leur présence et faisaient un saut au comptoir pour acheter une denrée et ne pas contrarier Mr. Stillman —, mais un observateur avisé (tel que l'était Mr. Stillman, il se l'avouait à regret) aurait perçu que les langues allaient moins bon train que d'ordinaire. Le buraliste s'interrogeait sur la raison de cette absence d'enthousiasme : il manquait quelque chose, ou quelqu'un. Il aurait presque pu dire que l'ambiance était paisible.

Il en était à se demander si l'on pouvait honnêtement user de cette formule pour Plummergen quand tinta la clochette fixée au-dessus de la porte.

Les têtes se tournèrent, les regards dévisagèrent l'arrivant, les langues s'immobilisèrent. Un inconnu se dressait sur le seuil.

— Excusez-moi, murmura sir Wormelow, n'hésitant qu'un instant avant de se frayer un chemin à travers le groupe compact des dames de Plummergen pour atteindre Mr. Stillman, derrière son comptoir, car, avec toute la gêne du célibataire endurci, Tump préférait se fier à son propre sexe plutôt qu'à l'autre pour demander son chemin. Je vous serais très reconnaissant de bien vouloir me rappeler où se trouve, euh, *Sweetbriars.* Cela fait un moment que je ne suis pas venu, voyez-vous.

— *Sweetbriars*, monsieur ? Vous venez voir Miss Seeton, alors, déclara Mr. Stillman, ravi qu'une de ses clientes préférées ait un visiteur aussi distingué, mais intrigué — autant que le reste de la compagnie — que ce dernier eût besoin d'indications dans un village de cinq cents habitants, avec une seule rue. Vous ne pouvez pas rater la maison, monsieur, si vous voulez bien me suivre un instant...

Mr. Stillman accompagna sir Wormelow jusqu'à la porte, le fit sortir et lui montra le chemin avec beaucoup de soin. La Rue décrit une courbe douce dans sa partie sud, où elle devient soudain plus étroite et enjambe le Royal Military Canal au moyen d'un pont ; *Sweetbriars* se trouve au coin du rétrécissement de la route. Un mur de brique à la couleur adoucie par le temps clôt le jardinet situé à l'arrière de la maison, et celui de devant est entouré d'une élégante clôture en fer forgé.

— Vous ne pouvez pas la rater, monsieur, répéta Mr. Stillman.

Comme les frères de « J'adhère », il disait la vérité. Sir Wormelow le remercia et se dirigea vers le sud à une allure digne.

À peine le buraliste eut-il retrouvé son comptoir que les langues se remirent à aller bon train.

— Eh bien ! s'exclama Mrs. Skinner. Et qui croyez-vous que c'est, çui-là, qui débarque comme une fleur ? Un vrai gentleman, vu comme il cause, malgré sa mise négligée.

— Pas plus négligé que sir George la plupart du temps, releva Mrs. Henderson (prenant automatiquement le contre-pied) avec quelque raison.

Pour une journée à la campagne, sir Wormelow avait inconsciemment choisi la tenue traditionnelle des hommes de sa classe : un costume de tweed de qualité (quoique usagé), une chemise de sport et une cravate de lainage. Chevalier, baronnet ou citoyen lambda : n'importe quel homme de la campagne se serait habillé ainsi pour aller rendre visite à une dame.

— Sir George, lui, il vit ici, releva Mrs. Skinner d'un ton sans réplique. On le connaît. Mais *lui*, il voulait passer pour un garde-chasse, ma parole, sauf qu'il avait point de fusil.

— Il l'a peut-être laissé dehors, suggéra Mrs. Spice, vu qu'il l'avait apporté pour se déguiser. Sauf qu'il a dû l'oublier et que c'est pourquoi qu'on l'a pas vu.

Elle marqua un temps d'arrêt pour laisser le temps à Mr. Stillman de confirmer ou de démolir cette hypothèse, mais il y avait belle lurette que les passionnés de cancans avaient renoncé à voir dans le buraliste une source de potins. Les gens du village savaient que c'était à d'autres, ceux qui avaient plus l'esprit communautaire, de montrer l'exemple.

— Alors, le fusil devait l'attendre là ! souffla Emmy Putts avec un délicieux frisson, les yeux arrondis par l'horreur de la chose. Attendre qu'il arrive à *Sweetbriars*, et alors...

Il y eut un silence électrique, tandis que tout le monde considérait l'éventualité de la participation prochaine de Miss Seeton à une bataille rangée dans la Rue, avec échange de coups de feu. Telle était sa réputation parmi certains éléments de la population de Plummergen que l'idée ne semblait pas du tout incongrue. Une voix isolée murmura que ce ne serait pas une si mauvaise chose d'avertir l'agent Potter de ce qui risquait d'arriver, mais personne n'y fit attention dans le brouhaha des hypothèses les plus folles. Enfin, après mûre réflexion, on en vint à reconnaître qu'il y avait peut-être du vrai dans l'idée d'Emmy. Non sans regret car, tout en espérant que c'était le cas, chacune de ces dames aurait bien aimé y avoir pensé elle-même.

Le sujet de réflexion suivant fut le moyen de transport emprunté par l'étranger. Les assassins s'efforcent toujours de rester aussi anonymes que possible, convint-on ; il n'était donc vraisemblablement pas venu dans un véhicule trop tape-à-l'œil. Une Land-Rover aurait été adaptée pour un gentleman-farmer (ou un garde-chasse), déclara Mrs. Spice, mais personne ne pouvait se souvenir d'avoir repéré l'arrivée d'une auto inconnue à l'heure qui correspondait. Quelques optimistes laissèrent un blanc dans la conversation pour donner à Mr. Stillman l'occasion de rapporter ce qu'il avait vu en escortant l'inconnu hors de la boutique, mais le buraliste en avait assez.

Et, avec un bref mot d'excuse, il quitta le comptoir, faisant signe à Emmy de prendre la relève, et partit s'enfermer derrière les grilles du bureau de poste pour avoir un peu la paix.

Mrs. Skinner suggéra alors que l'homme avait dû laisser la voiture — bon, disons, la Land-Rover, si Mrs. Henderson tenait à pinailler, mais « voiture » suffisait en ce qui la concernait —, il avait donc dû laisser la voiture quelque part où on ne la verrait pas, avec le fusil caché dans le coffre. Ces dames étaient pour la plupart prêtes à accepter cette thèse, sauf Mrs. Henderson qui se fit un plaisir de rappeler que le car de Brettenden était arrivé juste avant l'inconnu; il était donc plus que probable qu'il eût emprunté les transports publics. Auquel cas il aurait difficilement pu apporter un fusil, non? Ça se serait remarqué et on lui aurait posé des questions.

— Le car, se hâta de renchérir Mrs. Spice, avant que Mrs. Skinner ait le temps de répliquer. Je me demandais justement... fit-elle, promenant un regard circulaire sur le magasin qui, bien que rempli de dames de Plummergen, semblait dépourvu d'un élément vital.

Pour agréable qu'avait été la discussion jusque-là, il y manquait l'inspiration essentielle...

C'est alors que tinta la clochette accrochée au-dessus de la porte.

Les têtes se tournèrent, les regards se fixèrent, les langues s'immobilisèrent tandis que deux silhouettes franchissaient le seuil du bureau de poste. L'une était longue et chevaline, l'autre rondelette et renfrognée. L'élément manquant ne faisait plus défaut : Miss Nuttel et Mrs. Blaine étaient arrivées. Enfin, les Cinglées étaient là.

Bien qu'elles fussent entrées en même temps, elles n'étaient, semble-t-il, pas ensemble; du moins, pas au sens ordinaire du terme. Erica Nuttel agita la tête et produisit un hennissement qui se voulait un salut adressé à tout le magasin. De ses petits yeux ronds et noirs, Norah Blaine jeta un vif coup d'œil sur ces dames, marmonna quelques mots et trotta droit vers le comptoir de l'épicerie.

— Six citrons, je vous prie, Emmy. Et trois gros pamplemousses — j'essaie une marmelade au goût un peu différent. Amère, précisa-t-elle en décochant un regard noir à Miss Nuttel, qui était restée près du présentoir à livres et le faisait tourner sur lui-même d'un geste calculé.

— Venez tard, aujourd'hui, Mrs. Blaine, observa Emmy en cherchant les fruits demandés. On était en train de se dire que vous aviez dû prendre le car pour Brettenden...

— On l'a raté, interrompit sèchement Miss Nuttel (on vit trembler les lèvres de Mrs. Blaine). Les horaires sont les horaires, ça n'attend pas.

— Généralement fiable, le car, renchérit Mrs. Spice. Vient depuis la ville — avec toutes sortes de passagers, aussi. Oh, je dis pas ça pour vous, Miss Nuttel !

— Le car, annonça Mrs. Blaine avant que Miss Nuttel n'ait le temps d'ouvrir la bouche, n'est plus ce qu'il était. Ça vaut d'ailleurs aussi pour Brettenden. Trop inconfortable et, avec tous ces inconnus, on peut pas vraiment se sentir en sécurité. Merci, Emmy. Dans le car, veux-je dire, pas en ville. Bien qu'on voie là-bas des gens *très bizarres*. Et des *choses* bizarres aussi.

Ainsi, la dispute à propos de la sculpture de la biscuiterie n'était toujours pas terminée. Tout le monde en prit bonne note pour en discuter plus tard, quand les Cinglées auraient fini leurs courses et seraient reparties. Mais, pour l'instant, on avait des sujets de discussion plus importants. La question, c'était de savoir comment les mettre sur le tapis. Emmy et Mrs. Spice ne s'étaient pas mal débrouillées mais aucune des Cinglées n'avait mordu à l'appât.

Du moins pas encore.

— Je ne vais pas m'embarrasser avec du sucre, Emmy, déclara Mrs. Blaine, j'en ai encore à la maison. Cette marmelade est faite pour être amère — à la différence de certaines autres dont je ne parlerai pas.

Elle laissa tomber les citrons dans son cabas et se mit à farfouiller dans son porte-monnaie.

— Bon, c'est tout ce que je vous donne ? s'enquit Emmy.

— Oui, merci, répondit Mrs. Blaine.

— Non, rétorqua Miss Nuttel, abandonnant le présentoir à livres pour se diriger vers le comptoir à grandes enjambées. Raté le car. Plus rien à la maison. Un paquet de biscuits, s'il vous plaît.

Tandis que Mrs. Blaine laissait échapper un petit cri d'horreur en entendant ainsi calomnier ses exploits culinaires, Mrs. Spice décida de tenter le coup à nouveau :

— En parlant de car et d'inconnus... fit-elle, ménageant une pause pour inviter une réplique.

Pourraient-elles résister, l'une et l'autre ?

— Un homme de grande taille en costume de tweed, lâcha vivement Miss Nuttel.

Finalement, elles avaient bel et bien observé la scène. Plummergen poussa un soupir de soulagement : ça n'aurait pas paru normal si les Cinglées n'avaient pas été postées aux fenêtres de *Lilikot,* à épier ce qui se passait.

— Il avait l'air de ne pas savoir de quoi il parlait, reprit Mrs. Blaine, je veux dire, ajouta-t-elle avec une autre grimace courroucée à l'adresse de Miss

Nuttel, il ne semblait pas savoir où il allait. Trop impulsif. Il est pas venu ici ?

C'était un encouragement suffisant pour que la discussion redevînt générale. Bientôt les Cinglées en savaient autant sur l'inconnu que n'importe qui à Plummergen. Le négligé confortable de la tenue de l'inconnu fut analysé par le menu. Miss Nuttel était d'avis qu'une personne si mal mise pouvait être un genre d'artiste peintre, d'autant qu'il venait voir Miss Seeton. Mrs. Blaine, elle, estimait qu'il avait l'air trop bizarre et que, plutôt que peintre, il était sans doute sculpteur — la sorte de personne de la part de qui rien ne la surprendrait.

Mrs. Spice se hâta d'évoquer le fusil ou son absence ; Mrs. Skinner mentionna sa théorie du garde-chasse, Mrs. Henderson protestant que cet homme-là avait un accent bien trop chic pour en être un. On échangea des regards, on s'escrima à trouver une explication.

Ce fut Miss Nuttel qui, s'étant acharnée encore plus que les autres, annonça que l'identité de l'homme aurait dû être évidente. Mrs. Blaine s'exclama alors (les habitudes ont la vie dure), conjurant Eric de les éclairer.

— Parfaitement clair ! déclara Miss Nuttel, rejetant la tête en arrière d'un mouvement altier. Beau parleur, raconte qu'il est déjà venu mais demande où habite Miss Seeton. Doit être un acteur qui essaie un rôle. Quelqu'un de la BBC, avec une voix pareille. Ça va passer à la télé, conclut Miss Nuttel d'un ton envieux.

CHAPITRE VII

Sir Wormelow, comme la plupart des membres de l'establishment, tenait la British Broadcasting Corporation (BBC) en grande estime, sans pour autant souhaiter être pris pour l'un de ses membres. Les nouvelles et les opinions circulent vite à Plummergen et, tout en déjeunant au *George and Dragon* avec Miss Seeton et son parapluie à poignée d'or, il se rendait vaguement compte que la serveuse se préoccupait bien plus de lui qu'il n'est coutume en telles circonstances. La jeune Maureen avait entendu des rumeurs racontant qu'un homme de la télé était là et elle espérait que des battements de paupières, des moues et des postures provocantes du buste lui assureraient un vedettariat instantané.

C'était, il va de soi, le pire moyen pour qui voulait éveiller un quelconque intérêt chez Tump, mais ce ne fut qu'au montant du pourboire que Maureen comprit, déçue, qu'elle s'était mise en frais pour rien. Elle repartit brusquement en cuisine et se prit à rêver de rencontrer un millionnaire. Même ce Crésus dont parlaient les journaux, ça vaudrait mieux que de rester coincée dans ce trou rasoir pour le restant de ses jours...

— Si gentil de la part de cette chère Mel de

m'envoyer cet article, vous ne trouvez pas, sir Wormelow ?

Ponctuant son propos d'un mouvement de la tête, Miss Seeton sourit à son visiteur, installé en face d'elle, à l'autre bout du tapis jeté devant la cheminée. Elle avait eu l'impression que le but de sa visite était trop important pour le jardin, bien qu'elle n'eût pu deviner ce qu'un gentleman de la qualité et du rang de sir Wormelow pouvait lui vouloir, elle qui n'était qu'un professeur de dessin à la retraite et au talent limité. L'ayant cependant écouté attentivement pendant le déjeuner, elle avait glané quelques idées.

— Ça a fait gagner beaucoup de temps, non, cet article, poursuivit-elle. Mais, bien sûr, c'est si dommage, la pauvre, avec sa cheville foulée, je veux dire, même si, autrement, elle n'aurait peut-être pas pensé à m'envoyer les réflexions de ce cher Mr. Banner. Cela dit, on a du mal à imaginer quelque chose qui mérite moins la réflexion que les agissements criminels de ces suppôts de Crésus, vous ne croyez pas ?

Sir Wormelow acquiesça du chef, hésita, puis cracha le morceau. Exposa tout ce qu'il savait, toutes ses craintes, n'omettant que la lettre de son ami. Il raconta ce qui s'était passé, sans pourtant pouvoir se résoudre à entrer dans le détail. Miss Seeton l'écouta attentivement, s'exclamant quand elle était décontenancée ou choquée, pleine de pitié devant l'angoisse qu'elle lisait sur le visage de son interlocuteur.

Quand il eut fini, elle hocha la tête :

— C'est en effet une bien pénible affaire, sir Wormelow. Pas seulement la mort de votre pauvre ami, mais la perte de tant d'œuvres d'art sur un simple caprice, comme le laisse supposer l'article de Mr. Banner. Il est cependant possible qu'il se trompe, ajouta-t-elle à regret car elle aimait bien Thrudd. La presse n'est pas toujours complètement exacte, je le crains...

— Je ne crois pas que ce soit le cas en l'espèce, Miss Seeton, si vous m'excusez, répondit Tump, mettant la main dans sa poche pour en tirer la photocopie du rapport de l'inspecteur principal Terling. Banner a mis dans le mille, à en juger par la liste qui figure au dos de ce document : la plupart des délits répertoriés sont le fait d'un seul homme, ou du moins ont-ils été perpétrés à son instigation. Et le bonhomme ne s'embarrasse pas de savoir si les œuvres sont de qualité ou pas. Il veut simplement les *acquérir*. Comme une... une corneille ou une pie.

— De si jolis oiseaux, bien que parfois si méchants, murmura Miss Seeton, tournant les pages du rapport d'un geste machinal. Je crains, sir Wormelow, de ne pas vraiment savoir ce que vous désirez que je fasse de cela.

— Lisez-le simplement, supplia-t-il. J'ai moi-même essayé d'y comprendre quelque chose mais je n'ai rien pu trouver qui soit d'une quelconque utilité — j'ai plutôt des idées assez orthodoxes en la matière, voyez-vous, fit-il avec un petit sourire avant de poursuivre : La police aussi est gênée par le... les limites de la mentalité administrative, si j'ose m'exprimer ainsi. Mais vous, Miss Seeton, avec votre connaissance de l'art, votre regard exercé et votre imagination hors pair...

Miss Seeton rougit et protesta avec modestie, minimisant l'importance attribuée à ses pauvres tentatives de croquer des portraits-robots pour la police. Le commissaire divisionnaire et ses collègues avaient la gentillesse de dire que ses dessins leur avaient été utiles dans certaines affaires, euh, disons inhabituelles — à telle enseigne qu'elle recevait des émoluments annuels en contrepartie de ses services —, mais elle considérait, elle, que ce n'était que simple coïncidence. Que ses dessins aient été utiles, voulait-elle dire. Parce que les gens de la police travaillaient dur et faisaient très bien leur métier, alors qu'elle n'était pas une experte, et certainement pas du métier (elle rougit de nouveau) , comme chacun le savait. Ils auraient sans doute aussi bien réussi sans son, euh, ses interventions d'amateur...

Ignorant ses protestations, sir Wormelow sourit et la conjura une nouvelle fois de parcourir le rapport de l'inspecteur principal Terling. Le papier à en-tête de Scotland Yard la convainquit que le document méritait toute son attention, en dépit de ses craintes de ne pas comprendre. Si Scotland Yard — à qui elle devait tant ! — considérait qu'il était de son devoir de prendre connaissance de ce dossier, eh bien, elle le lirait.

Tandis qu'elle s'y employait, Tump se cala dans son fauteuil, plus fatigué qu'il ne l'avait escompté. L'épuisement causé par les émotions se faisait lourdement sentir : deux fois en vingt-quatre heures, il venait de revivre la perte de son cher ami, et Miss Seeton représentait son dernier espoir d'enterrer le fantôme du deuil et de... oui, il fallait le reconnaître, de la lâcheté. Il aurait dû aller trouver la police dès réception de la lettre : une vie avait déjà été perdue, mais il aurait peut-être pu empêcher qu'une autre eût été mise gravement en danger, car le veilleur de nuit restait sur la liste des cas critiques. Alors qu'il aurait peut-être été épargné s'il avait été prévenu à temps...

Tandis que sir Wormelow méditait sur ses travers, son regard errait dans le salon et vint se poser sur une aquarelle, au-dessus de la cheminée. On y voyait au premier plan une austère branche noire à laquelle pendaient encore quelques feuilles désespérées, sur un fond de ciel qui n'était qu'une masse de nuages menaçants, gris et orageux au-dessus de la douceur des bruyères de la lande. C'était une image sombre et triste, qui fit frissonner sir Wormelow.

— Oh, mon Dieu ! s'écria Miss Seeton en relevant les yeux à la fin de la dernière page. Une si chaude journée, aussi. J'espère que vous n'avez pas attrapé froid, sir Wormelow. Désirez-vous une tasse de thé ?

— Plus tard peut-être, Miss Seeton, merci. Pour le moment, je préférerais avoir votre avis sur ce rapport.

Miss Seeton plissa le front : son avis ? Ne serait-ce pas impertinent de sa part d'émettre une opinion alors que les experts avouaient ne rien savoir — à en juger par ce que l'inspecteur principal avait écrit ? L'article de ce cher Mr. Banner avait du reste tiré la même conclusion, autant qu'elle s'en souvenait. À savoir que nul n'avait la moindre idée de ce qui se passait, si ce n'est qu'il était clair que quelqu'un, quelque part, dirigeait des gens, leur faisait voler des objets pour son propre compte, et les rétribuait en conséquence. Les incitait à tomber dans la criminalité alors que, faute de tels encouragements, ils n'auraient peut-être pas été, euh, corrompus...

— Et puis, ce n'est guère une chose à encourager, pensa tout haut Miss Seeton, prenant son ton de maîtresse d'école. La corruption, veux-je dire. Tout ce qu'il y a de plus répréhensible. Profiter des faiblesses des autres. Si vous m'excusez un instant, sir Wormelow, j'aimerais...

Tump, l'air décontenancé, se leva néanmoins quand Miss Seeton sortit du salon d'un pas pressé. Elle revint deux minutes plus tard, la lettre de Mel en main, et il se rassit avec un soupir de soulagement. Miss Seeton lui tendit l'article de Thrudd, ajoutant qu'il l'avait sans doute manqué car, supposait-elle, il ne devait pas lire *Anyone's*, lui non plus.

— Mais la coïncidence est intéressante, je pense que vous en serez d'accord — c'est-à-dire, si mon souvenir est exact, ce dont je suis sûre. Je n'ai pas pu m'empêcher de remarquer, après avoir lu ce que Mr. Terling avait à dire... ou plutôt son absence de choses à dire, à première vue... entre les deux listes, j'entends. Celle de Mr. Banner et celle de la police : autant que je me rappelle, elles ne me paraissent pas semblables quant à la nature des objets volés pour le compte du dénommé Crésus. Ce qui se comprend, car on ne peut guère supposer que ses, euh, que les gens de sa bande laissent leur carte de visite pour qu'on puisse avoir une certitude. Il est donc impossible d'être absolument certain. Que les objets ont bien été volés, j'entends. Ainsi, expliqua Miss Seeton avec fougue, s'il est clair que les listes se *recoupent* et que certains objets figurent sur les deux, il y a aussi de sérieuses différences. D'après ce qu'on m'a laissé entendre, les journalistes sont toujours prêts à rapporter ce qui leur paraît une bonne histoire, sans toujours, je le crains, vérifier les faits. Et naturellement, il faut également tenir compte du désir bien naturel qu'ont les possesseurs d'œuvres d'art de se rendre plus intéressants ou de susciter un intérêt accru pour leurs biens. C'est tellement plus romanesque, n'est-ce pas, dit-elle avec un clin d'œil, de pouvoir raconter que c'est une bande internationale qui vous a volé le portrait de votre aïeul, plutôt qu'un vulgaire cambrioleur ordinaire. Encore faut-il que ce soit le cas, parce qu'il me semble qu'ils n'ont pas pris de tableaux d'ancêtres — du moins pas beaucoup. Très peu, de fait. Et quant à ce qu'ils ont volé — pas seulement des portraits, mais aussi des paysages et même la statue — les pièces qui figurent sur les deux listes, je veux dire, eh bien, j'ai eu l'impression qu'il y avait entre elles un rapport évident, conclut Miss Seeton sur le ton de l'excuse. Oh, naturellement, je peux me tromper, surtout si vous n'avez rien remarqué. Ce qui doit être le cas, je suppose, sinon vous ne me l'auriez pas apporté, non ? Le rapport, j'entends.

Elle feuilleta les pages sous le nez de sir Wormelow médusé, qui tentait désespérément de décrypter ce qu'elle avait tenté de lui expliquer.

Les gens de cour et les diplomates sont formés quasiment depuis le berceau à assumer toutes les situations, et ils savent réfléchir vite. Sir Wormelow ne faisait pas exception : s'il était capable de comprendre un Grec ou un Russe, il devait être à même de saisir le sens des propos de Miss Seeton.

Aussi répondit-il presque du tac au tac :

— Cela m'intéresserait beaucoup de connaître votre opinion sur la question, Miss Seeton. Et en détail, si vous voulez bien être assez aimable pour me l'expliquer. Si vous avez découvert un lien quelconque qui aurait échappé aux autres...

— Tellement froid ! observa Miss Seeton, et le regard de sir Wormelow se porta aussitôt sur l'aquarelle, au-dessus de la cheminée. Oh non, se hâta-t-elle de réagir, ou plutôt si, je suppose. Un jour très gris, voyez-vous. Cela dit, maintenant que je le connais nettement mieux... Je me garderais de porter un jugement si, euh, hâtif. Oh, non, il ne s'est jamais plaint, comprenez-vous, et d'ailleurs ce cher Bob — l'inspecteur Ranger, veux-je dire — trouve que ça ressemble beaucoup au commissaire divisionnaire, du moins que ça le lui rappelle. Et il y en avait tant d'autres aussi — qui étaient froids, j'entends. Vous ne trouvez pas ?

— Vous avez là-dessus un point de vue tellement plus qualifié que le mien, commenta sir Wormelow d'un ton de miel, s'efforçant de contenir hurlements et grincements de dents.

(Ne pouvait-elle donc pas en venir au fait ? Et cela vaudrait-il la peine quand elle le ferait ?)

— Les autres, reprit Miss Seeton, ceux que Crésus a volés ou fait voler pour son compte. Il y en a tant qui semblent, euh, *froids*. Les portraits de famille des Wynter — le nom même, si suggestif — et tous ces paysages : on ne peut guère s'empêcher de le remarquer. *Course de patineurs sur les Fens*, *Le Dôme du plaisir* — autant que je me souviens, une allusion aux « grottes de glace » de Coleridge dans *Koubilai Khan*. *Snowdon vu du sud*, un titre tellement évocateur. *Sapins à Noël*, Miss Seeton poursuivait sa liste, compulsant les pages du rapport de Terling et de l'article de Thrudd, comparant les deux sources avec une grimace attentive. *La Retraite de l'armée napoléonienne revenant de Moscou* — je me souviens des leçons d'histoire de l'école, sir Wormelow. On nous expliquait qu'en plus de leurs soldats, les Russes avaient le général Hiver de leur côté. Je ne connais pas ce tableau, mais je peux parfaitement imaginer la scène...

Captivé, sir Wormelow écoutait Miss Seeton citer toute une série d'exemples à l'appui de l'apparente obsession de la bande à Crésus : neige, glace et froidure. *Le Glacier du mont Blanc au soleil couchant*, *Arrive l'homme des glaces* (salué comme chef-d'œuvre moderne, bien que l'expression de Miss Seeton suggérât que l'artiste était encore un novice), *Bataille entre les géants du gel et les armées du Walhalla*...

Elle avait dû mentionner deux douzaines d'œuvres d'art en tout : des peintures, des sculptures et même un mobile d'acier inoxydable créé par un membre de l'école fonctionnaliste et intitulé *Tempête de grêle électrique*. Sir Wormelow, qui en avait le tournis, accrocha son regard sur le tableau du « jour gris » et sentit dans sa tête les premiers frémissements d'une idée.

— ... une malheureuse uniformité de goût, constatait Miss Seeton d'un ton sévère, assortie, on doit le supposer, d'un manque de véritable appréciation de l'art. Acquérir un objet pour le plaisir de le posséder mais pas pour sa valeur propre, je le crains. Comme vous l'avez si justement relevé, sir Wormelow, plus une corneille qu'une personne de bon jugement.

Sir Wormelow cligna des yeux :

— J'ai dit ça? Je suppose que oui, puisque cela semble aller dans le sens de mon opinion, Miss Seeton. J'avais raison sans comprendre au juste pourquoi, mais votre avis et vos commentaires m'ont considérablement éclairé sur la question. Vous m'avez bien aidé, Miss Seeton, comme j'ai toujours su que vous le pourriez. Et le commissaire divisionnaire Delphick aussi...

CHAPITRE VIII

À Scotland Yard, le lendemain matin, le téléphone sonna dans le bureau du commissaire divisionnaire Delphick. L'inspecteur principal Terling était en ligne.

— L'Oracle ? Pensé que vous aimeriez savoir que le veilleur de nuit de l'affaire Crésus vient de mourir, le pauvre diable. Il n'est plus question de quelques toiles barbouillées et d'un bout de marbre par-ci par-là.

L'inspecteur principal de la Brigade des œuvres d'art prétendait que le fait de cultiver une attitude de béotien en matière d'esthétique faisait merveille pour l'aider à garder le sens des proportions, et donc à rester sain d'esprit.

— Il s'agit de meurtre à présent, l'Oracle. Euh, des idées là-dessus ?

— Je vous tiendrai au courant, répondit l'Oracle, qui avait parfaitement saisi l'allusion. Quelqu'un est allé la voir hier dans le Kent (pas besoin de mentionner que ladite personne n'était pas un émissaire officiel) ; il doit me faire savoir très bientôt si elle a trouvé des éléments...

— Alors, Miss S est sur le dossier, finalement ! releva Bob quand Delphick raccrocha en fixant son sous-main, le front plissé par la réflexion (il était encore habité par le souvenir du parapluie qu'il avait griffonné, il n'y avait pas si longtemps).

— Apparemment, répondit-il d'un ton méfiant, elle pourrait ne pas tarder à recevoir un appel à l'action — Dieu nous garde ! Quand on aura des nouvelles de sir Wormelow, on aura une meilleure idée de ce qu'elle peut faire, si tant est que...

Le téléphone sonna encore. Bob regarda son patron et sourit. Parlez du loup... Delphick hocha la tête devant tant de frivolité mais ne put réprimer un soupir de résignation amusée en décrochant de nouveau, indiquant du geste à Bob d'en faire autant. Il s'éclaircit la gorge :

— Ici Delphick... Qui ça ?

C'était un des inspecteurs de service dans le Back Hall, comme on a coutume d'appeler l'entrée de Scotland Yard. Delphick était si sûr qu'on allait lui annoncer l'arrivée de sir Wormelow Tump qu'il dut faire répéter le message.

— Faulkbourne ? Belton Abbey ? Ah oui, des tableaux volés il y a quelques années, passés en Suisse en fraude pour les y exposer et les vendre...

Le duc de Belton, se souvint-il, n'avait pas été le seul à bénéficier du fait que Miss S eût démasqué les tableaux maquillés, ce qui avait permis de les récupérer sans encombre. Elle avait pour sa part touché une coquette récompense des assureurs. Bien méritée, du reste.

— Pour me voir ? A-t-il dit à quel sujet ? s'enquit Delphick, plissant de nouveau le front, stylo-bille en main (encore un satané parapluie qui cherchait à sortir !). Confidentiel ? Il ferait mieux de s'adresser à un prêtre qu'à un policier. Non, ne le lui répétez pas, pour l'amour du ciel ! Mon malheureux sens de l'humour, rien de plus... Il insiste, hein ?

Delphick regarda Bob, haussa les épaules et répondit :

— Bon, mais alors, juste dix minutes. Mon inspecteur va descendre le chercher, dit-il, raccrochant avant d'ajouter : Et espérons qu'on n'aura pas trop à attendre des nouvelles de sir Wormelow. Un mystère en rapport avec Miss Seeton, je peux à la rigueur assumer, mais deux, les mots me manquent. Et cessez de sourire comme ça ! Allez donc chercher notre visiteur inattendu, inspecteur Ranger... Faulkbourne, murmura-t-il, tandis que Bob, toujours hilare, quittait la pièce. Je croyais que son nom de famille était Bremeridge mais...

L'homme qui entra dans le bureau avec Bob quelques minutes plus tard avait l'air aristocratique jusqu'au dernier des nombreux centimètres de sa taille imposante. Mesurant plus d'un mètre quatre-vingts, il était moins massif que Ranger et semblait presque mince à côté de lui. Considéré isolément, il donnait une impression de force tranquille, tant physique que mentale. Il émanait de lui un sentiment d'assurance et de dignité — du moins devait-ce être le cas d'ordinaire, décida Delphick après un deuxième examen.

— Commissaire divisionnaire Delphick ? C'est très aimable de votre part de me recevoir ainsi sans rendez-vous. Je m'appelle Faulkbourne, continua-t-il avant de s'éclaircir discrètement la gorge pour ajouter : J'ai l'honneur de servir Sa Grâce le duc de Belton en ma qualité d'intendant de la maison.

Delphick salua de la tête :

— Prenez un siège, Mr. Faulkbourne, et exposez-moi le problème. Pas un autre vol de tableaux, j'espère — nous ne pouvons pas garantir le même succès que la dernière fois.

Faulkbourne s'autorisa un léger sourire.

— C'est en rapport avec ce succès-là que je prends la liberté de m'adresser à vous aujourd'hui, monsieur. On ne peut s'empêcher de se rappeler...

Le sourire s'était évanoui, remplacé par l'air préoccupé que le visage de l'intendant devait afficher depuis un certain temps, devina Delphick.

— Le retour de ces tableaux, rapide et en toute sécurité, a procuré une intense satisfaction à Sa Grâce, monsieur. Mais, pardonnez-moi, si mon souvenir est exact, le plus clair de cette réussite avait été le fruit de, euh, des efforts d'un particulier, plus que du commissariat, non ?

Delphick répliqua d'un ton sévère, couvrant le ricanement que Bob Ranger s'efforçait d'étouffer :

— Un particulier bien particulier, pour ne pas dire un citoyen unique. Qui est attaché à la police en tant que conseiller et qu'on peut donc dans cette mesure considérer comme notre représentant officiel, mais...

Faulkbourne toussa.

— Veuillez m'excuser, monsieur, mais je n'avais nulle intention de suggérer le moindre mécontentement, tant à propos de la conduite de l'affaire que de sa résolution. Comme je l'ai mentionné, Sa Grâce était ravie de recouvrer sans encombre ses biens volés — j'imagine que la compagnie d'assurances aussi, releva-t-il, une brève lueur d'amusement dans le regard.

— Les Assurances Tougarantie, précisa Delphick après un court instant de réflexion. Mais tout cela remonte à deux ou trois ans, je crains de ne pas voir pourquoi...

Une toux plus forte, cette fois-ci :

— Nous avons reçu certaines instructions, monsieur, de ne pas prévenir la police ni l'assurance avant que les objets ne nous soient rendus. En d'autres termes, monsieur, une fois la rançon payée...

Delphick comprit aussitôt de quoi parlait Faulkbourne.

— Vous avez eu la visite de Raffles le Rançonneur ?

— Pas moi personnellement, répondit l'intendant en relevant un sourcil discret. Le cambriolage de l'Abbaye a eu lieu dans l'une des salles ouvertes au public. La collection de boîtes à priser de Sa Grâce a été mise sens dessus dessous et plusieurs pièces, les plus précieuses et les plus rares, ont été dérobées. On a trouvé une demande de rançon déclarant que les boîtes ne seraient pas restituées avant le paiement d'une somme de dix mille livres, confia-t-il, sans pouvoir dissimuler le tremblement de sa voix. D'une manière qui serait révélée à Sa Grâce le moment venu, bien sûr.

Raffles n'ayant jusque-là ni tué ni grièvement blessé quelqu'un au cours de sa carrière de voleur, les renseignements que Delphick possédait sur ses méthodes avaient été glanés dans la presse et dans les propos de ses collègues policiers. Il en savait assez au demeurant pour comprendre aussitôt que le larcin qu'on lui rapportait là s'était déroulé selon le même schéma, bien que la somme exigée fût la plus élevée de toutes. Il considéra l'intendant avec intérêt.

— Mr. Faulkbourne, sachant que le message vous ordonnait — je vous demande pardon : ordonnait au duc — de ne pas communiquer avec la police, puis-je vous demander pourquoi vous avez décidé de venir à Scotland Yard, au lieu d'aller trouver votre police locale avec toutes les précautions qui s'imposaient ? Nous ne sommes guère une obscure institution, me semble-t-il.

— Justement, monsieur. C'est une démarche si hardie et si directe qu'on doit supposer que Raffles n'aurait jamais cru qu'on puisse l'entreprendre. À bluffeur, bluffeur et demi, pourrait-on dire.

L'autosatisfaction qui s'inscrivit un instant sur les traits de Faulkbourne aurait pu friser la suffisance chez un homme moins noble.

Delphick trouva cette marque de vanité intéressante chez une personne par ailleurs aussi effacée — non, l'intendant d'une maison de l'importance de Belton pouvait difficilement avoir l'air effacé. Il lui fallait de la présence (ce qu'il possédait indéniablement) et de l'autorité, ce qui allait de pair avec la fonction. Une fonction qui exigeait par ailleurs de la discrétion, une forte disposition au service, et de la loyauté.

— Depuis combien de temps êtes-vous à l'Abbaye, Mr. Faulkbourne ? s'enquit Delphick.

L'intendant parut surpris par ce brusque changement de sujet et inclina un instant sa noble tête, sans doute pour se soustraire au regard acéré de Delphick pendant qu'il consultait son calendrier mental.

— Dix-huit ans et sept mois, monsieur. J'ai débuté comme second valet de pied de feu Sa Grâce.

— Il n'est donc pas étonnant que le duc actuel vous ait confié la tâche d'organiser une telle entrevue. Un homme qui a de si longs états de service honorable est...

Delphick se tut en voyant Faulkbourne s'empresseı de hocher la tête en signe de dénégation. Le visage de l'intendant n'exprimait plus que de l'angoisse tandis qu'il se tordait les mains (soigneusement manucurées, et formant maintenant un nœud de frustration).

— Sa Grâce est absente en ce moment, monsieur, et ce depuis déjà un certain temps. Elle est en Amérique du Sud avec lord Pelsall, l'héritier de Sa Grâce, monsieur. Pour faire de l'escalade en montagne, expliqua-t-il avec un frisson qui en disait plus long qu'un discours sur ce que l'intendant pensait de ces pratiques énergiques. Dans les Andes, je crois, bien qu'il y ait plusieurs semaines que la maisonnée n'a pas reçu de nouvelles. La duchesse, ajouta-t-il alors que Delphick semblait sur le point de parler, voyage en cargo pour les rejoindre le moment venu, monsieur. À Lima, peut-être, ou à Santiago, ou encore à Antofagasta. Les projets de Sa Grâce étaient encore incertains quand elle est partie il y a dix jours, je le crains.

— Si toute la famille s'en est allée pour explorer la planète, s'exclama Delphick, incapable de se retenir, alors qui donc s'occupe de la boutique ? Vous ?

— Oh non, monsieur ! répondit Faulkbourne, qui s'arrangea pour prendre l'air choqué à la seule évocation d'une telle idée, alors qu'une lueur s'allumait dans son regard, suggérant qu'il se savait parfaitement capable de gérer une chaîne de supermarchés, si le devoir l'exigeait. Sa Grâce a laissé la charge de l'Abbaye à son fils cadet, lord Edgar Bremeridge. Lord Edgar, je dois vous le dire, ignore que je suis ici, précisa Faulkbourne, l'air préoccupé, et j'apprécierais que vous ne le mettiez pas au courant de mon intervention dans cette affaire. Sa Seigneurie est jeune, c'est sa première, euh, tentative en solo. Elle serait profondément blessée, vous le comprendrez. En outre, ajouta-t-il alors que Delphick se préparait à lancer quelques remarques cinglantes sur le thème des adolescents chouchoutés, je risquerais de perdre ma situation, je le crains, pour m'être ainsi imposé et avoir contredit les ordres du jeune monsieur Eddie... je vous demande pardon, de lord Edgar. Il n'est pas du tout certain que Sa Grâce, à son retour de voyage, voie d'un œil indulgent un exemple de désobéissance aussi, euh, flagrante. Je n'ai pas envie d'être étiqueté comme un homme peu fiable, monsieur. On a son orgueil professionnel — vous le comprenez vous-même, j'en suis sûr.

— Mais, grand Dieu, mon vieux ! Dans un cas pareil, aucun individu sain d'esprit ne pourrait vous en vouloir d'être venu nous trouver. C'est même la démarche que nous conseillons nous-mêmes au public — qu'importe si votre jeune seigneurie se croit plus maligne. C'est presque toujours le cas à cet âge-là... releva Delphick, interrogeant Faulkbourne du regard.

L'intendant baissa de nouveau les yeux.

— Lord Edgar n'a que vingt-deux ans, monsieur, et il fait parfois montre de ce qu'on pourrait appeler poliment un tempérament excitable. Ce qui peut d'ailleurs s'appliquer au reste de la famille, je dois l'avouer. Feu Sa Grâce — le père du duc actuel — était bien connue pour son, euh, son caractère changeant.

— Changeant, peut-être, mais ce n'est guère le premier mot qui vient à l'esprit au sujet d'une famille pour qui prendre du bon temps consiste à aller escalader des montagnes au cœur de l'hiver — après tout, les Andes sont dans l'autre hémisphère et c'est le plein été ici — ou à voyager en cargo à vapeur pour Dieu sait où et jusqu'à Dieu sait quand !

— Sa Grâce, monsieur, a une aversion déclarée pour la chaleur et lord Pelsall a hérité des goûts de son père. Quant à la duchesse, bien que n'étant pas une Bremeridge de naissance, elle jouit d'une considérable... robustesse de tempérament, pourrait-on dire. Une soif d'aventure, monsieur. La passion des voyages est une caractéristique bien connue de la famille, qui remonte à plusieurs générations. Il y a eu un précédent lord Pelsall qui est allé au Tibet en 1803 et qui en a rapporté une chose qu'on a prise à l'époque pour la peau de l'Abominable Homme des neiges. Et qu'on peut encore voir exposée dans les salles ouvertes au public, monsieur. Sa Seigneurie s'était formée au yoga pendant les deux années de son voyage et prétendait que cette pratique l'avait considérablement aidée pendant sa, euh, longue période d'attente avant de pouvoir prendre la succession du duc, son père, qui a vécu jusqu'à l'âge de cent deux ans, monsieur.

Un signal d'alarme retentit dans la tête de Delphick, qu'il ignora.

— Je crois que je commence à voir le tableau : tout le monde a la bougeotte et un caractère instable — ai-je raison? Ce qui signifie qu'au bout du compte il ne risque pas d'y avoir grand monde de votre côté, Mr. Faulkbourne.

— Je le crains en effet, monsieur. C'est pourquoi... dit-il, fixant ses doigts noués et poussant un soupir avant de poursuivre : Le duc et la duchesse étaient absents quand les tableaux ont été volés à l'Abbaye; ils étaient en Turquie, si vous vous rappelez. Mais lord Pelsall ne les avait pas accompagnés et il avait pu — et bien voulu — faire faire une enquête. Lord Edgar, en revanche...

— Est jeune, impétueux et croit tout savoir, suggéra Delphick, proposant l'impitoyable résumé avec un sourire que Faulkbourne lui rendit timidement. Bon, puisque vous n'êtes pas là officiellement, dirons-nous, que souhaitez-vous que je fasse? À moins que lord Edgar ne change d'avis et décide de solliciter l'aide de la police, vous savez, je ne vois pas vraiment pas en quoi je pourrais vous aider.

Le sourire de l'intendant s'élargit et Delphick aurait presque pu dire qu'il avait une étincelle dans les yeux.

— Je me vois dans l'obligation d'oser exprimer un désaccord sur ce point, monsieur le commissaire divisionnaire. Comme je viens de le suggérer, la disparition des quatre tableaux et leur retour sans encombre a produit une impression non négligeable sur tout le monde à Belton. Nous avons été particulièrement frappés par les interventions du particulier dont les talents d'observation et les connaissances ont reçu une juste récompense de la part de la compagnie des Assurances Tougarantie...

Ce qu'entendant, Bob, qui avait assisté à toute la conversation sans émettre le moindre son, ne put retenir un petit cri de joie. Delphick réprima un gémissement. Ils s'en étaient doutés depuis le départ, évidemment : rien d'autre, ou plutôt personne d'autre, n'aurait vraiment pu faire accourir le bras droit du duc de Belton, arrivé au galop de l'Abbaye contre les ordres de son maître en titre...

— Miss Seeton ! soupira le commissaire divisionnaire Delphick.

CHAPITRE IX

— Il n'avait pas l'air de nager dans le bonheur, monsieur, déclara Bob après le départ de Faulkbourne. Ne pouvait-on vraiment rien faire pour ce pauvre gars-là?

— Faute d'avoir été mis sur l'affaire officiellement, on a plutôt les mains liées. Bien sûr, on pourrait toujours dire deux mots discrets aux collègues de là-bas — par exemple, les alerter sur les problèmes de sécurité, en mentionnant particulièrement Crésus. Après quoi ils pourraient peut-être faire un saut chez le jeune lord Edgar et s'arranger d'une manière ou d'une autre pour le persuader de leur parler de Raffles, sans trahir qu'ils étaient déjà au courant... Ça vaut la peine d'essayer, mais c'est une jeune tête de mule, apparemment. Étiez-vous aussi embêtant que ça à vingt-deux ans? Je suppose que c'est le cas de tout le monde, mais qu'on préfère l'oublier à mesure qu'on avance en âge et — espérons-le — en sagesse. Attendez un peu d'avoir des enfants!

Bob eut un vague sourire, puis entra dans le jeu :

— En tout cas, pas question de les abandonner pour un temps indéterminé pendant que je crapahute dans les montagnes dans le blizzard et je ne sais quoi! Ce duc semble plutôt bizarre, c'est sûr.

— On dit *excentrique* quand ça s'applique à l'aristocratie, inspecteur Ranger. Il n'y a que les plébéiens comme vous et moi qui sont « bizarres ». Ce qui me fait penser : à propos d'aristocratie, ne serait-il pas temps d'avoir des nouvelles de sir Wormelow Tump ? Même s'il ne passait pas, je m'attendais à ce qu'il téléphone.

— Miss S lui a sans doute tellement emmêlé les idées hier qu'il s'en remet encore, suggéra Bob avec un petit rire amusé. Tout ça a dû la jeter dans la confusion la plus totale : cette visite officieusement officielle... elle qui s'embrouille déjà assez dans les meilleures...

Le téléphone de Delphick sonna, comme si la seule mention du nom de Miss Seeton l'avait déclenché. Le commissaire divisionnaire décrocha d'une main et se surprit à prendre son stylo de l'autre. Tiens, le troisième parapluie ne tarderait plus à arriver...

Et sir Wormelow Tump non plus : l'inspecteur de service dans le Back Hall annonça que l'homme de cour tirait sur sa laisse, façon de parler. L'inspecteur Ranger voudrait-il bien venir le chercher dès que possible ? Delphick s'illumina :

— On dirait qu'il a trouvé quelque chose — ou plutôt qu'il a réussi à tirer quelque chose de Miss S. Allons, dépêchez-vous, Bob ! dit-il, traçant vivement un parapluie sur son sous-main.

Sir Wormelow se répandit en excuses pour n'avoir pas pris contact plus tôt :

— Mais je voulais être absolument sûr, de mon côté, que le plan que je m'apprête à vous proposer — si vous me pardonnez cette liberté, Mr. Delphick — a des chances raisonnables de réussir. Ma première précaution a naturellement été de vérifier les renseignements...

Il plissa le front avant de rectifier :

— Euh, ce n'est peut-être pas à strictement parler le terme exact. De vérifier la *suggestion* de Miss Seeton.

Et il expliqua à son auditoire captivé la théorie de « l'hiver » avancée par le petit professeur de dessin.

— Si l'on rapproche les deux listes — celle du rapport de police et celle qui a paru dans *Anyone's* — le résultat est bien tel qu'elle l'a indiqué : une bonne partie des objets disparus évoque nettement la froidure, monsieur le commissaire divisionnaire. Crésus, qui est à l'évidence un homme fortuné, ferait, semble-t-il, une... une fixation sur le froid. Et je pense qu'on devrait pouvoir exploiter cette fixation d'une manière ou d'une autre.

— D'une manière que vous avez déjà choisie, sir Wormelow, si mon instinct ne me trompe pas, répondit Delphick dans un sourire.

Tump rougit.

— Loin de moi une telle prétention, Mr. Delphick bien que je doive avouer qu'en effet j'ai réfléchi à un plan qui, avec beaucoup de chance, pourrait nous mener à Crésus. Ou du moins à ses hommes de main. Les prédateurs, monsieur le commissaire divisionnaire, ne doivent pas s'étonner de devenir des proies à leur tour.

— Vous avez la parole, sir Wormelow, déclara Delphick avec un geste ample de la main. L'inspecteur Ranger prendra des notes.

— Il faut lui tendre un piège, affirma simplement sir Wormelow.

Il y eut un bref silence et son visage exprima une attente d'approbation.

— Ça paraît une démarche évidente, non ?

— Je vous en prie, poursuivez, fit Delphick.

— Qu'est-ce qui pourrait mieux convenir au goût

de Crésus qu'une œuvre d'art conçue en pensant à sa... sa fixation? Il a des goûts éclectiques, nous l'avons constaté. Il se procure des objets sans référence à une période ou à un style particuliers; toutes es œuvres qui figurent sur les listes n'ont peut-être pas été volées pour son compte mais, quant à celles qui l'ont été — de l'avis général —, Miss Seeton trouve que l'élément « hivernal » est beaucoup plus important qu'il ne le serait sur une liste normale. Et je suis d'accord avec elle. Il est susceptible d'être attiré par tout ce qui peut évoquer les brumes et les frimas : j'estime donc que si nous pouvions fournir un tableau dont le thème serait en rapport avec l'hiver, et si nous pouvions faire en sorte qu'il soit désirable de le posséder...

— En clamant dans toute la presse que c'est le chef-d'œuvre du siècle, poursuivit Delphick qui se pencha en avant, intéressé. Alors, s'il est bien le mégalomane que nous pensons, il mourra d'envie de le posséder. On pourrait placer le tableau sous bonne garde — un système de surveillance par équipes tournantes —, épingler la bande quand elle viendrait le piquer, et la suivre à la trace pour remonter jusqu'à Crésus... Oui, ça me plaît, sir Wormelow. Le seul problème, c'est qu'il nous faut une œuvre qui puisse être dérobée. Ah! s'exclama-t-il en percevant la lueur dans l'œil de Tump. Je vous en prie, poursuivez, sir Wormelow!

— Si vous pouviez vous assurer de la coopération de la presse, alors il y a un tableau qui conviendrait parfaitement, je pense, avec un minimum de retouches. Une aquarelle que j'ai remarquée hier, au-dessus de la cheminée de Miss Seeton : elle s'intitule *Un jour gris* et c'est certainement...

Il s'interrompit en entendant Bob s'étrangler der rière lui, tandis que Delphick s'efforçait — en vain

— de ne manifester aucune émotion. Tump, surpris, regarda le divisionnaire qui éclatait de rire. Delphick se ressaisit et pria son interlocuteur d'excuser ce fou rire de commissariat de police, ajoutant :

— Comme mon inspecteur serait sans doute ravi de vous l'apprendre, cette aquarelle représente apparemment la première impression que Miss Seeton a eue de... euh, de moi. Si mon souvenir est exact, Ranger l'insoumis l'avait trouvée plutôt froide, bien que jolie dans l'ensemble.

Delphick jeta un bref coup d'œil vers le bureau de Bob (ses épaules étaient secouées de rire) et tâcha de prendre l'air réprobateur, sans y parvenir. Il se redressa sur son siège.

— Je suis d'accord avec vous, sir Wormelow, c'est un choix parfait et je serais enchanté de savoir que mon... euh... effet dissuasif sur les criminels se poursuit même en mon absence. Mais la décision doit revenir à Miss Seeton, bien entendu. Elle a fait cadeau à la femme de mon inspecteur de sa vision de Ranger sous les traits d'un footballeur stupide, encombré de muscles partout (Bob protesta et s'en étouffa presque), mais il semble qu'elle ait réfléchi davantage, à propos de son portrait de moi, puisqu'elle l'a gardé. Peut-être a-t-elle cru que je me vexerais, ou bien elle s'en est entichée, sans raison particulière. Quoi qu'il en soit, il lui appartient toujours et elle ne voudra peut-être pas le mettre en péril. Cependant, connaissant Miss Seeton, je parierais qu'elle ne sera que trop heureuse d'aider.

— Je le parierais aussi, si j'étais joueur, renchérit sir Wormelow.

Il traça de vagues formes dans l'air.

— Il suffirait d'ajouter de la neige, éventuellement du givre qui étincelle sur les feuilles du premier plan ; un titre du genre *L'Année mourante* ou *Tristesse hivernale* (Bob s'étrangla de nouveau) et, comme je l'ai suggéré, s'assurer la collaboration de la presse pour annoncer la découverte de ce chef-d'œuvre dans, euh, dans un grenier. Une personne âgée qui vient de mourir, disons : les héritiers vident la maison avant de la revendre, un jeune ménage explore sa nouvelle demeure et...

Bob, cette fois, ne s'étouffa pas, mais il entra en éruption :

— Hé !

Delphick et Tump le fixèrent, interloqués. Bob piqua le plus beau fard de sa vie mais réussit à proférer une manière d'excuse avant d'ajouter :

— Et que pensez-vous d'Anne et moi, monsieur ? Il n'y a pas longtemps que nous sommes mariés et ça n'embêterait pas du tout Miss S de nous prêter le truc si elle savait qu'on veillerait dessus, monsieur. Après tout, ajouta-t-il, voyant Delphick prêt à enchaîner, ça resterait dans la famille, de son point de vue à elle, n'est-ce pas, monsieur ?

Delphick regarda Tump :

— Il faut que je vous explique que mon jeune et bouillant inspecteur et sa jeune épouse ont adopté Miss Seeton comme tante honoraire. Une situation qui exige de l'intéressée qu'elle veille à entretenir le corps et l'âme de son neveu en lui administrant judicieusement de vastes quantités de pain d'épice...

— Oh, voyons, monsieur !

Delphick ignora le bafouillage de Bob.

— Puisque Miss Seeton ne semble pas mal supporter cette, euh, obligation, comme le prouve le tour de taille de l'inspecteur Ranger...

— Monsieur !

— ... nous sommes en droit de supposer, sir Wormelow, qu'elle pourrait envisager de confier ce fruit de son imagination aux bons soins de sa famille adoptive. Et, précisa-t-il, l'air plus préoccupé, aux bons soins de la presse — ce qui serait plus difficile à garantir. Il nous faut un reporter d'une grande discrétion si l'on veut que le stratagème ait la moindre chance de réussir. Cependant, il me vient une idée...

Après que Delphick eut cherché l'annuaire (Bob jurait l'avoir remis sur le classeur mais le divisionnaire le trouva finalement à l'intérieur du meuble) et qu'il l'eut compulsé, Scotland Yard fut bientôt en communication avec la rédaction du *Blare*. Qui fut impressionnée par l'identité de son interlocuteur mais ne put l'aider : Thrudd Banner ne travaillait pas chez eux, pas vraiment. Il était free-lance mais on pouvait le joindre très facilement par l'intermédiaire de la World Wide Press.

La World Wide Press parut douter de l'identité de Delphick et insista pour le rappeler avant de divulguer l'information confidentielle qu'il avait demandée. Après un silence d'une longueur énervante, on finit par lui donner une adresse et un numéro de téléphone. Delphick poussa un soupir de soulagement avant de demander s'il y avait des chances que Thrudd soit chez lui. La World Wide Press répondit qu'il n'y avait qu'un seul moyen de le savoir, non? Et raccrocha.

— On ne peut pas gagner à tous les coups, marmonna le commissaire divisionnaire en composant le numéro. Espérons... Ah, bon, au moins ça sonne...

Il entendit sonner trois fois — comme des trilles d'oiseau bien rythmés —, puis quelqu'un décrocha. Une voix de femme :

— Thrudd, si c'est toi, rapporte donc deux boîtes de talc, okay? Ça me démange au point que j'ai l'impression que je vais exploser!

Une soudaine lueur dansa dans le regard du commissaire divisionnaire Delphick :

— Mes salutations, Miss Forby... euh, c'est bien vous, Mel, non?

— Je reconnais ce timbre mélodieux, répondit la voix au bout du fil après une pause. Attendez, ne me dites pas... l'Oracle, c'est vous ?

— Si c'est vous, Mel, c'est bien moi : commissaire divisionnaire Delphick, à votre service.

— Amelita Forby, au vôtre, fit Mel avec un petit rire. Mais je suppose que ce n'est guère mes services que vous voulez, ou vous n'auriez jamais appelé ce numéro-là. Thrudd n'est pas ici pour l'instant.

— J'ai cru le comprendre à votre première phrase. Je ne vous demanderai pas pourquoi vous avez un si besoin urgent de talc mais...

— Vous aussi, vous auriez besoin de talc si vous aviez un plâtre autour de la cheville, qui vous rend à moitié fou par cette chaleur ! Plusieurs dizaines de kilos, pour commencer... mais vous n'êtes pas là pour entendre le récit de mes problèmes, lança-t-elle, étouffant un autre rire en repensant aux circonstances de sa blessure. Vous vouliez parler à Banner, le jeune prodige — et moi, j'aimerais bien savoir *pourquoi*. Mon nez de reporter frémit, l'Oracle. Quelque chose me dit qu'il y a une belle petite exclusivité bien juteuse qui se prépare et que vous aviez l'intention de l'offrir à Thrudd, sale bonhomme que vous êtes ! Et qu'est-ce que j'ai qui cloche, moi ?

— Une cheville foulée, à ce qu'on raconte, répliqua Delphick du tac au tac. Je suis désolé de vous savoir victime des guerres de la vie...

Mel éclata de rire.

— Faites l'amour, pas la guerre, murmura-t-elle en aparté.

— ... mais ce ne serait pas juste de vous imposer des contraintes quand vous n'allez pas bien. J'ai une, euh, proposition intéressante à faire à un reporter qui... que cela pourrait intéresser.

— Eh bien, allez-y, faites donc ! Je suis là, tout

ouïe, et aussi intéressée qu'on peut l'être. J'ai une cheville foulée, pas le poignet. Je peux toujours écrire aussi bien que Banner — et les téléphones ont été inventés pour communiquer. À peine l'encre sèche sur la page, je transmettrai mon article au journal.

— Peut-être pas tout à fait aussi vite que ça, Mel, merci. Avant de décider d'un plan pour de bon, il faut encore que j'attende de parler à... à l'autre personne que cela concerne. Et j'ai appelé pour savoir si Thrudd, si un reporter de confiance, voulait bien collaborer avec moi un moment, en échange d'un scoop final — bien qu'il faille peut-être attendre un certain temps.

— À l'heure qu'il est, l'Oracle, Banner est ailleurs, en train de se mitonner un bon petit scoop. Vous saurez tout demain en lisant le *Blare*. Pour le moment, il a autant besoin d'un autre scoop que moi de courir un mile en quatre minutes. En revanche, Amelita Forby, elle, aurait drôlement besoin d'un scoop. On a la mémoire courte à Fleet Street[1]: pendant que je suis ici, dans mon lit de douleur, il y a quelqu'un d'autre qui rédige mes chroniques — sous mon œil attentif, bien sûr, mais c'est pas pareil. J'ai toute une génération de jeunes reporters aux dents longues qui hurlent à ma porte, alors jouez un peu au héros, faites-leur peur et éparpillez-les aux quatre vents pour me rendre service, d'accord?

1. Rue de Londres où la plupart des journaux ont leur siège, surtout ceux de la presse populaire. *(N.d.T.)*

CHAPITRE X

Il était tard le lendemain matin quand Bob Ranger regagna Londres après son petit voyage à Plummergen. Miss Seeton avait été surprise lorsque Delphick lui avait téléphoné la veille : il lui serait très obligé de bien vouloir retoucher son tableau du *Jour gris* selon les suggestions de sir Wormelow. Le divisionnaire ne lui avait expliqué que les grandes lignes de l'affaire, ne voulant pas lui embrouiller les idées, et Miss Seeton n'avait pas demandé d'autres éclaircissements, craignant de trop bien comprendre ses raisons. Elle avait été assez satisfaite de ce tableau quand elle l'avait exécuté, tant d'années auparavant, mais elle en était venue depuis à s'étonner de sa présomption (elle en rougissait !), comme elle l'avait confié à Tump. Le commissaire divisionnaire n'avait pas envie de se voir ainsi, euh, *en peinture* — c'était bien naturel. Dommage qu'il soit si difficile de retoucher l'aquarelle, mais elle pensait pouvoir obtenir l'effet requis avec des pastels. Et, bien sûr, elle se fiait à son cher inspecteur pour en prendre soin... et Anne. Pour prendre soin du tableau, pas de sa femme — oh, les deux : elle ne doutait pas une minute qu'il ne le fît pas... Et si Mr. Delphick le souhaitait, elle pouvait s'arranger pour que le tableau fût prêt le lendemain matin, afin que ce cher Bob, euh, l'inspecteur, puisse venir le chercher.

C'est ainsi que Bob avait quitté sa maison de Bromley avec un baiser à Anne et en lui promettant une chasse au trésor quand elle rentrerait ce soir-là de son mi-temps au cabinet médical.

— Si nous, ou plutôt si tu dois raconter au monde que tu as trouvé le tableau dans le grenier, ça t'aidera énormément que ce soit réellement le cas... que tu l'aies effectivement déniché au grenier, je veux dire.

— Ça y est, tu te mets à parler comme tante Em, l'avertit Anne dans un rire. Pas beaucoup, juste un peu — c'est peut-être contagieux. Transmets-lui mon affection, tu veux ?

Miss Seeton lui adressa la sienne en retour, avec en plus le tableau que Bob, impressionnable, trouva encore plus désolé et hivernal qu'avant. Ça ne ressemblait plus beaucoup à l'Oracle, et tant mieux. Il n'aurait guère aimé travailler sous les ordres d'un homme aussi froid et dur que cela. Mais elle avait fait un boulot formidable et, pourvu que Mel Forby joue bien son rôle, jamais Crésus ne pourrait y résister.

Il frissonna encore une fois, emballa soigneusement la toile dans du papier kraft, déposa un petit baiser affectueux sur la joue de Miss Seeton et repartit pour Bromley, sa maison et le grenier. Il y avait un recoin commode, derrière la citerne, qui semblait étudié pour...

Tout était au point, songea Bob en sortant de l'ascenseur pour regagner le bureau qu'il partageait avec l'Oracle. C'était le moment de rappeler Mel et de lui donner le feu vert. Depuis le temps qu'ils avaient affaire à Miss Seeton, c'était bien la première fois qu'ils tombaient sur un cas qui ne semblait pas devoir susciter d'autre intervention de sa part. Elle et sa personnalité de « Missile sans guidage », comme l'avait un jour qualifiée un observateur... Pas de parapluie brandi et semant le chaos alentour, pas de poursuites frénétiques en voiture de police, pas d'enlèvement — elle pouvait rester tranquillement à Plummergen et leur laisser le travail. À lui et à Anne, surtout.

C'était trop beau pour durer, il aurait dû s'en dou ter.

Quand il entra dans la pièce, l'Oracle était au téléphone et lui fit signe de s'approcher de son bureau sur lequel se trouvait un exemplaire du *Blare* du jour, ouvert à la page où un gros titre proclamait : « LE CAMBRIOLAGE DES BOÎTES DE BELTON : RAFFLES EST DE RETOUR ! » Il était suivi de la signature de Thrudd Banner et d'une photo de l'Abbaye sur laquelle on avait ajouté un fléchage pour montrer l'effrayant itinéraire suivi par le racketteur : descendu du toit, il était passé par les rebords de fenêtre pour rejoindre le sol, deux étages plus bas.

Manifestement, Thrudd avait bien fait son boulot. Il évoquait la rareté et la valeur de la collection de boîtes à priser, avec de brèves allusions historiques au prince régent et une référence indirecte à la duchesse de Belton de l'époque. Il y avait aussi un résumé de la carrière de Raffles, qui soulignait l'audace de ses prouesses physiques et l'extraordinaire veine grâce à laquelle il avait encore une fois réussi à ne pas être repéré. Figurait aussi un cliché posé de l'actuelle duchesse, réalisé par le célèbre Cedric Benbow, et montrant Sa Grâce dans ses atours de cour. Encore une chance, soulignait Thrudd, que les splendides joyaux qu'elle portait sur la photo aient été envoyés chez Garrards pour les nettoyer pendant l'absence de la duchesse, car leur cachette habituelle était un coffre-fort encastré dans le mur qui n'était ni très neuf ni très bien dissimulé et que, de l'avis du reporter, Raffles aurait aisément forcé.

« Quoique la famille ducale ait un penchant pour l'aventure, elle ne risque guère d'apprécier les attentions de Raffles, le voleur aventurier, écrivait Thrudd. Ce n'est pas la première fois que Belton Abbey fait les gros titres de la presse... » Et le journaliste de relater, pour le plus grand plaisir de ses lecteurs, un scandale assez ancien pour ne plus rien avoir de gênant : une jeune femme qui prétendait avoir été séduite par le duc d'alors s'était poignardée dans le « fameux temple de Belton, de style néoclassique inspiré de Palladio et dédié à la déesse Hiberna. Ce temple, qui se dresse dans le parc de l'Abbaye, est commodément situé près du bâtiment central. C'était là que le duc et la jeune domestique avaient coutume de se rencontrer; et c'est aux pieds de la déesse Hiberna qu'on retrouva un beau matin le marbre blanc rougi par le sang de la jeune femme... »

— Quelle idiotie! s'indigna Bob. Le sang séché est brun, pas rouge, j'aurais cru que Thrudd savait ça.

— Licence journalistique, répondit Delphick, qui avait terminé son coup de fil pendant que son inspecteur lisait le journal. Je m'étonne qu'il n'ait pas dit qu'elle « gisait dans son sang répandu ». Je crois que c'est le genre de détail dont raffole le lecteur moyen du *Blare*.

— Trop occupé à donner une leçon d'histoire condensée, marmonna Bob, relisant la partie qui concernait le prince régent. Y a une partie intéressante, je suppose, mais je ne pense pas que de nos jours les gens se soucient beaucoup de la présence ou de l'absence d'un temple consacré à la déesse de l'Irlande. Il en a parlé uniquement à cause du marbre blanc et du sang, bien sûr, mais vous savez, monsieur, je crois que c'est aussi bien que ce soit Mel qui rédige l'article sur la découverte du tableau hivernal. Elle sera un peu plus...

Delphick haussa les épaules.

— Chacun son métier, et les vaches seront bien gardées, Bob. Mel écrit pour le *Daily Negative*, Thrudd pour le *Blare*, entre autres. Ils ont des lecteurs totalement différents. Et, pour autant qu'on le sache, Crésus dévore le *Blare*. Reste à espérer qu'il remarquera l'article — lui ou l'un de ses sous-fifres. À ce propos, c'est Faulkbourne qui vient justement d'appeler — je doute qu'il apprécierait d'être étiqueté comme sous-fifre mais il travaille pour le duc, bien que j'hésiterais à dire de lui qu'il n'est qu'un « simple » employé. Et un très loyal serviteur : dès qu'il a eu vent de l'article paru dans le *Blare* (je me demande qui, au château, lit une publication si plébéienne !), il a pensé que la police s'y intéresserait forcément, une fois l'histoire rendue publique. C'est pour ça qu'il est venu demander s'il était possible qu'une fois de plus Miss Seeton montre le bout de son nez et fasse un de ses petits miracles...

— Elle est un peu désœuvrée en ce moment, monsieur, lui rappela Bob. Elle apprécierait peut-être une petite sortie à Belton — ça doit grouiller de touristes avides de voir le temple d'Hibernia avec les taches de sang par terre, et la fenêtre par laquelle s'est introduit Raffles. Elle serait invisible parmi les curieux.

— Je croyais que vous aviez commencé à vous demander si ce n'était pas la mauvaise influence de la police qui était responsable du fait que Miss Seeton se retrouve embarquée dans tant d'incidents fâcheux, observa Delphick d'un œil curieux. Vous vous êtes escrimé à me persuader de lui alléger un peu la tâche — et vous m'avez convaincu, qui plus est. Pourquoi avez-vous changé d'avis ?

Bob avait l'air gêné. Il ouvrit la bouche, hésita, la referma, et prit une profonde inspiration.

— À cause de Crésus, monsieur, répondit l'inspecteur Ranger, avec pour la première fois de l'inquiétude dans la voix.

À quatre-vingts kilomètres de là, dans le Kent, la conversation portait sur le même sujet, ô remarquable coïncidence ! Mais peut-être cela n'avait-il rien de si remarquable, après tout : un bourdonnement emplissait le bureau de poste de Plummergen depuis que Mr. Stillman avait ouvert les portes ce matin-là, chacun y allant de son idée ou de ses hypothèses.

Mrs. Bloomer avait fourni l'incitation à cet accès de conjectures, bien que les langues du village n'aient guère besoin de stimulation pour aller bon train. Martha avait fait un saut à la boutique pour acheter une boîte de poudre à récurer, deux paquets de biscuits au chocolat et un pain d'épice. Comme c'était un des jours où elle travaillait chez Miss Seeton, la poudre à récurer n'avait rien d'étonnant, mais Plummergen savait déchiffrer un indice avec autant d'astuce que Scotland Yard.

Martha sortie, la clochette au-dessus de la porte n'avait pas fini de tinter que Mrs. Skinner déclara :

— Je croyais que le pain d'épice de Martha Bloomer était si bon, à ce qu'il paraît — je veux dire, ils lui ont donné un prix pour ça au dernier concours agricole du village, non ?

Le ruban gagné par Martha n'avait cessé de causer de l'amertume à Mrs. Skinner depuis, car elle n'avait elle-même reçu qu'un accessit.

— Alors, à votre avis, pourquoi que maintenant elle en achète au lieu d'en faire ?

Mrs. Henderson ne put résister au plaisir de lui envoyer une petite pique :

— Et son cake aux fruits est encore meilleur, même que les juges y ont donné la rosette rouge, de préférence à tout le monde.

Celui de Mrs. Skinner s'était désastreusement effondré au centre, de sorte qu'elle n'avait même pas osé l'apporter à la tente du concours.

— Y en a qui sont douées pour les gâteaux, insista Mrs. Henderson, et d'autres qui le sont pas. Et puis, il faut du temps pour faire un bon gâteau, c'est vrai. Et si on doit avoir un invité qu'on n'attendait pas, eh bien...

Un seul des amis de Miss Seeton avait la réputation d'apprécier de vastes quantités de pain d'épice. Il y eut un silence riche de réflexion avant que Mrs. Spice déclare :

— Ils en ont parlé dans le journal, ce matin, du fameux Raffles. Comme quoi il a piqué des tas de boîtes à priser chez le duc de Belton. Çui qui a eu des tableaux volés y a quelques années, quand Miss Seeton a été en Suisse et les a repérés...

— S'est acheté une machine à laver avec l'argent de l'assurance, releva Mrs. Scillicough avec envie.

Les célèbres triplés de Plummergen, des tout-petits qui commençaient à marcher, habitaient avec leurs parents une des maisons HLM à la sortie du village et ils se salissaient énormément. La machine à deux cuves de Mrs. Scillicough faisait son possible mais la partie était en général perdue d'avance.

— Peut-être qu'elle veut la récompense, pour les boîtes, ajouta-t-elle en soupirant. Ah, la vie est si injuste...

À Plummergen, tout le monde savait de qui l'on

voulait parler quand on disait « elle » en prononçant le mot d'une façon particulière. Mrs. Skinner s'empressa de relever qu'il n'y avait guère de chances que Miss Seeton pût réclamer une récompense puisque Raffles garderait sans doute les boîtes pour toucher une rançon, comme d'habitude, et que, de toute façon, la police n'avait jamais eu d'indices, non ?

— Ça doit être pour ça que Bob Ranger est venu la voir. Ça tombe sous le sens, releva Mrs. Henderson d'un ton méprisant.

— Pourrait y avoir toutes sortes de raisons à ça, répliqua Mrs. Skinner. Il est marié avec Anne Wright, n'est-ce pas ? Supposez qu'ils soient venus tous les deux voir sa famille à elle et qu'ils aient juste fait une petite visite en passant, par politesse ?

— Personne a rien dit à la clinique, nota une voix.

Le docteur et Mrs. Knight faisaient leur possible pour assurer le respect de la vie privée — la leur, ainsi que celle du personnel et des patients. Mais ils ramaient à contre-courant !

— Alors, ça doit vraiment être de l'imprévu, comme Mrs. Henderson a dit.

— Personnel, alors ? suggéra quelqu'un d'autre, élargissant la discussion à tout le monde.

Plusieurs idées fusèrent presque en même temps. Certaines pensaient que Bob et Anne, mariés depuis deux ans, s'étaient enfin aperçus que les contraintes d'une carrière dans la police entraînaient leur couple vers un échec. Anne était donc venue se confier à ses parents, et Bob à Miss Seeton (nulle ne précisa la raison de ce choix). Cette thèse fut vite rejetée, partant du principe qu'une célibataire endurcie telle que Miss Seeton ferait un aussi piètre conseiller matrimonial que le pasteur, qui était lui-même un célibataire dominé par sa sœur. (Une minorité soutint que

Miss Seeton serait plutôt plus efficace que le pasteur, car il n'était guère possible de l'être moins que lui, mais cet argument ne fut pas non plus retenu.)

Dans ce cas, Anne était venue voir ses parents seule, afin de leur annoncer qu'elle allait rentrer à la maison pour de bon, ou alors leur dire... quoi ?

— Vu qu'elle est mariée depuis deux ans et qu'elle a un père médecin (bien que celui-ci prétendît s'être retiré de son cabinet chic à Londres), si ça signifie pas qu'y a un bébé en route, eh bien, je sais pas ce qu'il vous faut, raisonna une dame.

Mariée depuis deux ans, enchaîna une autre, et pas encore trace de bébé. Ce qui prouve bien qu'on ne peut pas juger un homme sur les apparences : l'inspecteur qui est un si grand type. Et cette pauvre petite Anne qui pleure toutes les larmes de son corps devant la chambre d'enfant vide et se demande si son père pourrait peut-être faire quelque chose...

On débattait toujours la question du rôle de Miss Seeton dans tout cela quand la clochette sonna et les Cinglées arrivèrent. Les regards s'allumèrent. Si Miss Nuttel et Mrs. Blaine l'ignoraient, alors personne ne le savait.

— On vient de voir ce grand jeune policier qui est si copain avec Miss Seeton : il descendait la Rue en voiture, en direction de chez elle, annonça Mrs. Blaine, une fois qu'elle eut procédé à l'achat de quelques articles sans importance. Trop louche, si tôt le matin. Il a dû partir très tôt de chez lui pour éviter l'heure de pointe.

— L'a dû déposer cette pauvre p'tite Anne à la clinique, j'imagine, releva quelqu'un.

Les autres s'apprêtaient à informer les nouvelles arrivantes des résultats des réflexions menées jusqu'alors mais n'en eurent pas le temps, car la voix de Miss Nuttel s'éleva par-dessus le reste :

— Conspiration, sans aucun doute. Cette histoire de Raffles est dans le journal d'aujourd'hui. Le jeune Ranger, poursuivit Miss Nuttel d'un ton sinistre : le genre grand gaillard fort...

Des propos accueillis par un loyal bêlement de Bunny Blaine : « Oh, Eric, mais bien sûr ! » (leur chamaillerie était oubliée, pour l'instant du moins), et par l'assentiment général : Oui, c'était bien un grand gaillard, on venait justement d'en parler. Miss Nuttel eut l'air un brin mécontente de se voir ainsi voler la vedette et on la vit réfléchir à toute vitesse.

Les petits yeux de Mrs. Blaine, tels des raisins de Corinthe, brillaient d'un éclat particulier. La bisbille n'était qu'en veilleuse, semblait-il, pas réglée pour de bon. L'occasion de faire mieux que son amie était irrésistible.

— Raffles, trop sinistre, oui — mais l'affaire Raffles n'est pas la seule qui déconcerte la police. À ce qu'on raconte, du moins, ajouta-t-elle d'un ton riche de sous-entendus. Vraiment, on ne peut pas s'empêcher de penser... trop commodes, ces cambriolages de Crésus : n'importe qui peut prétendre que la bande lui a volé une œuvre d'art, qui pourrait le contredire ?

— D'abord, encore faudrait-il savoir reconnaître une œuvre d'art, se hâta de rétorquer Miss Nuttel, incapable elle aussi de résister à l'occasion d'ouvrir le feu.

Le visage replet de Bunny se plissa pour afficher une grimace méprisante. Tout le monde retenait son souffle : le « Hot Cross Bun » allait-il justifier le surnom[1] que lui avait donné le village ?

1. Un *hot cross bun* est un petit pain (*bun*) au lait qu'on trouve à Pâques en Angleterre. Il est marqué d'une croix (*cross*) et se sert chaud (*hot*). Le surnom joue sur la rondeur du

Là-dessus, la porte s'ouvrit brusquement et Mrs. Putts se précipita dans la boutique. Emmy, derrière le comptoir, lui adressa un signe de la main mais n'eut pas le temps de l'assortir d'un bonjour que sa mère, hors d'haleine, annonçait :

— L'est plus là ! On l'a prise ! Quand on est sortis, nous de l'équipe de nuit, ça y était : l'avait été volée !

D'aucuns étaient bouche bée, d'autres retenaient leur souffle. Chacun savait de quoi elle voulait parler. Il y avait si longtemps que Mrs. Putts travaillait à la biscuiterie qu'on lui avait offert une carte d'accès permanent à la cantine et une pendule qui sonnait les quarts d'heure en plus des heures.

Emmy, se souvenant de son cher album, poussa un hurlement horrifié et sauta dans la brèche ouverte par la surprise :

— Ça alors, mais c'est épouvantable ! Le chef-d'œuvre d'Humphrey Marsh, que c'était — et quelqu'un l'a volé ! C'est... c'est un crime !

— C'est Crésus, déclara Miss Nuttel d'un ton péremptoire, rejetant la tête en arrière et fixant Mrs. Blaine droit dans les yeux. Je l'avais bien dit que c'était une œuvre d'art, non ? Maintenant, plus de discussion là-dessus !

Mrs. Blaine, le visage de nouveau plissé par la colère, émit un petit cri de dépit, tapa du pied, jeta son sac à provisions par terre et s'enfuit du bureau de poste, en larmes.

petit pain et le nom de *Bunny*; ainsi que sur d'autres sens des mots *hot* (« tempérament vif, irritable ») et *cross* (« en colère »). *(N.d.T.)*

CHAPITRE XI

Deux jours plus tard, le téléphone de Miss Seeton sonnait. Quand elle répondit, elle eut la surprise et le plaisir d'entendre Amelita Forby au bout du fil.

— Vous n'êtes guère amateur de journaux, n'est-ce pas, Miss Seeton ? Eh bien, faites une exception aujourd'hui et offrez-vous le *Negative.* Je vous en aurais envoyé un moi-même si je pouvais bouger. Et je le ferai malgré tout s'ils ont déjà tout vendu à votre arrivée au magasin. Cela dit, ça ne devrait pas être le cas parce que je me suis gardée de mentionner votre nom, signala Mel en riant. Banner n'est pas le seul à savoir faire un scoop, croyez-moi ! Mon rédacteur me trouve fantastique, travailler comme ça au lit, mais c'est grâce à vous et à l'Oracle que j'ai pu. Et aux Ranger, naturellement. Soyez bénis, vous tous !

Il va de soi que Miss Seeton n'avait rien contre la modeste dépense que représentait le prix du *Daily Negative,* mais elle se souvint que c'était le journal que prenaient régulièrement Martha et Stan, qui habitaient si près — c'était bien commode. Elle les appellerait pour leur demander s'ils pouvaient s'en passer quelques instants, le temps qu'elle lise... ce que Mel estimait nécessaire qu'elle sache. Un article où, semblait-il, ne figurait pas son nom. Mais pourquoi aurait-il dû être dans les journaux ? Elle menait une vie tranquille de retraitée (elle le savait et ses amis aussi, forcément), dans un agréable village où elle s'occupait de ses affaires et se réjouissait quand les autres en faisaient autant. Cependant, Mel Forby était reporter (force était à Miss Seeton de le reconnaître avec tristesse) et se devait de décrire à un public avide (pourquoi, elle n'en avait pas la moindre idée !) les faits et gestes de personnes susceptibles de l'intéresser. Des personnalités connues du public, pourrait-on dire. Ce que Miss Seeton n'était pas, elle le savait pertinemment. L'article que Mel souhaitait qu'elle lise devait donc relever des centres d'intérêt de la jeune femme et n'avoir aucun rapport avec l'art...

Miss Seeton, agréablement curieuse de savoir ce qui avait enthousiasmé Mel et son rédacteur au point que le *Daily Negative* avait publié une exclusivité là-dessus, composa le numéro de Martha sans penser le moins du monde au *Jour gris*, le tableau qu'elle avait prêté deux jours plus tôt à Bob Ranger : un service pour le commissaire divisionnaire Delphick, avait-il dit. Elle avait bien sûr été ravie de le lui rendre. Si flatteur. Et un tel soulagement de savoir qu'il — ce cher Delphick — n'avait pas trouvé impertinent de sa part d'avoir osé peindre un tel tableau... Mel avait été trop excitée au téléphone pour entrer dans les détails, fort loin de supposer que la petite vieille fille (qu'elle connaissait pourtant depuis des années) pourrait ne pas saisir le rapport entre sa peinture et un scoop dans un journal national. Elle avait oublié que Miss Seeton voyait dans sa collaboration avec la police une affaire personnelle qui ne valait pas la peine qu'on en parle dans la presse. D'autant que, cette fois-là, il ne s'était pas tant agi de travail que d'un service à rendre à un homme devenu un ami, au fil des ans. Elle avait retouché le *Jour gris* parce qu'on le lui avait demandé mais, quoique Mr. Delphick eût évoqué un « piège à tendre », elle avait bien sûr mis la formule sur le compte de son sens de l'humour particulier. Ne voulant pas paraître trop curieuse ou trop vaniteuse, elle ne s'était pas enquise de la véritable raison d'une requête si peu ordinaire de sa part. Elle lui était déjà reconnaissante de ne pas avoir considéré qu'elle avait pris trop de liberté en peignant un tel tableau. Sa seule intention avait été d'exprimer une impression purement personnelle — la sienne propre, voulait-elle dire. Mais il est vrai que, dans le feu de l'inspiration du moment, on a parfois tendance à oublier le risque que la personne concernée par l'œuvre n'apprécie guère (et ça se comprend) de faire l'objet d'un jugement si personnel de la part d'un tiers. Même si ledit jugement ne se traduit pas par des paroles...

En attendant que quelqu'un décroche le téléphone chez Martha, Miss Seeton s'abandonnait à la rêverie, songeant à sa première rencontre avec Amelita Forby. Une ossature si intéressante; les yeux et la carnation, si inhabituels. Irrésistibles pour un artiste. Elle avait croqué le portrait de la jeune reporter d'une manière purement personnelle, avait-elle pris bien soin d'expliquer. Mel avait répliqué qu'elle avait toujours considéré son visage comme une affaire personnelle. Évidemment. Mais il était heureux que Mel ne l'ait pas trouvée mal élevée, sinon les choses auraient pu tourner fort différemment. Vraiment, il fallait qu'elle essaie de se refréner quand elle avait envie d'exécuter une caricature. Un jour, elle tomberait sur une personne moins compréhensive que Mel ou que le commissaire divisionnaire Delphick...

« Ils doivent être sortis, songea-t-elle, prenant soudain conscience du temps qu'elle avait dû passer plantée là, le téléphone à la main. Voyons, je me demande... »

— Allô ? souffla une voix hors d'haleine — celle de Martha. Navrée de vous avoir fait attendre mais je venais de fermer la porte à clé et tout, et puis j'ai entendu la sonnerie. Qui est à l'appareil ?

Miss Seeton s'annonça et Martha rit :

— C'était justement vous que je venais voir, m'ame. Imaginez-vous un peu : je cours pour rentrer décrocher, alors qu'une minute plus tard vous m'auriez de toute façon vue arriver ! Qu'est-ce que vous vouliez ?

Cinq minutes plus tard, Miss Seeton lisait attentivement l'article de Mel Forby dans le *Daily Negative*. Pas étonnant qu'elle ait été si contente des résultats de son dur labeur — en si grosses lettres, si accrocheuses, comme c'était bien sûr le but. D'accrocher l'œil. Était-ce pour ça qu'on plaçait les gros titres en en-*tête* ? Parce que, après tout, c'est dans la *tête* que se trouvent les yeux...

« *La mariée de Bromley découvre le pays des merveilles hivernales* » proclamaient deux lignes de gros titres en gras, au-dessus d'une photo de...

— Bonté divine ! s'exclama Miss Seeton. Mais c'est... non, je dois me tromper... Mais ça ressemble tellement à...

— C'est bien lui ! confirma Martha. C'est pour ça que je venais vous voir. Reconnaîtrais ce tableau n'importe où, moi, quoi que raconte celle qui l'a trouvé dans son grenier. Regardez-moi donc un peu cette autre photo...

On voyait Anne. Anne Ranger, nom de jeune fille Knight, ex-célibataire de la paroisse de Plummergen, amie de Miss Emily Seeton et épouse de son neveu d'adoption, Bob. Les Ranger. Ainsi, c'était de cela que parlait Mel !

Miss Seeton parcourut avidement les paragraphes disposés sous la signature d'Amelita Forby. Vraiment, quelle remarquable histoire, si romanesque ! Un grenier poussiéreux, une forme drapée de toiles d'araignées, la décision fortuite d'envoyer le tableau à la salle des ventes parce qu'il n'allait pas avec les couleurs que le jeune couple avait choisies pour son intérieur...

Mel avait rédigé l'article avec beaucoup de précaution. Elle avait mis l'accent sur Anne exclusivement, ne mentionnant Bob que très brièvement et sans un mot sur son gagne-pain. Si les photos montraient la jeune et chanceuse Mrs. Ranger avec un certain flou, la reproduction de *La Lande d'Ilkley par un jour de décembre* était aussi claire et nette qu'il avait été possible pour l'imprimerie du journal. Meg y avait veillé, tarabustant son chef de rédaction au téléphone jusqu'à ce que, pour ne pas aggraver son ulcère, il lui promette, la main sur le cœur, de se planter derrière les imprimeurs pendant l'opération.

Et le souvenir revenait à Miss Seeton, à mesure qu'elle lisait l'article. Bonté divine ! Alors le commissaire divisionnaire avait dit vrai ! Que c'était gratifiant de voir ainsi son travail reconnu publiquement, même si elle n'aurait peut-être pas choisi un titre pareil pour son tableau. Miss Seeton ignorait tout de la lande d'Ilkley, sauf que c'était dans le Yorkshire. Et il y avait une chanson, bien sûr : *On Ilkley Moor Baht 'At.* Un couplet après l'autre, jusqu'aux vers[1]. Mais, pourquoi les habitants du

1. Célèbre chanson du Yorkshire intitulée « Sur la lande d'Ilkley sans chapeau », qui reflète l'accent et le parler du terroir. Un jeune homme va sur la lande pour rencontrer sa bien-aimée, Mary Jane, mais il sort sans chapeau, prend froid et en

nord de l'Angleterre disaient-ils « *baht 'at* » au lieu de « *without a hat* », cela échappait complètement à Miss Seeton qui avait enseigné le dessin et pas la linguistique. Et pourquoi donc la lande d'Ilkley ?

Mel Forby, qui était de Liverpool et qui avait le sens de l'humour, aurait pu l'expliquer à Miss Seeton si celle-ci l'avait questionnée : ce choix visait à flatter le goût des lecteurs du *Negative* qui, en majorité, cultivaient la bonne vieille attitude selon laquelle « tout ce qui se situe au nord de Watford[1], c'est la cambrousse ! ». Mais Mel était absente et Martha était là.

— C'est vot' tableau, releva cette dernière comme si Miss Seeton ne s'en était pas rendu compte. C'est vous qui avez peint ça, je le jurerais. Alors, pourquoi que cette bonne femme de journaliste raconte que c'est un dénommé Crockerton qui a fait ce tableau ? Z'auriez changé de nom, des fois ? Vous n'avez tout de même pas... Non, bien sûr que non !

Miss Seeton et le mariage, ça n'allait pas ensemble, c'était impensable.

Miss Seeton, n'entendant qu'à moitié les récriminations de Martha, regarda de plus près la légende située sous la photo de son... oui, bien sûr que oui... de son tableau. « Le tableau qui vient d'être découvert est l'œuvre de Sibyl Crockerton, peintre paysagiste du XIXe siècle et membre de l'Académie royale, réputée pour la manière — hardie à l'époque — avec laquelle elle alliait les techniques de l'aquarelle et du pastel. Une œuvre qui suscitera sans aucun doute un grand intérêt lors de sa vente aux enchères », avait

meurt. Il est enterré et les « vers viennent le dévorer », dit la chanson. *(N.d.T.)*

1. Banlieue nord-est de Londres. *(N.d.T.)*

écrit Mel. L'attribution de l'œuvre à une femme était en partie une plaisanterie de sa part, en partie un hommage secret à Miss Seeton. Elle s'était énormément amusée à inventer une histoire à Sibyl : il y était question de jalousie, d'obstacles surmontés, avec en fin de compte la reconnaissance du génie triomphant, hélas suivie d'une mort prématurée due à la consomption (Mel s'était régalée en inventant cet épisode), puis de la chute dans l'oubli « dont elle commence seulement à sortir. Mais les collectionneurs paient d'ores et déjà de fortes sommes pour des Crockerton quand, trop rarement, il en apparaît sur le marché. La maison de vente d'objets d'art Sothenham and Sons indique des prix avoisinant les 50 000 livres sterling... ».

— Bonté divine ! souffla Miss Seeton d'une voix défaillante.

C'est alors que le téléphone sonna.

La réaction suscitée par l'article de Mel avait été tout à fait conforme aux souhaits de Delphick. Anne Ranger avait été interviewée, on avait photographié la jeune femme et sa maison de Bromley, et il avait été clairement mentionné que les Ranger, mal à l'aise à l'idée de garder chez eux un tableau d'une telle valeur, l'avaient confié à Sothenham. Là, il serait exposé pour que tous puissent l'admirer avant la vente aux enchères à la date indiquée. On citait Mrs. Ranger disant qu'elle brûlait d'impatience : « Pas seulement pour l'argent, mais parce que c'est si romanesque ! » écrivait Mel avec jubilation.

— Je savais qu'on pouvait compter sur Mel, on peut être fiers d'elle, déclara Delphick, relisant la page avec délice. Si Crésus arrive à résister à tout ça, il n'est pas ce que je croyais.

— Je suppose, monsieur, fit Bob, regardant de nouveau la photo de sa femme et de leur maison et se demandant quel genre de monstre on venait de lâcher dans la nature. Anne fait de son mieux, monsieur, mais ce n'est pas une actrice. On est un peu plus, euh, dépassés par cette histoire qu'on ne l'imaginait au départ. Ils ont même essayé de l'interviewer au travail et les médecins n'aiment pas ça. En principe, une secrétaire médicale doit être efficace et discrète, ce qui est impossible quand vous avez une meute de reporters qui campent sur le pas de la porte. Et je crois qu'elle s'inquiète un peu à l'idée qu'ils risquent de faire le rapprochement, monsieur : Plummergen, mon métier de flic — et Miss Seeton, bien entendu.

— Une fois déjà vous avez commencé à m'expliquer une chose de ce genre, mais vous n'êtes pas allé très loin. Cette fois, donnez-moi donc la version intégrale, Bob, suggéra Delphick en observant son subordonné d'un œil amusé. Vous craignez que j'aie mis en marche un processus que je ne peux plus contrôler, qu'Anne et Miss S soient emportées par le déluge et que personne n'arrive à les sauver, c'est ça ?

— Quelque chose dans ce goût-là, oui, monsieur, je suppose, répondit Bob, l'air mécontent d'avoir à critiquer son supérieur, mais la mâchoire raidie par la détermination. C'est que les choses ont tendance à, euh, à arriver à Miss Seeton, voyez-vous...

— Eh bien, vous, voyez donc un peu ça ! l'interrompit Delphick en tirant de sa poche-poitrine une enveloppe blanche pliée. Allez-y, regardez-moi ça de près et osez soutenir que l'Oracle perd les pédales ! Insubordination caractérisée, inspecteur Ranger, voilà comment j'appellerais ça si je ne vous connaissais pas mieux. Je me contenterai pour l'instant d'hérésie flagrante.

Bob prit l'enveloppe dont il se mit à examiner le contenu. Delphick le considérait en souriant.

Quelques minutes plus tard, Bob déclarait :

— Excusez-moi, monsieur. De m'être excité de la sorte et de, euh, de ne pas avoir réfléchi à tous les aspects de la question — et de ne pas avoir pensé qu'à défaut vous l'auriez de toute façon forcément fait de votre côté. Réfléchi à tous les aspects de la question, je veux dire, ajouta-t-il en rougissant car il se mettait à parler de manière aussi confuse que Miss S (mais comment l'éviter, une fois qu'elle s'occupait d'une affaire ? On savait seulement que tout allait se mettre à débloquer, même soi...).

— Excuses acceptées, inspecteur Ranger. Et de votre côté, accepteriez-vous des vacances ?

— Oui, monsieur, répondit Bob, un grand sourire de soulagement s'épanouissant sur son visage. Maintenant, c'est tellement évident, mais...

— Mais c'est pour ça que je suis commissaire divisionnaire ; et vous avez encore un peu de chemin devant vous. Il faut de la prévoyance, Bob, et de l'inspiration. Et aussi savoir faire d'une pierre deux coups. Nous mettrons votre épouse et votre chère tante Em en sécurité, juste au cas où, et, dans le même temps, nous occuperons Faulkbourne et le reste des gens de Belton. D'après mes espions, il y a là-bas un pub confortable, dans un joli cadre. L'endroit idéal pour une tante vieille fille, en vacances avec sa famille qui lui est toute dévouée — plus une pléthore de curieux qui meurent d'envie de voir la crèche où Raffles a fait son casse si facilement. Et avec quel panache, bon sang de bois ! ajouta-t-il avec un hochement de tête. Ce type-là n'est pas comme les autres. Je comprends pourquoi ils en font tout un plat sur ce malfrat, tout escroc qu'il est. Un escroc qui a de la classe, c'est rare de nos jours. Si on réussit à le coffrer, on risque d'être surpris par la force des protestations du public qui l'adore.

— Il a de la classe, monsieur, pas de doute là-dessus. Tout le monde le reconnaît. Il y aura des douzaines, des centaines de gens à Belton pour aller jeter un œil. Miss S et Anne seront plus ou moins invisibles, n'est-ce pas ? « Le nombre est une garantie de sécurité. » Oh, je ne crains pas vraiment pour leur sécurité, monsieur, mais vous savez ce que c'est quand Miss Seeton est dans les parages.

— Et comment, que je le sais ! C'est même pour ça que vous allez passer un ou deux jours avec elles, pendant qu'elles se fondent dans le paysage. Ce que vous ne pourrez jamais faire, ajouta Delphick avec un petit rire, à moins de trouver une machine à remonter le temps et de revenir à votre prime enfance. Vous auriez pu gagner le prix du plus joli bébé à tous les coups, j'en suis sûr.

Bob devint écarlate. Delphick cligna des yeux.

— Seigneur ! Bob, ne me dites pas que... fit-il, s'étranglant.

Bob rougit plus encore et marmonna en fixant ses grosses chaussures. Réprimant un franc éclat de rire, l'Oracle s'enquit d'une voix tremblante :

— Oserai-je demander, euh, combien de fois ?

— Trois fois de suite, monsieur, confessa le malheureux vainqueur, cramoisi. C'est ma mère qui avait tout organisé. Mon père n'aimait pas les concours de bébés mais elle... bon, elle était... elle était fière de nous deux, monsieur. De mon frère et moi, et...

— Et je suis sûr qu'elle l'est toujours. Un fils jeune officier de police judiciaire, marié à une délicieuse jeune femme ; l'autre, autant que je me souvienne, marchand de vin. Sans oublier une fille qui a fait de vous un oncle pendant que, de votre côté, vous ajoutiez un membre inattendu à cette foule sympathique : une tante vieille fille. Bref, une famille formidable. Bob, je ne vous demanderai pas pourquoi votre mère n'a pas fait subir à votre sœur la même, euh, exhibition.

Bob, violacé, répondit par une toux inintelligible.

— Et je vous promets que je n'en soufflerai pas mot à Anne. Je parierais que vous ne lui avez jamais confié ce coupable secret, non ?

Bob recommença à bredouiller.

— C'est bien ce que je pensais, constata-t-il. De toute façon, je ne pourrais sans doute pas la joindre au téléphone : je suis convaincu que sa ligne est occupée actuellement. Elle est en train d'expliquer à sa chère tante Em qu'une voiture va venir la chercher chez elle cet après-midi, juste après déjeuner...

CHAPITRE XII

À première vue, le *Belton Arms* était un hôtel grand deux fois comme le *George and Dragon* de Plummergen. Il était flanqué d'un parking spacieux, avec une belle épaisseur de gravillons, et entouré de parterres de fleurs qui devaient être la fierté du jardinier. Les vastes pelouses étaient semées de bancs, placés çà et là sous les arbres. Discrètement séparée par une haie de houx, il y avait une petite aire de jeux destinée aux enfants, équipée d'un bac à sable, d'un toboggan, et de pneus de différentes tailles peints de couleurs vives, disposés en forme de tunnels ou de cerceaux.

— Ronge-toi de chagrin, Charley Mountfitchet[1], murmura Anne tandis que Bob virait pour se garer dans une place qui convenait. L'Oracle avait raison : ça paraît très animé, ici. Nous allons disparaître dans la foule, et tant mieux ! fit-elle, adressant un bref regard à Miss Seeton. Une foule sympathique de touristes ; nous, on les suivra tranquillement et personne ne fera attention à nous — espérons-le, ajouta-t-elle plus bas.

1. Propriétaire de la modeste auberge de Plummergen, le *George and Dragon. (N.d.T.)*

— On dirait, en effet, je suis d'accord avec vous, Anne, bien que, naturellement, on répugne à faire des comparaisons, observa Miss Seeton d'un ton dubitatif, que l'hôtel de Mr. Mountfitchet est nettement, euh, plus petit. Et sans doute meilleur marché. On ne peut s'empêcher de se demander...

Bob et Anne parlèrent ensemble :

— Vous attribuez des étoiles ? demanda Bob.

— On est dans une autre région, ici, tante Em. Impossible d'établir la moindre comparaison, le coût de la vie est si différent. Alors, ne vous inquiétez pas, on ne va pas comparer. N'est-ce pas, chéri ?

— Oh non, bien sûr que non ! se hâta de confirmer Bob, son épouse l'ayant poussé du coude pour lui rappeler qu'il était censé veiller au bien-être de Miss Seeton. Je prends les bagages avec nous, ou bien vaut-il mieux d'abord aller à la réception pour les formalités ?

Anne pencha pour la seconde solution, au cas où, par malchance, leur réservation aurait été égarée. Ça éviterait de sortir les bagages et d'avoir à les rapporter, bien que l'exercice ne pût lui faire de mal, ajouta-t-elle en riant.

— Vous ne trouvez pas qu'il engraisse, tante Em ? Ne vous souciez pas de son amour-propre, dites-moi ce que vous pensez vraiment. Souvenez-vous : la franchise est la meilleure politique.

— Si seulement tout le monde était de cet avis-là, marmonna l'inspecteur Bob Ranger, tandis que Miss Seeton, souriante, gardait un silence plein de tact. Mais dans ce cas-là, je n'aurais plus de boulot. Ce qui n'est guère probable, la nature humaine étant ce qu'elle est. Et heureusement pour nous, parce que la paie est plutôt utile.

Il ouvrit la portière de la petite voiture qui appartenait à Anne avant leur mariage, et sur laquelle ils espéraient toujours obtenir une reprise afin d'en acheter une plus grosse — un jour, quand ils pourraient se le permettre. Mais se mettre en ménage dans leur maison coûtait bien plus cher qu'ils ne l'avaient prévu, alors...

Bob se cogna les genoux sur la colonne du volant, comme toujours quand il ne prenait pas de précautions ; Anne et Miss Seeton, elles, sortirent du véhicule indemnes. Le gravier crissant agréablement sous leurs pas, ils gagnèrent l'entrée principale de l'hôtel et eurent largement le temps d'admirer les lieux.

Ils découvrirent un cadre enchanteur : la campagne anglaise sous son meilleur jour. Des vitres étincelantes au soleil, un ballet de moineaux voletant sur les pelouses, le roucoulement des pigeons dans les arbres. Sous un hêtre, un labrador paresseux bâillait à s'en décrocher la mâchoire, sa robe dorée tachetée d'ombre et de lumière comme le vert de l'herbe. Miss Seeton avait une telle envie de reproduire la scène sur du papier que les doigts l'en démangeaient et elle tâcha de se rappeler dans quelle valise elle avait mis son bloc à dessin.

La réception était spacieuse et luxueuse. Riche moquette au sol, gros fauteuils garnis de coussins rebondis, bureau tout luisant de cire d'abeille parfumée à la lavande. Derrière le bureau se tenait une jeune femme, si bien installée qu'il était clair qu'à la différence de Maureen et de Doris à Plummergen, elle n'avait jamais à faire également office de serveuse, de plongeuse ou de barmaid. Ces ongles n'avaient jamais connu d'évier plein de vaisselle sale, songeait Bob en foulant l'épaisse moquette ; ces cils n'avaient jamais perdu leur mascara parce qu'on s'était frotté les yeux d'une main lasse. La propriétaire de ces attributs était payée pour occuper un poste particulier avec élégance et efficacité, et c'était là qu'elle resterait.

Bob n'était pas le seul à remarquer ses charmes. Le bureau de la réception était en angle, situé dans un coin discret par rapport à la porte et à l'abri des courants d'air. Il était en plus protégé par d'impressionnantes plantes vertes : des fougères, des broméliacées et un caoutchouc que Charley Mountfitchet aurait voulu acheter sur-le-champ. D'autres fauteuils étaient joliment disposés parmi la verdure ; un gros chat roux était couché en boule sur celui qui semblait le plus confortable et était flanqué d'une table basse. Un jeune homme se tenait là, un pied négligemment posé sur ladite table, le coude appuyé sur le plateau du bureau en partie couvert de cuir. Il se penchait tout près de la jeune femme et lui tenait des propos qui la faisaient rire et rougir.

Les pas des visiteurs de Plummergen ne résonnaient guère sur l'épaisse moquette et les deux personnages de la réception étaient absorbés par leur conversation. Bob, qui précédait Miss Seeton et Anne, était presque arrivé au bureau quand la jeune femme leva les yeux, émit une légère exclamation, afficha un sourire professionnel et se hâta de lancer en aparté :

— Pour l'amour du ciel, Eddie ! J'ai du travail. Je suis de service jusqu'à neuf heures et demie, ce soir... Bonjour, dit-elle pour saluer Bob, adressant le reste de son sourire aux deux femmes, derrière lui.

— Oh, zut alors ! s'exclama le jeune homme.

Il se redressa et tourna les talons en un seul mouvement fluide, observant les trois inconnus d'un air contrit.

— Pris en flagrant délit, je le crains, dit-il avec un sourire et une flamme dans les yeux.

Un sourire bien plus vrai que celui de la jeune femme, songea Miss Seeton. Il avait quelque chose de ce cher Nigel Colveden, toujours si prompt à admirer une jolie fille mais pas nécessairement très bon juge de son caractère : ces ongles, et ces cils si noirs qui n'avaient sans doute rien de bien naturel...

Tandis que le jeune homme souriant continuait à parler, Miss Seeton tentait de chasser de son esprit une vision intérieure qu'elle avait de la jeune femme en harpie aux serres de rapace, prenant pour proie la jeunesse innocente.

— Je suis vraiment navré, déclara-t-il, se préparant à partir. Vous avez davantage besoin d'elle que moi, naturellement. Je vais donc m'effacer et vous laisser entre les mains expertes de Beverley

Il s'inclina avec grâce, sourit de nouveau et s'éclipsa après un petit signe à l'adresse de la jeune femme.

Beverley fit de son mieux pour ne pas manifester la déception que lui causait son départ et s'en tira fort bien, en bonne professionnelle qu'elle était. Instantanément ou presque, elle parut tout à fait enchantée de voir les visiteurs et les accueillit avec juste ce qu'il fallait de salamalecs.

— Mr. et Mrs. Ranger, vous êtes dans la chambre 24, qui donne sur le devant, et nous avons mis votre tante dans la 25, presque en face... si cela vous convient. La chambre voisine de la vôtre était déjà réservée, je le crains ; nous avons plutôt de l'affluence en ce moment.

Elle considéra Miss Seeton d'un œil expert et sembla soulagée par ce qu'elle voyait.

— Il n'y a pas d'ascenseur, mais si vous voulez bien laisser vos bagages ici, nous pouvons nous occuper de vous les faire monter plus tard...

On procéda aux formalités et à la remise des clés. Bob retourna prendre les valises et ferma les portes de la voiture à clé. Ayant déballé quelques affaires,

Miss Seeton regardait maintenant par la fenêtre ; elle contemplait la pelouse derrière la maison, en écoutant le babil des petits qui s'amusaient dans l'aire de jeux. Surexcités, songea-t-elle avec sévérité. On se demande à quoi pensent les parents, par cette chaleur — il serait plus raisonnable de les installer à l'ombre, sous un arbre, non ?

Son attention revint peu à peu sur sa valise d'où elle tira son bloc à dessin, des crayons et une gomme. Le chien, les jeux d'ombre et de lumière du soleil, le roucoulement paresseux des colombes au cœur de l'été : quelle forte impression cela lui avait fait sur l'instant ! Mais pourrait-elle en raviver le souvenir maintenant ?

Peut-être bien... Mais non. La différence entre vision et réalité était devenue floue : le labrador qui bâillait avait pris les traits d'un loup qui grogne, et ce n'étaient plus des colombes qui voletaient au-dessus de sa tête, mais de sombres créatures ailées aux dents menaçantes qui fendaient l'air. Pas des oiseaux mais des chauves-souris vampires. Et, à côté du loup, se dressait une silhouette, mi-oiseau, mi-femme (une femme qui avait le visage de Beverley) : une harpie.

— Oh, mon Dieu ! souffla Miss Seeton, désemparée.

Que s'était-il passé ? Qu'était-il donc advenu du bel après-midi au soleil estival ? Dépouillés de leur riche frondaison, les arbres dardaient leurs branches austères et crochues vers un ciel lourd de tempête imminente. L'hôtel n'était plus qu'une ruine ; les plafonds voûtés et les fenêtres cintrées avaient une allure médiévale, fort différente du style des rois George[1] de l'élégante gentilhommière que lui avaient révélée ses yeux.

1. Architecture caractéristique de l'époque du règne des quatre premiers rois George (1714-1830). *(N.d.T.)*

Des yeux qui lui montraient à présent, force lui était de le constater avec tristesse, que rien n'était vraiment tel qu'il le paraissait...

Après s'être promenés dans le parc et avoir dîné tôt, les trois amis passèrent au salon réservé aux pensionnaires où Anne et Miss Seeton s'installèrent, satisfaites, pour regarder *Casablanca* à la télévision pendant que Bob s'endormait. Réveillé de son somme par l'interprétation entraînante de *La Marseillaise* dans le café du film, il s'étira, bâilla et sortit.

Anne et Miss Seeton partirent quand Rick et Louis eurent disparu dans les brumes tournoyantes du Maroc, laissant les autres pensionnaires regarder le journal télévisé. Elles quittèrent le salon en reniflant discrètement et se mirent en quête de Bob. Après l'avoir cherché dans les salles bondées du pub, elles le trouvèrent enfin au bar[1], en compagnie d'une chope d'un demi-litre et d'un philosophe de café du commerce. Il avait l'air de s'ennuyer ferme.

— Cela t'apprendra à ne pas négliger ta femme au profit de plaisirs égoïstes, le taquina Anne quand elles eurent réussi à le libérer de la conversation engagée par le représentant de commerce. Nous prendrons chacune un sherry, s'il te plaît, pour compenser. Et pendant que nous boirons notre verre, ajouta-t-elle à voix basse, tu pourras nous raconter ce que tu as découvert.

Bob sourit, alla chercher les boissons, expliqua qu'il y avait eu beaucoup de monde — des vacanciers, des hommes d'affaires, un couple en lune de miel. Tout ce qu'il avait pu apprendre du barman,

1. Il y a, dans les hôtels anglais, des pubs ouverts au public et des bars et des salons réservés aux seuls clients de l'établissement. *(N.d.T.)*

avoua-t-il, c'est que l'Abbaye ouvrait trois jours par semaine, mais qu'il était peut-être question de passer à quatre, vu l'intérêt que suscitait soudain l'endroit. Ce qui n'avait rien d'étonnant en la circonstance, souligna Bob. En tout cas, ils avaient, ou plutôt l'Oracle avait choisi le bon moment pour arriver, le lendemain étant un jour d'ouverture.

— « Demain est un autre jour », cita Anne. J'ai adoré *Autant en emporte le vent* quand ils l'ont repassé, mais je suis sûre que Bob se serait endormi s'il était venu le voir avec moi. Je me demande parfois s'il a même une âme ! Et, à propos de sommeil...

Miss Seeton étouffa un discret bâillement de dame bien élevée et sourit : une si longue journée, avec tant de belles choses à admirer ! Il fallait du temps pour tout digérer ; et puis il y avait ses exercices de yoga. Ce matin, ce départ si inattendu, elle avait dû tant se presser... Oh, ce n'était pas grave d'abréger un peu, mais le yoga est en principe un moyen de se détendre, et vraiment...

Bob esquissa un sourire :

— Je doute de réussir à me détendre, sommeil ou pas. Le lit à baldaquin est de toute évidence d'époque et il n'y avait guère d'hommes de ma taille en ce temps-là.

— Il reste toujours le plancher, rétorqua Anne du tac au tac, tandis que les yeux de Miss Seeton s'allumaient à l'idée du romanesque de leur aventure. Avec ces superbes moquettes épaisses. Tu peux prendre le polochon. On a même un polochon, tante Em, rendez-vous compte ! Et rempli de vraies plumes, par-dessus le marché !

Miss Seeton réfléchissait.

— Un vrai lit à baldaquin ? Je n'en ai jamais vu, sauf dans les musées, bien sûr. Et les grandes demeures historiques. Et puis au cinéma.

— Espérons qu'il n'est pas hanté par des fantômes d'époque, releva Bob avec un petit rire amusé. Mais il n'y a qu'une seule façon de le vérifier... et puis, il se fait tard. À demain matin, tante Em. Et nous irons voir si Belton Abbey a aussi des lits à baldaquin.

La petite voiture attendit un moment derrière un car plus qu'à demi rempli de touristes, dont le chauffeur n'avait manifestement pas été prévenu de l'étroitesse du virage qu'il fallait prendre pour franchir le portail de l'Abbaye. Il le négocia cependant sans trop de difficultés et les visiteurs de Plummergen suivirent, faisant la queue pour acheter des billets que vendait un homme dans un local à l'entrée.

Belton Abbey se révéla un spectacle de nature à couper le souffle à Miss Seeton. Là, devant elle, se dressaient les murs et les fenêtres qu'elle s'était surprise à dessiner la veille au soir. Sauf que ce n'était pas un château, mais une église — ou plutôt, une abbaye ; et pas en ruine, bien sûr. Si fantômes il y avait, ils ne pouvaient être que ceux des moines dépossédés par Henri VIII, mus par un amour de leur ecclésiastique demeure qui perdurait au-delà de la tombe. Un amour que Miss Seeton, ayant vu l'endroit, comprenait parfaitement.

— Drôlement impressionnant ! s'exclama Bob, arrêtant la voiture. On va acheter un guide. Je me demande de quand ça date.

— Ça n'a pas l'air réel, non ? releva Anne. Je veux dire, bien sûr que ça l'est, parce que c'est bien là, mais c'est presque *trop* réel, dans un sens. Dans le genre décor de cinéma dont rêve un réalisateur.

— On a l'impression d'un cadre familier, observa lentement Miss Seeton. Ce qui explique pourquoi, naturellement — car il a dû leur donner l'autorisation. Le duc, veux-je dire. D'utiliser les lieux pour un film ou un téléfilm. C'est vraiment très beau ; le cadre aussi, si paisible. Si anglais. On se demande comment ils peuvent supporter de quitter pareil endroit.

— En effet, confirma Bob, repensant aux paroles de l'intendant du duc racontant que les Bremeridge n'aimaient pas la chaleur. Ces hauts plafonds et ces gros murs de pierre de taille doivent drôlement garder la fraîcheur, même en été.

Quant à ce que ce serait en hiver, tout le monde pouvait le deviner. Finalement, ça avait peut-être du bon d'appartenir aux classes moyennes et d'avoir un crédit sur le dos : leur maison était petite, certes, mais ils pouvaient au moins s'offrir le chauffage central dans toutes les pièces.

Ce ne fut guère une surprise pour leur petit groupe, arrivant dans le sillage des jacasseurs de l'autobus, de trouver Faulkbourne dans le hall, jouant son rôle d'intendant. Il observait la foule avec sur le visage une expression de dédain altier qui impressionnait fort le public. Voilà un véritable aristocrate qui vaut à lui seul le prix de l'entrée, pensait-on, avec cette façon de vous toiser d'un air méprisant. Pas du tout comme ce jeune homme au charmant sourire qui s'avançait vers eux pour les accueillir. Mais c'est alors que Faulkbourne remarqua Bob à la lisière de la foule et son air de grâce distante se transforma aussitôt en une expression qu'on eût appelée, chez une personne de moins noble extraction, un sourire. Tout le monde se retourna pour voir ce qui avait pu causer une telle métamorphose. D'autant que la mutation se poursuivit : Faulkbourne afficha carrément un large sourire en découvrant que le jeune homme rencontré à Scotland

Yard était accompagné de deux femmes. L'une d'elles, une petite dame d'un certain âge en tailleur de tweed et avec un chapeau pas banal, portait un parapluie au bras, accroché par la poignée...

Heureusement pour la couverture du petit groupe de Plummergen, personne ne semblait savoir qui ils étaient. Faulkbourne appartenant d'évidence à la famille du duc, un quidam suggéra que Miss Seeton pouvait être une ancienne domestique, une nurse peut-être (bien que son chapeau fût un peu trop frivole pour cela). Plus vraisemblablement une gouvernante. Bob et Anne devaient être son neveu et sa nièce. Ils avaient sans doute été tous invités à venir prendre le thé et à bavarder — histoire d'évoquer le bon vieux temps.

Le jeune homme souriant prit alors la parole. Le groupe de touristes oublia les nouveaux arrivants et s'apprêta à goûter le plaisir d'une visite guidée de la maison de famille de Sa Grâce le duc de Belton.

CHAPITRE XIII

Bob et ses compagnes avaient déjà reconnu le jeune homme : celui-là même qui s'était montré si empressé auprès de la charmante Beverley lors de leur arrivée au *Belton Arms*, la veille. Hors du territoire limité de la réception de l'hôtel, il parlait d'une voix ferme et claire, et chaque syllabe était distincte, même pour les derniers touristes du groupe.

La visite commençait toujours dans le hall où ils se trouvaient à présent, informa-t-il son auditoire, et comprenait la majeure partie du rez-de-chaussée, dont les célèbres cloîtres, et environ la moitié du premier étage. Le reste de l'Abbaye était fermé au public car c'était la résidence privée de la famille.

— Mais est-ce qu'on va voir l'endroit où ont été volées les boîtes à priser? C'est à l'étage, non?

Le sourire du jeune homme s'élargit pour répondre. La question n'était pas nouvelle, à en juger par son ton amusé et la lueur de son regard.

— Je vous assure qu'il ne reste absolument rien à voir d'intéressant. La police a enlevé toutes les cordes — des indices, on ne sait jamais! dit-il, ajoutant avec un petit rire : Non qu'elle ait la moindre idée quant au moyen d'arrêter le type. Il est plus hors d'atteinte que jamais.

— J'espère qu'elles étaient assurées, marmonna un petit bonhomme desséché et chauve, avec des lunettes et l'air de celui qui s'y entend.

— La collection était inestimable, lui répondit-on. Même si l'assurance peut rembourser l'argent, elle ne peut pas remplacer la valeur sentimentale et historique. D'autant que l'affaire n'est pas résolue, souvenez-vous. Je ne peux pas vous en dire grand-chose, naturellement, mais réfléchissez un peu : on n'a pas encore entendu parler de... de rançon, non?

L'auditoire frémit à cette pensée excitante.

C'était certes un acteur consommé. Après les avoir mis en appétit, puis avoir détruit leurs espoirs, il finit par concéder que, oui, la visite inclurait le petit salon où avaient été dérobées les boîtes à priser.

— Et si quelqu'un se sent assez courageux pour essayer de marcher sur les rebords de fenêtre, on lui remboursera son entrée!

Le souriant jeune homme entraînait son public de pièce en pièce avec un commentaire de toute évidence soigneusement mis au point, le faisant tour à tour rire et frissonner, sans jamais perdre son attention. Les touristes visitèrent les cuisines et les caves à vin; goûtèrent avec plaisir la fraîcheur du cloître, puis l'atmosphère confinée de la salle d'armes, toute d'odeur de cuir et de graisse à fusil, et où se trouvait même un chien dont la présence réjouit la compagnie. Quand les visiteurs entrèrent dans la pièce, un épagneul aux yeux magnifiques sortit de son panier, remuant très fort la queue, et trotta d'un pas léger à la rencontre du jeune homme qui, d'un mot, lui fit réintégrer sa place. Des gens demandèrent si les flashes risquaient de l'effrayer; on leur rappela que les épagneuls étaient des chiens de chasse et ils prirent leurs photos. La personne qui avait conçu la visite était manifestement experte en la matière.

À l'étage, les visiteurs découvrirent un objet qui leur plut beaucoup : un lit à baldaquin d'une taille gigantesque, situé dans ce qui était officiellement la chambre de maître, selon les explications du jeune homme, bien que le duc et son épouse dorment ailleurs depuis l'ouverture de l'Abbaye au public. Des générations et des générations de Bremeridge étaient nées dans cette couche, l'une des rares exceptions à la tradition étant Ivo, l'actuel lord Pelsall, héritier de Sa Grâce, né à l'hôpital de la localité trois mois avant terme, sa mère — toujours aventureuse — étant tombée de cheval à la chasse.

— Excusez-moi, interrompit une grande Américaine très intéressée qui avait pris davantage de photos de l'épagneul que n'importe qui. S'il doit un jour devenir duc de Belton, pourquoi s'appelle-t-il... Pelsall, avez-vous dit ? Et qui sont ces fameux Bremeridge dont vous nous avez tant parlé ? Sont-ils vraiment tous de la même famille ?

— Eh oui, et comment ! Bien que je sois d'accord avec vous : c'est parfois plutôt difficile à comprendre, répondit le jeune homme avec un sourire plein de gentillesse. Vous n'êtes pas la première à me poser cette question, et sûrement pas la dernière non plus. C'est toute la différence entre un nom, voyez-vous, et un titre. Bremeridge est le nom de la famille, comme vous pouvez vous appeler Smith, Clutterbug ou Bloggs, et le duc actuel se nomme Ivo Bremeridge, duc de Belton. Son fils aîné est un autre Ivo Bremeridge — Ivo est un des prénoms de la famille — mais, en tant qu'aîné, il prend le second titre de son père, qui est lord Pelsall. On pourrait dire qu'il s'agit d'un titre honorifique : Ivo a de naissance le rang de marquis, en tant que fils aîné d'un duc. Bon, si Ivo le Jeune se marie et a un fils avant la mort du duc actuel, ce fils prendra le troisième titre de son grand-père... mais vous avez tous l'air complètement perdus. Excusez-moi ! Ça fait peut-être assez de généalogie pour un jour ! Cependant, pour ceux que ça intéresse encore, il y a un arbre généalogique dans la salle suivante, avec les portraits...

Ceux-ci étaient exposés sur les murs d'une pièce haute de plafond qui recevait la lumière du nord, Miss Seeton le remarqua avec plaisir. Les visages des Bremeridge du passé se présentaient dans de lourds cadres dorés munis d'élégantes plaques portant le nom de chacun et ils regardaient, du haut de leurs tableaux, ces autres figures tournées vers eux, qui les contemplaient consciencieusement. L'Américaine posa plusieurs questions pour situer certains visages sur l'arbre généalogique, mais la plupart des gens attendaient surtout la visite promise du petit salon : on mettait un temps fou pour y arriver !

Leur guide, interrogé, répondit qu'on y serait bientôt, ce qui renforça l'envie commune de quitter les tableaux et l'arbre généalogique. Miss Seeton, flanquée d'Anne et de Bob, fut la dernière à quitter la salle, se retournant pour lancer un dernier regard aux portraits des Bremeridge, puis hochant la tête et esquissant un sourire avant de rattraper les autres. Le petit salon était après tout le but principal de la visite...

— Alors, personne n'a envie de se voir rembourser son entrée ? s'enquit le jeune homme avec un petit sourire. Tiens, tiens ! Eh bien, je crois que nous devons en conclure que le fameux Raffles a gagné cette manche-là aussi !

Il leur avait montré le cabinet (présentement rempli de porcelaines rassemblées à la hâte), la petite table où les boîtes à priser avaient été exposées, et la fenêtre par laquelle s'était introduit Raffles. Le jeune homme l'avait ouverte, les invitant à jeter un œil sur les rebords de fenêtre qui se succédaient jusqu'à celui qui se trouvait directement sous la cheminée, où la corde avait été attachée.

— La police a des raisons de croire qu'il s'est déjà servi de ce même truc, expliqua-t-il. La pratique rend parfait, dit-on. Je suppose qu'aucun d'entre vous ne s'est beaucoup exercé à la marche sur les rebords de fenêtre, mais si quelqu'un a envie de tenter une première, c'est le moment ou jamais.

Quand il fut bien clair qu'il n'y avait pas de volontaires, il éclata de rire avant de les emmener dans la salle suivante.

La visite guidée prit fin dans le hall où elle avait commencé ; les touristes remercièrent le jeune homme de s'être montré un guide si amusant, doublé d'un aussi bon informateur. Une ou deux personnes lui mirent des pièces dans la main qu'il accepta avec le sourire et un salut ; une ou deux autres lui posèrent encore des questions mais quand il aperçut Faulkbourne planté à l'entrée, impressionnant, il murmura des excuses polies et raccompagna tout le monde à la porte. Un autre groupe était sur le point d'arriver, semblait-il.

Miss Seeton et ses amis étaient une fois de plus les derniers. Bob croisa le regard de Faulkbourne et l'intendant inclina à peine la tête. Discrètement, Anne jeta un bref regard en coulisse pour voir ce qui se passait — elle n'était pas femme de policier pour rien. Mais elle l'était depuis peu et, pour bref qu'eût été ce coup d'œil, il l'avait déstabilisée et elle entra en collision — modérée — avec Miss Seeton, qui laissa choir son sac à main et son parapluie sur les dalles du sol.

— Oh, tante Em ! s'exclama Anne. Quelle maladresse de ma part ! Je vous ai fait mal ?

— Non, pas du tout, ma chère, répondit Miss Seeton, Bob ajoutant qu'elle aurait sans doute souffert davantage si c'était lui qui l'avait percutée.

Là-dessus, ils se baissèrent tous les trois pour ramasser les affaires de Miss Seeton, s'apercevant juste à temps que c'étaient maintenant leurs têtes qui risquaient de se heurter. Ils se redressèrent tous ensemble, chacun riant du désarroi visible sur le visage des autres.

— Permettez-moi ! intervint une voix.

Le jeune homme qui leur avait servi de guide se hâta de les rejoindre, ramassa le sac à main et le parapluie, et les tendit en s'inclinant à leur propriétaire décontenancée.

— Je crois, madame, que ceci vous appartient, non ? Quel superbe parapluie, si vous me permettez une telle remarque ! Pure soie, je dirais, mais... non, voyons, la poignée n'est pas en or véritable, ça ne se peut pas ?

— Merci infiniment. Fort aimable de votre part, répondit Miss Seeton, reprenant ses affaires avec un sourire reconnaissant. Mais si, cela se peut. Je veux dire : c'est bien de l'or véritable. Pas massif, cependant. Mais pas doré à la feuille non plus, ajouta-t-elle. À la différence des tableaux ou des boîtes à priser, si mon souvenir est exact. Belles et de grande valeur, et aussi bien plus faciles à transporter — les boîtes, j'entends. Mon parapluie me semble facile à porter, naturellement, mais il ne tiendrait guère dans ma poche, non ? Pas plus que les portraits des aïeux, à moins de couper les toiles pour les détacher de leurs cadres, ce qui serait vraiment dommage, puisqu'ils sont apparemment si ressemblants et qu'ils ont, je suppose, encore plus de valeur sentimentale que les boîtes à priser...

Habitués à Miss Seeton, Bob et Anne se tinrent cois pendant qu'elle tentait de s'expliquer à grand renfort de paroles, mais le sourire du jeune homme leur parut nettement forcé quand il réussit enfin à faire franchir le seuil de la porte à Miss Seeton, tandis qu'entraient d'autres groupes de visiteurs. Bob et Anne la rejoignirent et ils restèrent là à regarder autour d'eux.

— Voyons un peu quelle partie de la propriété nous avons le droit de visiter, suggéra Anne.

Elle fit volte-face pour pêcher le guide dans la poche de Bob mais interrompit son geste pour étouffer un bâillement.

— Pardon ! La combinaison du soleil et du manque de sommeil, je le crains. Si nous voulons nous habituer à coucher dans un lit à baldaquin, il en faudra un qui soit fabriqué sur mesure.

Bob sourit et se frotta le bas du dos en se tournant vers Miss Seeton :

— J'ai fini par renoncer à un combat inégal. Un polochon par terre, ce n'est pas aussi mal que ça en a l'air. Mais, croyez-moi, ce ne sera pas une trop lourde épreuve pour moi que de retrouver mon lit ! Si je le retrouve, bien entendu. Ce qui dépend de vous, tante Em. Si vous arrivez à faire un dessin que je puisse rapporter à l'Oracle...

Miss Seeton savait ce qu'on attendait d'elle et avait préparé son matériel en prévision de son retour de Belton Abbey. Elle ferait vraiment de son mieux, assura-t-elle à Bob, pour donner à ce cher Mr. Delphick une idée de l'impression que le petit salon avait produite sur elle, mais elle ne pouvait pas dire combien de temps ça lui prendrait.

— Et l'on ne peut s'empêcher d'éprouver le sentiment d'être un peu un imposteur, ou du moins d'user d'un faux prétexte, ajouta-t-elle. Pour être là, veux-je dire. Non que ce petit séjour inattendu soit désagréable, s'empressa-t-elle de préciser, au cas où ses amis croiraient que leur compagnie l'ennuyait. Mais il n'y avait après tout que bien peu de choses à voir — sinon rien. Pour ce qui est des boîtes et des cordes, veux-je dire, parce que, bien sûr, il y avait énormément à voir par ailleurs. Et elles avaient été emportées, n'est-ce pas ? Par la police. Et par Raffles, aussi. Ou plutôt, pas « aussi » mais...

Elle s'arrêta, l'air mal à l'aise. Anne lui sourit et lui tapota le bras.

— Vous trouverez bien quelque chose, comme toujours, ne vous inquiétez pas. Bob ne s'en fait pas, lui, n'est-ce pas, chéri ? Et juste pour le prouver, il va s'installer ici en bas et boire un verre avec moi pendant que vous resterez tranquillement dans votre chambre, à dessiner ce qui vous passe par la tête, en prenant votre temps. N'est-ce pas ?

Bob fit un large sourire et s'empressa de rassurer Miss Seeton. Elle n'avait pas vraiment besoin de le pincer si fort — Anne, je veux dire — Seigneur ! Le voilà maintenant qui se mettait à *penser* comme Miss S ! Quand on passait trop de temps en sa compagnie...

Les paroles de Bob avaient presque réussi à rasséréner leur amie, à voir l'expression de son visage tandis qu'elle s'apprêtait à monter dans sa chambre. Cela dit, quand elle était d'humeur tourmentée (cette conscience qui la travaillait, ces associations d'idées incohérentes), l'Oracle même n'arrivait pas à calmer complètement les scrupules que lui inspirait son travail. Elle avait toujours un peu honte de son remarquable talent et...

Non. Ou plutôt, si : certes, c'était bien les mêmes vieux scrupules qu'elle éprouvait, mais n'y avait-il pas autre chose, non, pour lui inspirer de telles hésitations ?

— Une question de lumière, voyez-vous, murmura enfin Miss Seeton, se tordant les doigts pour les empêcher de se mettre à danser, comme ils le faisaient presque toujours quand elle était sur le point d'exécuter un croquis de son cru.

Presque toujours, mais pas toujours : cette danse-là était différente.

— La lumière ? questionna Anne, plus rapide que son époux. De quel côté est exposée votre chambre ? Sud, naturellement, puisque la nôtre est au nord. Et vous m'avez expliqué plus d'une fois, j'en suis sûre, que les artistes préfèrent que la lumière vienne du nord. Voyons... Tante Em, vous obtiendriez peut-être un bien meilleur résultat en dessinant dans notre chambre, pensez-y. Nous n'y serons pas, donc pas de danger qu'on trouble votre concentration ou qu'on vous coupe votre élan, ajouta-t-elle en farfouillant dans son sac. Tenez, voilà la clé : allez-y et prenez votre temps, ma chère. Si l'Oracle pense que ça vaut la peine d'avoir un de vos dessins — ce qui est évidemment le cas —, il sait aussi que ça vaut la peine de l'attendre...

Après bien des cajoleries, Miss Seeton finit par accepter de se laisser convaincre. Anne, les yeux humides, la suivit d'un regard affectueux.

— Elle est vraiment touchante, non ? Elle mourait d'envie de passer un petit moment dans cette chambre, à faire semblant que c'est la sienne et le lit à baldaquin aussi. Elle n'a rien voulu dire pour ne pas faire d'histoires, mais elle est ravie qu'on ait compris son envie — et je le suis aussi. Pas seulement pour le plaisir qu'elle en aura, mais aussi parce que, si elle est contente, elle sera sans doute plus détendue. Et il lui sera peut-être plus facile de réaliser exactement le genre de dessin que souhaite l'Oracle...

— Quant à savoir ce que c'est... conclut Bob.

CHAPITRE XIV

Il était encore tôt, ce soir-là, quand Miss Seeton réapparut : elle arborait son air gêné habituel mais serrait contre elle un carton à dessin contenant trois croquis. Et, comme à l'accoutumée, elle se répandit en excuses en tendant à ses amis les fruits de sa demi-heure de labeur. Non, ces croquis ne pouvaient pas être ce qu'attendait ce cher Mr. Delphick, elle en était sûre. Ce n'était que des impressions personnelles — qui lui étaient personnelles, voulait-elle dire. Bob devait s'assurer que le commissaire divisionnaire avait bien compris cela; sachant que la police lui donnait des émoluments si généreux (on ne pouvait pas refuser, naturellement!), c'était son devoir le plus élémentaire de montrer son travail si on le lui demandait, mais...

— Je pense qu'on ne trouvera pas grand-chose à redire à ces croquis-là, affirma Bob en ouvrant le carton à dessin pour y jeter un œil. Et toi, Anne?

À l'Oracle d'en saisir le sens, bien sûr. Il semblait parler le même langage que Miss S. Bon, peut-être pas tout à fait le même — cela, nul ne le pouvait —, mais il était plus capable que n'importe qui pour déchiffrer ce qu'elle cherchait à dire en fin de compte. Ladite fin étant parfois fort longue à venir, naturellement...

— Il sera ravi de les avoir, franchement, assura-t-il à Miss Seeton qui paraissait sur le point de vouloir les reprendre, pour peu qu'on l'encourageât dans ce sens.

Anne s'empressa d'admirer les dessins, puis changea de sujet en demandant à Miss Seeton comment elle avait trouvé la lumière du nord.

— Excellente, répondit Miss Seeton. Et quelle charmante chambre ! La vue, ces rideaux de velours si élégants, la dentelle, sans compter le superbe brocart du ciel de lit...

— Ne m'en parlez pas ! gémit Bob. Mon dos ne s'en remettra jamais. Grâce à Dieu, je repars pour Londres ce soir. Ou plutôt, grâce à vous, tante Em, qui avez sauvé les meubles. On savait que vous y arriveriez, comme toujours. Et, cette fois, vous m'avez rendu un fier service. Non que j'aie envie de vous laisser, Anne et vous, bien sûr, mais c'est pour une juste cause. Je ferai d'une pierre deux coups : j'apporterai vos dessins à Delphick, au Yard, et je m'assurerai d'une bonne nuit. Et ce n'est pas drôle, ajouta-t-il à l'intention d'Anne qui riait. Un type de mon gabarit a besoin de place pour respirer quand il dort.

— Tu n'as qu'à t'en prendre au gouvernement, répliqua Anne prestement. Avec une alimentation saine, des égouts corrects et la Sécurité sociale, tu ne pouvais pas t'attendre à autre chose. Rappelle-toi que nos ancêtres n'étaient pour la plupart que de frêles spécimens d'humanité qui n'avaient plus de dents à trente ans et qui mouraient sans doute cinq minutes plus tard de la peste bubonique ou de la variole. Estime-toi heureux de vivre au XXe siècle !

Bob sourit. Miss Seeton démarra :

— Un grand nombre, peut-être, mais sûrement pas « la plupart », Anne, ma chère, excusez-moi. Qui mouraient si jeunes, veux-je dire, si l'on considère les faits. Il y en avait tant, pensez, et de tous les âges. Pour certains, il s'agissait peut-être des mêmes personnes, bien sûr, représentées à différentes époques de leur vie, mais ce n'était sûrement pas le cas pour tous — les costumes, voyez-vous. Il est vrai que quelques-uns avaient l'air plutôt maladif, mais c'est sans doute la faute du vernis. Car qui aurait accepté de poser s'il était malade ? Ou mort, *a fortiori* ! C'est tout à fait invraisemblable. Pour un portrait, en tout cas. Sauf une cire, peut-être, bien que je croie qu'elle n'ait pas eu le choix, pas plus que les malheureux guillotinés — Madame Tussaud, j'entends. Quel terrible métier, tant de gens si jeunes ! Il semblerait que les Bremeridge, eux, aient souvent atteint un âge respectable — comme on peut également l'observer dans d'autres familles, et pas nécessairement des aristocrates. Il n'y a qu'à voir les pierres tombales, poursuivit Miss Seeton avec ardeur, les caveaux, les plaques de marbre — bien qu'on ne puisse nier, évidemment, qu'il y ait eu beaucoup de morts sans sépulture particulière — cependant, même dans la plus humble des églises paroissiales...

L'un des dessins de Miss Seeton avait de toute évidence été inspiré par la galerie de portraits des Belton ; Bob et Anne opinèrent du bonnet, tandis que les propos de leur amie se tarissaient confusément, et murmurèrent (sans se compromettre) qu'elle avait sans doute raison. Puis Anne enchaîna vivement :

— Si tu veux arriver à temps pour le train, tu ferais mieux de vérifier que tes bagages sont prêts pendant que je vais chercher la voiture. Vous nous accompagnez, tante Em ? Si vous voulez, on pourrait faire un petit tour pour admirer le paysage en fin de journée, quand on aura déposé Bob.

Une fois Bob parti par le train de Londres, Anne et Miss Seeton s'en furent admirer la campagne alentour. Les environs de Belton n'offraient guère de vues à vous couper le souffle : pas de cimes altières ni de falaises en à-pic, point de sombres sapinières peuplées de chuchotements ni d'immenses chênes épargnés par les haches des architectes navals. Il y avait en revanche des collines ondulantes, des bois, des bosquets et des champs bordés de haies bien nettes, des prairies où pâturaient des moutons et du bétail, des meules de foin et des gerbes de céréales. Un tableau typiquement anglais. Miss Seeton en avait les doigts qui la démangeaient d'impatience à l'idée de le représenter sur toile.

Anne appréciait le paysage, certes, mais plus encore les villages qu'elles traversaient. Elle prit note mentalement d'une ou deux boutiques de brocante d'allure prometteuse, et d'un cottage à vendre qu'elle aurait acheté en quatrième vitesse, s'exclama-t-elle, si Bob et elle avaient eu l'argent nécessaire.

— Si ce n'est pas dommage, non, que Sibyl Crockerton n'ait jamais existé ! Mel Forby a fait du si bon boulot que j'en suis presque venue à croire à cette vente aux enchères. Mais si tout se déroule selon le plan prévu, jamais on ne saura combien vaut ce tableau, parce que Crésus aura mis la main dessus et se sera fait épingler, et votre peinture se retrouvera au-dessus de votre cheminée, sans une égratignure.

Miss Seeton sourit mais se tut. Elle comprenait la nécessité d'une telle supercherie, bien sûr, mais ça lui avait semblé si, euh, si irréel au départ, plutôt comme un canular. Et maintenant, avec l'histoire de Mel dans les journaux et la photo d'Anne, qui n'en paraissait pas gênée... De fait, ce n'était guère son portrait craché, ce qui était une chance (Miss Seeton ne se doutait pas de tout le mal qu'on s'était donné pour donner un air ordinaire à cette veinarde de petite Mrs. Ranger!). Mais la chère petite était mariée à un homme des forces de l'ordre et, naturellement, une épouse de policier doit s'attendre à ce qu'on lui demande de faire son devoir. Tout comme elle était elle-même fière de remplir le sien, quoique ses dessins ne soient vraiment pas...

Miss Seeton soupira. Anne réagit aussitôt :

— Vous êtes fatiguée, vous avez faim? Les deux sans doute, parce que moi aussi. On va rentrer à l'hôtel manger un peu et puis, euh, j'ai remarqué qu'il y avait *Les Hauts de Hurlevent* à la télévision ce soir, je ne sais pas si ça vous intéresse mais...

Ça intéressait Miss Seeton. Merle Oberon, d'une si frappante beauté; Laurence Olivier, si séduisant et plein de vitalité. Ce cher David Niven qu'elle admirait parce qu'il était si anglais... Emily Brontë avait écrit un chef-d'œuvre. Miss Seeton se souvenait d'être allée au cinéma voir le film lors de sa première sortie à Londres, et d'avoir été impressionnée par la force de l'histoire. Quand ses élèves avaient le livre au programme, elle les avait toujours instamment encouragées à aller voir le film : elles ne pourraient pas trouver mieux comme inspiration pour le tableau qu'elles étaient censées peindre. Cela dit, rares étaient les jeunes filles qui avaient réussi à saisir l'esprit de l'original, mais elle en avait connu plusieurs dont l'imagination — qu'elle s'était donné tant de mal à stimuler — s'était finalement libérée grâce aux *Hauts de Hurlevent.* Une histoire si triste et tellement romantique...

Miss Seeton et Anne étaient installées au salon réservé aux clients de l'hôtel. Ravies mais en larmes, elles regardaient Cathy expirer dans l'immense lit, Heathcliff la prendre dans ses bras, encadré par les rideaux soulevés par le vent, et lui montrer la lande où, enfants, ils s'ébattaient en liberté. Miss Seeton se moucha tandis qu'on voyait les fantômes marcher côte à côte avant le générique de fin; Anne s'éclaircit la gorge avec vigueur. Miss Seeton se ressaisit fermement pendant que résonnait l'indicatif du journal de vingt et une heures et déclara :

— Bien sûr, si l'une de mes élèves s'était montrée aussi désobéissante... après tout, les enfants ont besoin de discipline... mais... C'est un grand livre, conclut simplement Miss Seeton, et un film fort agréable.

Elle s'anima :

— Si bien fait aussi, avec une telle attention portée aux détails. Les costumes, le décor, l'ameublement même...

— Sans compter le lit à baldaquin, renchérit Anne avec un sourire et à voix suffisamment basse pour ne pas déranger les autres résidents de l'hôtel. J'ai réfléchi à ça, tante Em. Maintenant que Bob n'est plus là — d'ailleurs, il n'a pas vraiment couché dedans, vu les conditions —, que diriez-vous de changer de chambre ? Ce serait l'occasion de dormir dans un lit qui possède une histoire authentique et, poursuivit-elle, voyant que Miss Seeton s'empressait d'endosser le manteau de l'abnégation héroïque afin de dissimuler le plaisir évident que la proposition d'Anne suscitait chez elle, Bob me manquerait moins si j'étais dans une autre chambre. Allez, dites oui ! suppliat-elle, jouant les jeunes mariées esseulées.

Anne faisait-elle semblant ? Miss Seeton n'en ayant qu'une présomption, elle se laissa persuader avec joie.

— ... Brettenden dans le Kent, annonça la voix du présentateur du journal.

Les exilées du Kent ramenèrent aussitôt leur attention sur l'écran de télévision qui montrait la façade principale de la biscuiterie et une silhouette portant béret, barbe et blouse d'artiste, qui posait, l'air sombre, devant un piédestal vide. La caméra fit un gros plan sur le visage du personnage tandis que le commentateur continuait son récit :

— Le sculpteur Humphrey Marsh est furieux que la police semble peu encline à rechercher sérieusement l'œuvre volée : la *Chaîne alimentaire*.

Suivit un plan fixe de la sculpture (qui ressemblait décidément plus que jamais à deux bicyclettes en colère, songea Miss Seeton), puis Humphrey Marsh prit la parole :

— C'est absolument scandaleux, à mon sens, que tant d'œuvres d'art disparaissent un peu partout en Europe et depuis si longtemps. Tout le monde, sauf la police, s'accorde à penser que ces vols sont organisés à l'initiative de celui qu'on appelle Crésus, pourtant personne ne fait rien ! J'aimerais bien savoir pourquoi. De deux choses l'une : ou la police n'est qu'une bande de béotiens qui se fichent pas mal de l'Art (la majuscule résonna dans la pause qu'il ménagea), ou bien il faut suspecter — et comment s'en empêcher ! — une faute autrement grave que l'inefficacité pure et simple. La *Chaîne alimentaire* est une pièce irremplaçable — et inestimable. Elle a du reste remporté trois prix. D'après les critiques, elle est en filiation directe du génie de Marcel Duchamp (Miss Seeton poussa une exclamation discrète en entendant confirmer la justesse de sa vision des bicyclettes), et s'inscrit par certains aspects dans la tradition du Bauhaus — bien que j'aie par ailleurs développé un style qui m'est personnel. Et, poursuivit-il, s'efforçant en vain de réprimer une expression de mépris, pour qu'une sculpture généralement reconnue comme un chef-d'œuvre disparaisse de la sorte, sans que cela semble affecter ceux qui auraient le pouvoir d'agir, eh bien, ce que j'aimerais vraiment savoir, c'est si ces personnes-là ont pu être persuadées de ne rien faire, c'est tout ! déclara-t-il, son regard étincelant d'indignation crevant l écran pour fixer les millions de téléspectateurs.

Le journaliste invisible conclut :

— C'étaient les propos combatifs du sculpteur Humphrey Marsh. Nous avons demandé à la Brigade des œuvres d'art de Scotland Yard un commentaire sur ces allégations contestables, mais un porte-parole a décliné cette offre de droit de réponse. Maintenant, nous passons au *test match*[1]...

C'est en fulminant qu'Anne quitta le salon avec Miss Seeton, laissant les autres pensionnaires regarder les grands moments des matches de cricket du jour. Elle tempêta, évoquant l'huile bouillante, la police surmenée, l'ingratitude du public, quand elle s'arrêta, aussi brusquement qu'elle avait commencé, et rit :

— Tout ça ne fait guère de bien à ma tension ! Remarquez, je suis sûre que je ne suis pas la seule à bouillir sur place. Je suis certaine que l'Oracle et ses copains sont fous de rage, et comment le leur reprocher ! Voyez un peu cet abominable bonhomme de Marsh qui insinue que quelqu'un s'est fait graisser la patte ! Comme s'il était concevable qu'un être sain d'esprit puisse vouloir cet affreux fouillis de ferraille ! Quant à donner de l'argent pour ça... dit-elle, regardant Miss Seeton avec un petit sourire. C'est vous l'experte en la matière, tante Em. Est-ce vraiment une œuvre d'art, comme il le prétend, ou ai-je raison de penser que c'est juste des vieux engins

1. Surtout utilisé pour le rugby ou le cricket, ce terme désigne un match international, en particulier la série de matches que dispute une équipe en déplacement dans le pays organisateur des rencontres. *(N.d.T.)*

échappés de chez le ferrailleur, qui ont rouillé à mort devant l'usine une fois qu'ils ont cessé de rouler ? Ça ne vous rappelle pas une bataille entre deux bicyclettes ?

Miss Seeton réfléchissait à la réponse : elle avait envie d'être franche mais se voulait également équitable, ce qui était, euh, difficile, en la circonstance. C'est alors qu'une toux discrète se fit entendre non loin de ces dames, et un inconnu — grand, brun et distingué — apparut de derrière un palmier en pot. Il avait l'air vaguement familier. Il inclina légèrement la tête en s'approchant des deux femmes :

— Excusez-moi, mais ai-je raison de penser que vous êtes Miss Seeton, Miss Emily Seeton ?

Anna se hâta de répondre avant que sa compagne ne pût confirmer son identité. Elles étaient, après tout, censées être là plus ou moins incognito.

— Je m'appelle Anne... Knight, annonça-t-elle, et ma tante et moi sommes ici en vacances. Nous souhaitons jouir d'un moment de paix et de tranquillité, en toute intimité. Si vous voulez bien nous excuser...

L'inconnu sourit et parla très bas, bien qu'il n'y eût guère de risque d'être entendu.

— Je voulais seulement établir mon, euh, mon identité présumée, si le terme n'est pas trop mélodramatique. Chère Mrs. Ranger, je sais parfaitement qui vous êtes — toutes les deux. Outre le fait que l'hôtel s'occupe efficacement de faire remplir les fiches par ses clients, je vous ai vue — avec votre époux et votre, euh, votre tante — à l'Abbaye ce matin même (ah, bien sûr ! C'était l'homme qui avait paru si content de les voir arriver pour la visite guidée). Qui plus est, j'ai récemment fait la connaissance de l'inspecteur Ranger de Scotland Yard, à l'occasion de ma visite au commissaire divisionnaire Delphick dont j'étais venu solliciter les conseils. L'un d'eux vous en aura peut-être touché deux mots ? Je m'appelle Faulkbourne, reprit-il, s'inclinant de nouveau. Je suis l'intendant de Sa Grâce le duc de Belton. Et vous êtes bien Miss Seeton, non ?

— En effet, répondit l'intéressée avec un sourire inquiet.

Fallait-il ou non lui serrer la main ? Ça ne se ferait pas, sûrement, si les présentations avaient lieu chez le duc. Mais ici, on était à l'hôtel *Belton Arms* et pas à l'Abbaye — bien qu'on pût considérer que l'on était encore en territoire Belton. Cela dit, Faulkbourne pouvait être là à titre personnel, ce qui signifiait qu'il faudrait peut-être...

Faulkbourne coupa court à ses inquiétudes en indiquant du geste quelques fauteuils à l'écart, suggérant de s'y asseoir tous les trois. Miss Seeton hésitait mais Anne ne doutait plus : Bob — avec la permission de Delphick — l'avait en effet mise au courant de la visite de Faulkbourne au Yard, expliquant que celui-ci avait sollicité l'aide de Miss Seeton. Cette dernière n'avait quant à elle pas vraiment idée du but réel de ses petites vacances ; on lui avait dit qu'on apprécierait des croquis, si elle pouvait en faire quelques-uns, estimant qu'il valait mieux — comme toujours — ne pas la jeter dans le trouble et la confusion en lui fournissant trop de détails.

Car la confusion était parfois le moindre des maux qui sévissaient quand Miss Seeton participait à une affaire...

CHAPITRE XV

Quand ils furent tous installés, Faulkbourne demanda à Miss Seeton, non sans une certaine curiosité, si sa visite de l'Abbaye l'avait intéressée. Ce dont elle l'assura : un si beau cadre, n'est-ce pas ? Et tellement chargé d'histoire : tant de choses passionnantes, un guide si érudit et amusant — bien sûr, ça allait de soi, en l'occurrence...

— Oh oui, il n'y avait pas de doute, évidemment, après avoir contemplé tant de portraits d'ancêtres, ajouta-t-elle, les yeux pétillants devant le sursaut d'étonnement de Faulkbourne (ou plutôt ce qui l'eût été chez un homme moins distingué que lui, mais qui n'avait été chez l'intendant de Sa Grâce le duc de Belton qu'un très léger haussement de sourcils). Eh oui, l'hérédité peut avoir une influence remarquablement persistante, Mr. Faulkbourne. Les orbites, presque uniques en leur genre ; et l'ossature du nez, même si le teint est assez différent. Mais pas le moindre doute. Il s'amusait de toute évidence beaucoup, juste comme Nigel, ajouta-t-elle avec un signe de tête à l'intention d'Anne. Vous ne trouvez pas qu'ils ont le même côté joueur ? Jouer des tours aux gens — oh, je n'ai jamais entendu dire que Nigel ait feint d'être un autre, mais je pourrais facilement les imaginer tous les deux en train d'en rire ensuite. Et quand un touriste lui a donné un pourboire à la fin, là, c'est devenu une certitude, vraiment, parce que c'est exactement ce qu'aurait fait ce cher Nigel, qui se serait empressé d'aller le raconter à tout le monde après. Quand le donneur du pourboire serait parti, pour ne pas lui faire de la peine. Nigel est un jeune homme très gentil et plein d'égards, voyez-vous, expliqua-t-elle à Faulkbourne.

— Comme le jeune monsieur Eddie, répondit Faulkbourne — pardon, lord Edgar, devrais-je dire. On a du mal à se faire à l'idée qu'il n'est plus un adolescent turbulent; une inévitable réticence à reconnaître le passage des ans, sans doute. Quand on se souvient des galopins d'écoliers qu'ils étaient, lui et son frère... Mais cette époque-là est bien révolue, c'est vrai. Les parents de Sa Seigneurie l'ont jugée capable de gérer l'Abbaye en leur absence — j'ai personnellement le sentiment qu'elle le serait, dans des circonstances plus normales. Ce que lesdites circonstances sont loin d'être, n'est-ce pas?

— Ah bon? s'étonna Miss Seeton, clignant des yeux. Ou plutôt: ah vraiment? devrais-je dire. Je n'ai qu'une connaissance limitée en la matière, mais il m'a semblé que c'était géré de façon fort efficace — l'Abbaye, j'entends —, d'après le peu que j'ai pu en voir pendant la visite. C'est du moins l'impression qu'on avait en repartant. Que ça marchait très bien. Comme on pourrait s'y attendre depuis le temps que la demeure est ouverte au public — et vous avez vous-même dû apprendre beaucoup de choses au cours de ces années. Je suis sûre que lord Edgar pourrait trouver en vous un ami efficace et compréhensif à qui faire appel, s'il en éprouvait le besoin.

Faulkbourne la regarda d'un air finaud.

— J'ai fait de mon mieux pour le conseiller, mais les jeunes peuvent être très obstinés, je le crains — je parle là en confidence, Miss Seeton. Sa Seigneurie ne... ne suit pas facilement les conseils. Les Bremeridge sont connus pour leur caractère altier et hautain, Miss Seeton. Pour prendre une image équestre, ils préfèrent la liberté de la course dans les grands espaces à la discipline du mors et de la bride. Lord Edgar écoute ce qu'on suggère, certes, mais n'en tient pas compte — et ne fait pas de commentaires, en tout cas pas à moi. Mais peut-être vous a-t-il parlé à un moment donné, quand vous avez visité la demeure ?

— À moi ? Non, certainement pas. Pourquoi l'aurait-il fait ? Je vous demande pardon, ajouta Miss Seeton, une légère rougeur aux joues, mais il y avait d'autres personnes en dehors de moi-même, et je ne vois pas pourquoi lord Edgar aurait choisi une parfaite inconnue pour se confier à elle. Ç'aurait été plutôt stupide de sa part. Comme je vous l'ai dit, je n'entends pas grand-chose à la gestion d'une demeure historique — rien du tout, même, à vrai dire.

Faulkbourne, qui avait paru interloqué quand elle avait protesté, eut un sourire de soulagement.

— D'autres personnes présentes — naturellement, Miss Seeton, je comprends parfaitement. Le besoin de discrétion : j'ai peut-être manqué de circonspection à cause de mon angoisse naturelle, fit-il en survolant du regard la réception où des petits groupes conversaient tranquillement, assis autour d'une ou deux tables basses. Il faut veiller au respect de la vie privée, Miss Seeton, ou devrais-je dire à la sécurité ?

— En effet, certainement, confirma Miss Seeton, acquiesçant du chef.

Le respect de sa vie privée avait toujours été une chose importante pour elle, comme pour toute dame de qualité. Mais pourquoi Mr. Faulkbourne parlait-il de « sécurité » alors que c'était l'Abbaye qui avait subi un cambriolage des plus osés ?

— En effet, reprit-elle, mais la mienne a sauté à cause de la foudre récemment, et j'avoue que j'ai négligé de la faire réparer. Tellement plus tranquille, vous comprenez ! Avec ces sonneries et ces alarmes qui se déclenchaient dès que j'oubliais de tourner la clé — et le chef de la police de la région ne l'avait envisagé qu'à titre de... cobaye, je crois — ou bien devrais-je dire étude de marché ? Je les recommanderais certainement à ceux qui possèdent des biens de valeur, comme vous-même — oh, pardon ! comme Sa Grâce —, mais je ne me souviens même pas du nom de l'entreprise qui me l'a installée, je le crains. Ça doit remonter à deux ou trois ans, voyez-vous.

Faulkbourne n'était pas bien sûr de voir grand-chose. Assez cependant pour se rendre compte que Miss Seeton avait sa propre façon de procéder (ce qu'il aurait pu apprendre dans les journaux où l'on parlait d'elle). En tout cas, cette vérité s'imposait à lui. Elle avait manifestement l'intention de garder ce qu'elle savait pour elle — ou plutôt pour Scotland Yard, rectifia-t-il. La visite qu'il avait rendue, lui, aux gens du Yard les avait peut-être poussés à agir, mais c'étaient eux qu'il fallait considérer comme responsables de la présence de Miss Seeton ici et maintenant. Elle aurait donc risqué de contrevenir aux règles de la bienséance en révélant ses découvertes — si tant est qu'elle en eût faites —, même à celui qui, au fil des ans, avait pu s'enorgueillir d'être le confident, voire l'ami de son ducal patron. Mais lord Edgar n'était pas Sa Grâce, qui était, elle, fort loin de ses pénates...

— Ce sont des temps difficiles pour les Bremeridge... et pour nous tous à Belton, Miss Seeton, ajouta-t-il sans pouvoir réprimer un soupir. (Un peu théâtral, sans doute, mais cela importait-il?) L'Abbaye, vous avez pu le constater, est une belle demeure chargée d'histoire, mais de tels lieux sont, hélas, d'un entretien fort coûteux. L'argent fait défaut, je le crains. Une bonne part du capital est immobilisée dans la propriété, qui est l'héritage inaliénable du fils aîné, lord Pelsall — qui reste le jeune Ivo dans ma pensée, j'en ai peur, concéda-t-il avec un sourire nostalgique. Et qui se trouve actuellement loin du bercail puisqu'il pratique l'escalade dans les Andes avec son père...

Miss Seeton ne savait pas bien ce qu'elle était censée répondre. En dehors des films, de la télévision et, bien sûr, des tableaux qu'elle avait vus dans sa vie, sa connaissance des montagnes se limitait au voyage qu'elle avait fait quand elle avait par erreur pris l'avion de Gênes, la cité italienne, au lieu de celui de Genève, la ville suisse (elle en rougissait encore rétrospectivement). Bien entendu, elle avait fini par arriver à destination et se souvenait d'avoir traversé les Alpes quelque part en route — enfin, traversé par la voie des airs : il serait sans doute plus juste de dire qu'elle les avait « survolées », malgré le risque de double sens...

— On ne peut pas vraiment acquérir une connaissance précise des montagnes en aéroplane, déclara Miss Seeton d'un ton sévère, à part le fait qu'elles semblent invariablement couvertes de neige. Et, à mon avis, il est bien mieux de confier ces choses-là à son banquier — ses placements, je veux dire, expliqua-t-elle tandis que les sourcils de Faulkbourne esquissaient une nouvelle mimique étonnée. Tenez, par exemple, mon lave-vaisselle et mon lave-linge automatique : si utiles ! Martha était ravie. On économise tellement de temps ! Mais pour ce qui est d'économiser de l'argent, ou plutôt d'en gagner, je regrette : je ne suis absolument pas qualifiée pour suggérer quoi que ce soit. J'ai pris ma retraite de l'enseignement il y a un petit moment, voyez-vous. Mon banquier me l'a recommandé ; je veux dire, quand il m'a conseillé de placer mes économies, il m'a semblé raisonnable de consacrer une certaine somme à l'achat d'outils qui font gagner du temps, avant de mettre le reste de côté. Ma pension, j'entends, plus les émoluments que me verse Scotland Yard.

Vraiment, c'était difficile de discuter finances quand on était loin d'être un expert en la matière ! En d'autres temps plus heureux, l'argent passait pour l'un des sujets qu'une dame digne de ce nom ne saurait mentionner. Mais si les temps restaient heureux pour elle (et l'étaient peut-être encore davantage depuis son installation à Plummergen), ils n'en étaient pas moins fort différents. Et si Mr. Faulkbourne était venu la trouver spécialement pour lui demander conseil, elle devait, sans balayer ses inquiétudes d'un simple revers de main — ça pouvait paraître impoli —, lui dire tout net qu'elle était incapable de l'aider. Il semblait d'ailleurs l'avoir compris car la lueur qui dansait dans son regard s'apparentait fort à un sourire...

C'est résigné que Faulkbourne entendit Miss Seeton évoquer Scotland Yard. Tout en réagissant avec une grande politesse, comme on pouvait s'y attendre, elle montrait de manière parfaitement claire qu'en ce qui la concernait elle ne traitait qu'avec la police. Ce qui se comprenait, naturellement, même si l'on avait nourri l'espoir de la persuader d'agir autrement...

Tout en se sentant vaguement coupable d'avoir dépossédé Anne de sa chambre, Miss Seeton était malgré tout certaine qu'elle allait goûter avec délice chaque minute de son repos nocturne dans le magnifique lit à baldaquin. Elle se brossa les dents, ferma les yeux, se plia en deux pour s'installer sur la moquette dans une des postures de yoga les plus favorables à la détente, appréciant la luxueuse épaisseur du tapis, les dentelles et les bois patinés par l'âge. Enfin, elle grimpa dans le lit — il fallait en effet grimper, tant le matelas était bourré de plume —, et se lova sous la courtepointe brodée. Cet édredon avait-il été confectionné pour accompagner le lit à l'origine? Et à quand cela pouvait-il remonter? Combien de générations de serviteurs des Bremeridge y étaient-elles nées? Ou fallait-il dire Belton? On faisait de son mieux pour observer les usages, mais c'était un tantinet déroutant. Aurait-on dû les appeler « vassaux », « vilains » , voire « suivants »? Combien y avaient passé leur vie matrimoniale? se demanda Miss Seeton en soupirant. « Cette pauvre, chère Anne! Si généreux de sa part de me permettre de satisfaire mes petites envies, bien que je ne sois guère du genre de ces beautés vêtues de soie qui peuplent les écrans de cinéma! Pas très pratique de nos jours, bien sûr, où les lavandières sont, semble-t-il, aussi passées de mode que les messieurs qui se battent en duel ou qui prisent le tabac. Et ça exige tant de soin, à ce qu'on dit — la soie, bien entendu. Mais on ne peut que se réjouir de l'existence de machines modernes telles que les lave-linge automatiques... Le romanesque a disparu de tant d'aspects de la vie, songeait-elle, même si c'était plutôt un dangereux passe-temps — les duels, j'entends, pas priser le tabac... d'après ce que j'en ai lu, et pas du tout romantique au vrai sens du terme. »

Miss Seeton ferma les yeux et sombra dans des rêves de gentilshommes qui se battaient en duel, dentelles au poignet, pistolet à la main, les narines tachées par le tabac à priser et frémissantes de rage à la pensée d'un honneur sali ou d'un nom calomnié. Elle rêvait de crinolines... de chaises à porteurs... ou cela appartenait-il à une époque antérieure ? De jeunes gens courroucés brandissant des rapières, de bandits de grand chemin au visage masqué...

Miss Seeton dormit comme un loir. Et se réveilla le sourire aux lèvres, s'étirant avec volupté sous l'épais brocart du lit à baldaquin. Cette chère Anne ! Si gentil de sa part. Mais il ne fallait pas abuser et la récompenser de sa bonté en gaspillant le temps. Elle sauta hors du lit, bien décidée à bannir toutes les visions de son imagination grâce à l'influence calmante de ses exercices de yoga. Si la rêverie n'avait rien de mal à dose raisonnable, se rappela-t-elle, un excès indiquait une insuffisance de volonté et pouvait en l'occurrence confiner à de l'égoïsme foncier. N'avait-elle pas convenu la veille au soir avec cette chère Anne de l'accompagner aujourd'hui dans une petite virée, pour visiter les boutiques de brocante que sa jeune amie avait envie de voir de plus près ? La vie de couple est, semble-t-il, une entreprise fort coûteuse, songeait Miss Seeton en fermant les yeux et en se mettant à respirer régulièrement. Surtout quand on n'est pas mariés depuis longtemps et qu'on est encore en train de se monter en ménage. Elle avait eu tant de chance, quant à elle, avec son petit héritage de la cousine Flora et, en général, dans ses finances (si utiles, ces émoluments que lui versait la police !) — même si elle avait été incapable de prodiguer à Mr. Faulkbourne les conseils qu'il semblait souhaiter... tant de chance qu'il était clairement de son devoir (et un vrai plaisir, en plus) d'aider ses amis chers à économiser autant d'argent que possible. Si elle le pouvait.

Bien sûr, elle n'était pas en mesure d'offrir des suggestions précises sur les comptes d'épargne, comme elle avait tenté de l'expliquer à l'intendant de Sa Grâce. Sauf que c'était une bonne idée d'en avoir un — un compte d'épargne, pas un intendant, cela va de soi. À moins de posséder une grande demeure qui nécessite la présence de nombreux domestiques pour l'entretenir — ce qu'on n'aurait que si l'on pouvait se le permettre, évidemment. Pourtant, Mr. Faulkbourne avait révélé que lui et sa famille — lui, le duc, pas Mr. Faulkbourne (fallait-il dire les Bremeridge ou les Belton ?) — étaient aussi à court d'argent. Elle doutait fort que Mr. Faulkbourne eût envie d'être considéré comme un domestique — pas plus que Martha, d'ailleurs ! Elle avait été si contente de voir arriver le lave-linge, cette brave Martha... Quand on pense aux machines à deux tambours, aux planches à laver, aux bassines de cuivre, aux essoreuses à rouleaux, à l'eau savonneuse, aux maux de dos... On se demande combien de lavandières il aurait fallu pour une maisonnée de la taille de celle de l'Abbaye...

Miss Seeton eut une vision soudaine de la galerie de portraits de Belton, de la longue série de visages caractérisés par d'étonnantes orbites et par l'ossature particulière du nez. Elle les vit exigeant des vêtements propres, tous en même temps. Vit aussi une blanchisseuse qui ressemblait fort à Martha, brandissant un bâton à remuer la lessive dont elle menaçait tous ces aristocrates dépourvus de considération, et leur ordonnant d'attendre leur tour. Miss Seeton sourit : cela ressemblait bien à cette chère Martha de ne pas tolérer de telles extravagances ! Partageant cet avis, les visages tremblotèrent, s'estompèrent et se fondirent en un seul : la figure souriante du jeune lord Edgar Bremeridge qui s'était tant diverti à jouer les guides ordinaires, s'amusant de la blague qu'il faisait aux dépens des visiteurs de l'Abbaye...

Quand Miss Seeton eut terminé son yoga, elle jeta un œil rapide sur sa pendulette de voyage. Prise de conscience brutale et consternation ! Avait-elle donc passé tant de temps à rêvasser ? Elle devait être tellement en retard ! Cette chère Anne, bien sûr, ne lui adresserait pas un mot de reproche, mais quelle égoïste façon de remercier la jeune femme de ses bontés pour elle ! Miss Seeton se releva souplement, finit de s'apprêter, et s'empressa de quitter sa chambre, décidée à y abandonner les Bremeridge.

Sûre d'y être parvenue, d'avoir remisé leur physionomie caractéristique dans les limbes de son imagination, elle traversait la réception d'un pas alerte pour rejoindre la salle à manger et y prendre le petit déjeuner quand elle sursauta, étonnée, en apercevant la personne en conversation avec Anne, près de la porte : un Bremeridge, sans aucun doute !

CHAPITRE XVI

— Juste ciel !

Miss Seeton se figea sur place, les yeux ronds, puis elle secoua la tête, cligna des yeux et sourit.

— Oh, mon Dieu, c'est stupide de ma part — vous êtes bien réel, naturellement, déclara-t-elle tandis qu'à leur tour les yeux Bremeridge dans leurs orbites caractéristiques s'élargissaient et affichaient la surprise. C'est-à-dire, poursuivit Miss Seeton, je vous prie de m'excuser, lord Edgar, mais j'étais justement en train de penser... Et il y a des coïncidences dans la vraie vie, bien sûr, plus souvent qu'on ne l'accepterait dans la fiction. Mais c'était si vivant, voyez-vous. Votre visage...

— Mon visage, répéta-t-il, tandis qu'elle approchait. Mon visage ! Ainsi, c'était donc cela qui... s'interrompit-il, son étonnement se changeant en soulagement subit. Oui, je suppose que cela ne servirait absolument à rien de nier que je suis lord Edgar Bremeridge — à votre service, ajouta-t-il en s'inclinant —, n'est-ce pas ?

— Non, absolument à rien, répondit Miss Seeton, l'observant d'un œil étincelant. (Un si charmant sourire, et une telle ressemblance avec ce cher Nigel !) Il ne pouvait vraiment pas y avoir de doute, quand nous

nous sommes trouvés devant les portraits. Une si forte ressemblance, voyez-vous, surtout les orbites et le nez. Cela dit, j'avais commencé à soupçonner quelque chose avant cela, si vous me pardonnez de le préciser.

Lord Edgar releva ses aristocratiques sourcils :

— Vraiment ? Alors, ma petite imitation du guide ne vous a pas convaincue que j'étais vraiment le personnage ? Voilà qui me navre, Miss Seeton. J'avoue avoir toujours été très fier de mes talents de comédien... jusqu'à ce jour.

— Oh, vous avez été tout à fait convaincant ! protesta-t-elle aussitôt. Peut-être un peu trop, cependant, pour être vraiment totalement crédible, si vous permettez. Vous sembliez tellement à votre place, voyez-vous, et disons... euh, nettement plus qu'on ne l'escompterait de la part d'un guide ordinaire. Bien que ce soit logique, évidemment, puisque vous y étiez. À votre place — chez vous, je veux dire. À la différence du reste de votre famille qui se trouve en Amérique du Sud, ai-je cru comprendre. Et cela m'a rappelé un jeune ami, Nigel Colveden — non qu'il soit jamais allé faire de l'escalade au Brésil, du moins pas à ma connaissance — mais, comme vous, il aime beaucoup s'amuser. Je crois qu'il apprécierait de faire ce genre de blague, de tromper son monde. Et puis, aussi, vous avez accepté le pourboire : un guide ordinaire ne le ferait jamais, j'en suis plutôt convaincue.

Il s'inclina de nouveau :

— Très astucieux, Miss Seeton, et permettez-moi d'ajouter que votre « guide ordinaire » demanderait sans doute davantage d'argent pour un après-midi de visite que nous ne pouvons payer. La famille travaille pour rien, Miss Seeton — pardonnez-moi d'user si librement de votre nom, mais je n'ai pu m'empêcher de me poser des questions, hier, en repérant votre parapluie... Faulkbourne a mentionné votre personne plusieurs fois ces derniers temps, voyez-vous, en rapport avec nos, euh, nos petites difficultés — présentes et passées. Dès que je me suis douté de qui vous étiez, j'ai dû l'interroger pour voir si j'avais deviné juste. Je suis ravi de faire votre connaissance, Miss Seeton. Mrs. Ranger était bien sûr avec vous lors de la visite, non ? Je l'ai reconnue à l'instant quand elle descendait l'escalier. J'attendais l'arrivée de la réceptionniste, mais j'ai été encore plus content de voir Mrs. Ranger : j'avais l'intention de demander à Beverley de vous téléphoner dans votre chambre pour que je puisse me présenter à vous en bonne et due forme mais, à vous deux, vous m'en avez épargné la peine.

Miss Seeton jeta un coup d'œil à sa montre, puis à Anne :

— Oh, mon Dieu, suis-je très en retard ? Je vous ai fait attendre pour déjeuner ? Je suis navrée mais...

— Non, vous n'êtes pas très en retard et vous ne m'avez pas fait attendre, alors ne vous inquiétez pas ! répondit aussitôt Anne. J'étais justement en train de l'expliquer à lord Edgar et je me demandais s'il aimerait se joindre à nous, si cela ne vous ennuie pas de parler de... euh, je suppose qu'on pourrait appeler ça le « travail »... en mangeant. J'ai pensé que ça nous ferait peut-être, euh, gagner du temps, conclut-elle en riant et en rougissant un brin tandis que Miss Seeton posait sur elle un regard où dansait une lueur amusée.

Mais l'expression d'amusement se changea aussitôt en air préoccupé. Comment pouvait-elle avoir oublié que cette chère Anne voulait passer la journée à faire les brocantes pour dénicher des affaires ? Naturellement, la jeune femme avait très envie de se mettre en route, mais se trouvait retardée à cause du manque de considération de sa vieille compagne. Cela dit, si elle n'avait pas retardé Anne, elles seraient peut-être parties avant l'arrivée de Sa Seigneurie — ce qui eût semblé plutôt impoli, supposait-elle, puisqu'il avait pris la peine de venir à l'hôtel pour les voir. Sauf que Beverley devait être nettement plus attirante pour lui qu'une vieille fille d'un certain âge et qu'Anne, si heureuse en ménage, et si, euh, non, pas pauvre, mais elle avait besoin de profiter de toutes les bonnes affaires qu'elle pouvait trouver.

— Je vous en prie, joignez-vous donc à nous, lord Edgar, proposa Miss Seeton, déployant des trésors de politesse. C'est-à-dire... à moins que vous n'ayez déjà déjeuné ? Je crois que normalement, à cette heure-ci, Nigel en serait plutôt à la pause-café qu'au petit déjeuner, mais il est agriculteur — non qu'il me viendrait à l'esprit de suggérer...

Elle s'arrêta net, terriblement gênée. On ne prend pas la liberté de questionner un aristocrate, même de manière indirecte, sur ses habitudes alimentaires (et plus encore sur son travail) ; mais lord Edgar ne semblait pas y voir d'impertinence. Il la gratifia de son charmant sourire et s'inclina une nouvelle fois.

— Ce sera un plaisir, mesdames, de vous accompagner à la salle à manger, même si, comme Miss Seeton le suggère, je ne prends qu'une tasse de café, par convivialité. Après tout, si je suis venu vous voir, c'était dans un esprit convivial — ou peut-être devrais-je dire pour vous souhaiter la bienvenue. En l'absence de mes parents et de mon frère, c'est à moi qu'il revient de vous remercier, Miss Seeton, des services que vous avez rendus à ma famille dans le passé, et de vous offrir toute l'aide dont vous pourrez avoir besoin à l'avenir.

Miss Seeton sourit poliment et le gratifia d'un regard incertain.

— Une visite plus approfondie de l'Abbaye, peut-être, suggéra lord Edgar, si cela vous semble d'une quelconque utilité, et la latitude de circuler dans le parc à votre guise, bien entendu. Cela va sans dire. Notez bien, ajouta-t-il avec un petit rire, vu la précarité des finances familiales, je crois que je n'irai pas jusqu'à vous proposer de vous rembourser le prix du billet d'hier, si vous n'y voyez pas d'inconvénient. Et, à propos d'argent, Miss Seeton, j'espère seulement que vos honoraires ne sont pas astronomiques. Les Bremeridge sont plutôt fauchés, vous savez.

Honoraires ? Les émoluments que lui versait la police étaient fort généreux, bien que loin d'être astronomiques. Mais, vraiment, il y a des limites à ce qu'il est convenable d'évoquer en public, surtout avec des inconnus ! Elle se serait attendue que lord Edgar le comprît sans qu'il fût besoin de le lui rappeler. D'autant qu'il avait apparemment parlé avec son intendant (ou peut-être fallait-il dire celui de son père), à qui elle pensait avoir très clairement signifié... Pourtant, on ne pouvait guère prendre le risque de paraître impolie en refusant...

— Oh, mon Dieu, tout ceci est très... c'est-à-dire, j'ai déjà expliqué à Mr. Faulkbourne que je ne connais pratiquement rien aux questions de finances, lord Edgar...

— Appelez-moi Eddie, je vous en prie, proposa-t-il, lui offrant le bras et lui tapotant doucement la main. N'ayez pas l'air si inquiet, Miss Seeton : franchement, je suis inoffensif ! Faites comme si j'étais votre jeune ami Nigel. Il tiendrait à ce que vous profitiez tranquillement de votre petit déjeuner, j'en suis sûr — eh bien, je le souhaite aussi. Alors, si vous préférez attendre et ne pas parler de ça maintenant...

Miss Seeton eut un regard dubitatif en direction d'Anne.

— Je préférerais ne pas perdre davantage de temps, répondit-elle après un silence.

Eddie acquiesça du chef et parut content. Anne rassura Miss Seeton d'un sourire.

— Ça ne vous ennuie vraiment pas, tante Em ? Je ne crois pas que Bob y verrait d'objection, si c'est ce qui vous inquiète. Bob est mon mari, expliqua-t-elle à l'intention d'Eddie, qui enregistra le renseignement avec un signe de tête.

— Le grand jeune homme qui vous accompagnait toutes les deux, hier. Juste ciel, est-il du genre jaloux ? Dites-lui bien que mes intentions sont entièrement honorables. Mais, au fait, il ne déjeune pas avec vous ?

— Il a dû rentrer à Londres hier soir, répondit Anne, mais il espère venir nous retrouver bientôt. Vous savez ce que c'est — je suppose que non, en vérité ! —, mais il y a des moments où l'on ne peut pas laisser son travail en plan trop longtemps.

Anne avait veillé à ne pas préciser la nature dudit « travail » : on n'est jamais trop prudent. Elles étaient là incognito, après tout. Lord Edgar connaissait leur identité, ou plutôt celle de Miss Seeton ; son intendant était au courant et d'autres risquaient de deviner mais il semblait raisonnable de continuer à cultiver la discrétion, même si c'était une pure perte de temps, songea-t-elle avec un soupir de résignation. Dans un village, les murs ont plus que des oreilles : carrément des capteurs radiotélescopiques surpuissants, comme pourrait en témoigner n'importe quel habitant de Plummergen (à l'exception de Miss Seeton). Le Pébroque vengeur avait beau être en vacances à Belton, il suffisait que filtre la nouvelle qu'elle était avec l'épouse d'un policier, et Dieu seul sait ce qui pourrait bien se passer! C'était donc à ladite épouse de faire de son mieux pour préserver au moins des apparences de normalité...

— Oh, mais je ne le sais que trop bien! s'exclama lord Edgar tandis qu'ils gagnaient la salle à manger. Disons que je connais la situation inverse : quand on vit tout près de son travail, comme nous, on aimerait parfois le quitter un moment. Du moins, c'est ce que souhaitent les autres membres de la famille, et c'est ce qu'ils font. Les fameux globe-trotters Bremeridge! Je suis carrément la brebis galeuse de la famille, ajouta-t-il, tirant la chaise de Miss Seeton pour qu'elle puisse s'asseoir. Sinon un hérétique patenté. Quand j'étais jeune — zut alors, ça fait bête, non? lança-t-il, croisant le regard de Miss Seeton et lui souriant. En fait, je n'ai pas encore vingt-trois ans mais, du temps où j'étais ce que j'appellerais un môme, j'étais sans cesse traîné à droite ou à gauche par tel ou tel membre de la famille : et je t'escalade une montagne, et je te descends dans un gouffre, et je te traverse des eaux torrentielles... Moi, je détestais ça, chaque minute m'était odieuse. Je suis du genre casanier. Je préfère de beaucoup bricoler par-ci par-là dans la propriété de l'Abbaye, plutôt que de débarquer en foule pour escalader le Cervin avec un pic à glace, une corde et de l'oxygène! J'aime autant vous dire que le jour de ma majorité, j'ai déclaré tout net que je ne voulais plus jamais revoir un glacier, une grotte pleine de stalactites ou un précipice — sauf à la télévision, bien sûr.

— Un paysage si spectaculaire, murmura Miss Seeton tandis que la serveuse apportait la carte. Et si gratifiant à peindre, bien que je suppose, lord Edgar, que vous n'aviez guère le temps ou l'envie de vous promener avec un bloc à dessin. Pourtant, je me souviens que quand j'étais en Suisse... Cela dit, maintenant que j'y pense, ce n'était pas le Cervin mais le mont Blanc. Une chose que j'ai trouvée fort intéressante : la neige qu'on voit de l'aéroplane n'en est pas, ce sont des nuages. La neige même ressemble plutôt à de la chaux. On croirait du coton — les nuages, veux-je dire. Les yeux nous jouent parfois de curieux tours, n'est-ce pas ?

Lord Edgar tiqua, puis partit d'un petit rire :

— Quand on campe dans le blizzard à mi-hauteur d'une falaise, on n'a ni le temps ni l'envie de se préoccuper d'illusions d'optique, croyez-moi. Pardonnez-moi si cela vous semble inconvenant, mais...

— Mon Dieu, non, je comprends parfaitement, répondit Miss Seeton, confirmant avec un hochement de tête et un sourire. Qu'on n'ait pas le temps de s'en préoccuper, j'entends — mais a-t-on besoin de rechercher les illusions d'optique ? Le propre de telles illusions n'est-il pas justement de se produire, euh, à l'improviste, comme les mirages dans le désert ?

— Ah, le désert, reprit Eddie, c'est à peu près le seul genre d'endroit épouvantable où l'on ne m'a jamais traîné dans ma jeunesse. Trop chaud pour la famille, avec tout ce sable, ce soleil et ces terres arides. Et maintenant, je ne risque guère de m'y rendre de mon propre chef, je vous assure : l'Angleterre me suffit.

Une déclaration faite avec une grande fermeté que d'aucuns auraient qualifiée d'arrogance. Anne, qui avait de bons souvenirs de l'étranger pour avoir passé sa lune de miel en France, était sur le point de répondre mais s'en abstint. Miss Seeton, elle, en éducatrice d'une douce sévérité, regarda le jeune homme en hochant la tête et en souriant :

— Pardonnez-moi de vous le dire, lord Edgar,

mais vous êtes encore très jeune et, même si les jeunes sont bien connus pour la fougue qui inspire leurs idées, il faut se garder du risque de devenir plus inflexible que fougueux. Ce serait tellement dommage de laisser les expériences de la prime enfance, euh, colorer à jamais chacun de nos actes et de nos attitudes, sans accepter de s'adapter. Parce qu'on passerait à côté de tant de choses, voyez-vous — ou plutôt non. Je veux dire, vous ne voyez pas. Pas clairement. Parfois, bien sûr, on est obligé de reconnaître qu'une illusion d'optique a parfaitement fonctionné, ajouta-t-elle en s'animant. Comme, disons, les yeux de Scarlett O'Hara. Ce n'est peut-être pas l'exemple le plus évident, mais il y a plusieurs allusions à ses yeux vert pâle, tandis que, dans le livre, elle était célèbre pour ses beaux yeux bleus. Alors on a dû les filmer avec un projecteur jaune pour les gros plans — ceux de Vivien Leigh, dans le film. Ce qui a eu naturellement comme effet de colorer toute la scène, mais ça a été réalisé si adroitement qu'on le remarque à peine, autant que je me souvienne. J'ai trouvé que ç'avait été une manière très ingénieuse de résoudre le problème. Et l'ingéniosité, ce n'est après tout qu'une autre façon de dire « s'adapter aux circonstances » — ce qui nous ramène à nos moutons, non ?

— Ah oui ? murmura lord Edgar qui, voyant froncer les sourcils, s'empressa d'ajouter : Vous avez absolument raison, Miss Seeton, et vous possédez un remarquable don pour expliquer les choses (elle pouvait prendre ça comme elle voulait !). Je vous promets qu'à l'avenir je m'efforcerai d'être plus... plus adaptable. J'ai peut-être une vision un peu étroite de la vie, c'est vrai, mais j'en attribue la faute à mes parents, évidemment ! conclut-il avec un sourire et un haussement d'épaules. C'est la théorie à la mode dans le milieu médical, n'est-ce pas? On ne nous tient pas pour responsables parce que nous ne le sommes pas, si j'ai bien compris.

Anne, fille de médecin et elle-même infirmière, ne put s'empêcher de marmonner en entendant ces propos mais lord Edgar l'ignora. Les yeux brillants, il considérait Miss Seeton avec beaucoup d'intérêt. Miss Seeton, qui l'avait écouté, fut d'abord décontenancée par cette déclaration (se soustraire ainsi à ses responsabilités, c'était ni plus ni moins un abandon de poste, fort loin du comportement qu'on attend de la part de l'aristocratie). Puis, brusquement, elle sourit. Il lui rappelait tellement son cher Nigel! Si espiègle... Elle se rembrunit cependant un tantinet : n'y avait-il pas là plutôt intention de choquer? Mais si, tout bien considéré. Si le sens de l'humour de Nigel était toujours amusant et, pourrait-on dire, inoffensif, il était clair que l'attitude de Sa Seigneurie pouvait paraître un peu dure, pour ne pas dire injuste, aux yeux de ses parents, entre autres. Même s'ils savaient qu'il ne faisait que plaisanter, quoique avec un certain manque de considération. En grandissant, les enfants sont d'ordinaire censés dépasser le stade de l'humour cruel bien avant l'âge de lord Edgar, même s'il y a toujours des exceptions à la règle : elle était bien placée pour le savoir après toutes ses années d'enseignement.

Miss Seeton conclut son raisonnement par un hochement de tête que lord Edgar nota et lui rendit, déclarant gaiement :

— Comme je l'ai expliqué, tout cela est la faute de mon hérédité. Des générations de Bremeridge ont fui leurs responsabilités en filant remonter l'Amazone en canoë ou en se frayant un passage dans la jungle à coups de machette, dès que ça sentait le roussi à la maison. Laissant à d'autres le soin de se débrouiller, précisa-t-il, devenant sérieux. Je ne suis pas du genre aventurier, souvenez-vous. Et c'est pour ça que j'ai... que j'ai des petits ennuis en ce moment.

Il survola les lieux d'un regard rapide.

Il y avait du monde dans la salle à manger du *Belton Arms*, mais personne n'était attablé assez près pour que cela fût gênant.

— Les boîtes à priser, souffla-t-il, un doigt sur les lèvres en signe d'avertissement. Je suis sûr que vous me comprenez. Que me suggérez-vous de faire, Miss Seeton ? Avez-vous une idée ?

CHAPITRE XVII

Anne sortit de ce qui était à présent sa chambre et frappa un coup léger à la porte devenue celle de Miss Seeton. Cette dernière était si totalement captivée par le lit à baldaquin qu'Anne n'avait pas la moindre intention de gâcher le plaisir de sa tante d'adoption en reprenant sa chambre. Grâce à ses talents de comédienne, hérités de son père (lequel, déguisé en hippopotame, avait brillamment interprété *Mud,* la chanson de la boue, au concert du village), elle avait réussi à persuader Miss Seeton que le lit à baldaquin lui rappellerait trop Bob, toujours à Londres. Le commissaire divisionnaire Delphick avait reçu des renseignements d'importance, selon lesquels le racket de protection des night-clubs serait sur le point d'être démantelé, ce qui nécessitait la présence continue de son inspecteur.

La voix de Miss Seeton se fit entendre de la chambre, légèrement essoufflée :

— C'est vous, Anne, mon petit ? Je suis presque prête.

Elle avait commencé sa relaxation par l'exercice du lasso et, comme le livre l'indiquait clairement, il ne faut jamais presser le mouvement quand on pratique les postures les plus complexes.

— ... Un peu en retard aujourd'hui, je le crains, expliqua la voix étouffée du fait qu'elle parvenait de derrière la porte.

Anne répondit :

— Ça n'a pas d'importance, je ne veux pas que vous vous pressiez, ma chère ! Si vous voulez, je vais descendre vous attendre en bas. Ah ! s'exclama-t-elle quand la porte s'ouvrit.

Miss Seeton se tenait sur le seuil, discrètement enveloppée à la hâte dans une robe de chambre.

— Je suis navrée ! s'écrièrent-elles ensemble.

Elles s'interrompirent puis se mirent à rire.

Anne sourit pour inviter Miss Seeton à parler la première. Miss Seeton tirait sur la ceinture de sa robe de chambre, l'air inquiet.

— Il ne me faudra guère que quelques instants pour m'apprêter à vous rejoindre, mon petit. Si cela ne vous ennuie pas trop de m'attendre — dans la chambre, je veux dire — ah, ce cher Bob ! fit-elle, désignant le lit à baldaquin d'un geste ample. Quelle chambre charmante ! s'exclama-t-elle, avec dans l'œil un soupçon de lueur amusée.

Elle était presque certaine (mais pas tout à fait) qu'Anne avait joué la comédie quand elle avait prétendu se languir de son mari. Il lui manquait, bien entendu, mais c'était une jeune femme au grand cœur et friande de cinéma, qui avait compris que sa vieille amie se régalait de ce petit luxe qui lui était offert. Sans compter qu'étant infirmière, elle avait sûrement trop de bon sens pour se morfondre. On pouvait donc sans hésiter l'inviter à attendre dans la chambre, non ? Miss Seeton observa l'expression d'Anne et fut soulagée de constater qu'une lueur amusée s'était allumée dans l'œil de la jeune femme en réponse à la sienne. Souriant, elle ouvrit la porte largement.

Anne s'assit dans un des profonds fauteuils qui parut avaler sa silhouette menue.

— Écoutez, tante Em, je ne veux pas que vous... Bon, tous les jours vous êtes sortie en voiture avec moi et je sais que vous aimez bien admirer le paysage et tout, mais... la proposition de lord Edgar. Êtes-vous vraiment sûre de ne pas vouloir l'accepter ? Le guide touristique note que le parc de l'Abbaye est superbe à cette époque-ci de l'année et ce serait sans doute très agréable pour vous d'y dessiner et d'y peindre. Après tout, il vous a dit que vous pouviez y circuler librement et agir à votre guise. C'est vraiment dommage, je trouve, que vous ne... bon, que vous soyez coincée, à écumer les brocantes avec moi et à passer la moitié de votre temps en voiture pour y aller. Ne pensez pas que vous me feriez de la peine en me disant que vous préférez rester ici aujourd'hui — mais, bien sûr, je serais ravie que vous veniez avec moi, ajouta-t-elle au cas où Miss Seeton verrait là une façon polie de demander qu'on la laisse un peu tranquille pour une fois. C'est toujours bien plus amusant de visiter un endroit en bonne compagnie, non ? Quelqu'un qui vous écoute quand vous vous exclamez : « Regardez un peu ça ! », et puis il est sûr que votre œil d'artiste est souvent utile pour la chasse aux bonnes affaires. Mais il ne faut pas qu'à cause de moi vous ratiez cette chance de peindre le paysage de Belton.

Ajustant son dernier bouton, Miss Seeton hocha la tête.

— Sa Seigneurie s'est en effet montrée très aimable, n'est-ce pas ? *Noblesse oblige**, naturellement. Mais il n'y a pas que les aristocrates qui comprennent ce genre d'obligation, souligna d'un ton ferme Miss Emily Dorothea Seeton, vieille fille et dame de qualité. Je suis d'avis qu'on devrait rendre la pareille en ne profitant pas d'une telle amabilité, car il me semble que je n'ai rien fait de spécial pour la mériter. Il s'est efforcé de ne pas la montrer — sa déception, veux-je dire. Tant de considération de sa part, tout à fait le genre de réaction qu'aurait eue Nigel, je crois, en la circonstance. À un détail près, ajouta-t-elle en rosissant un tantinet : son offre de rétribution en contrepartie de ce qui n'est après tout que mon devoir, pur et simple. Sauf qu'alors, bien sûr, il a dit qu'il comprenait et qu'il ne le ferait pas — mais c'était malgré tout plutôt embarrassant. Qu'il ait parlé d'honoraires, même en passant. Alors que je ne l'ai pas fait — mon devoir, je veux dire. Puisque je n'ai rien pu dire à lord Edgar au sujet des boîtes à priser, étant donné que c'est la police qui m'a enrôlée la première. De sorte que, même si je pouvais renseigner Sa Seigneurie, je doute fort que ce soit très recommandé. Sans compter que, dans le cas présent, il me semble que des photos seraient nettement plus utiles que des dessins du style portraits-robots qui sont vraiment conçus pour représenter les visages. Et bien qu'on ne les ait pas fabriquées à grande échelle à l'époque, autant que je sache, on ne peut jamais être sûr qu'il y en ait eu une assez originale pour être unique et, donc, facile à identifier. Les boîtes à priser, j'entends. Surtout qu'elles sont si petites et qu'il y aurait trop de menus détails distinctifs qu'on risquerait de ne pas remarquer. Alors, si vous voulez que je vous accompagne encore aujourd'hui, je vous assure que ce serait avec grand plaisir.

Une heure et vingt minutes plus tard, après avoir passé plus de temps que prévu à courtiser Orlando, un chat roux et de noble prestance qui leur avait accordé la faveur de nouer plus ample connaissance avec lui, le second soir de leur séjour à l'hôtel, Anne et Miss Seeton parcouraient la campagne dans la petite voiture d'Anne, toutes vitres baissées, le visage caressé par une brise riche des parfums de l'été. Anne suivait les routes étroites, conduisant à une allure régulière sans être trop rapide; les chants d'oiseaux, le meuglement des vaches et le bêlement des moutons leur parvenaient aisément par-dessus le ronronnement discret du moteur. Miss Seeton regardait autour d'elle, enchantée, se régalant d'images, de sons, d'odeurs. Si différent du paysage du Kent qu'elle aimait tant, mais si charmant pourtant, si anglais...

Elle en soupira d'aise. Anne réagit aussitôt :

— Vous êtes fatiguée, tante Em? Vous vous ennuyez? Voulez-vous vous arrêter au prochain village pour prendre le thé ou autre chose?

— Oh, non, je vous en prie, ne croyez pas ça! se récria Miss Seeton, craignant d'avoir donné à cette chère Anne une impression totalement fausse de ce qu'elle éprouvait. Ce n'est pas du tout nécessaire de compliquer les choses à ce point à cause de moi, je vous assure. Je passe un moment délicieux et je ne suis pas fatiguée le moins du monde. J'admirais simplement les beautés du paysage et...

Anne vit que les mains de sa compagne dansaient sur ses genoux et elle reconnut le signe :

— Et vous aimeriez bien le dessiner? Pourquoi ne pas me l'avoir dit plus tôt? On ne peut pas s'arrêter tout de suite — les autres voitures n'auraient pas la place de passer — mais, avec un peu de chance, il devrait bientôt y avoir une aire de repos. Je garerai la voiture à distance de la route et vous pourrez planter votre chevalet, si vous voulez, et vous en donner à cœur joie pendant que je me dégourdirai les jambes. Qu'en pensez-vous?

Ignorant les protestations de Miss Seeton qui prétendait qu'elle ne voulait pas qu'Anne se dérange encore à cause d'elle, la conductrice s'engagea dans une aire de repos qui apparut, providentiellement, trois minutes plus tard, à côté d'un hêtre géant. L'auto vint se garer à l'ombre bienvenue de sa frondaison et Anne arrêta le moteur.

— Je vais sortir vos affaires du coffre, proposa-t-elle, filant vers l'arrière de la voiture avant que Miss Seeton n'ait eu le temps de proférer une parole.

Pendant que Miss Seeton appuyait son bloc à dessin sur une barrière à cinq traverses et contemplait le paysage, Anne, fidèle à son intention annoncée, partit d'un pas tranquille s'adonner au plaisir d'explorer un peu les alentours. Miss Seeton serait parfaitement heureuse pendant une demi-heure au moins et, si elle était fatiguée ou se sentait un petit creux, elle pourrait s'asseoir dans la voiture et grignoter des biscuits au chocolat. C'était sans doute ce qu'elle ferait, songea Anne, qui se dit qu'elle devrait regarnir leur stock en trouvant un village dans le voisinage immédiat — si tant est qu'il y en eût un — et l'inévitable boutique. Voire les boutiques, rectifia-t-elle avec un petit rire coupable. Dont l'une d'elles pourrait être une brocante avec de bonnes affaires...

Anne n'eût-elle pas vécu si longtemps à Plummergen avant son mariage qu'elle se serait peut-être attendue à trouver une pancarte au carrefour, indiquant la distance qui la séparait des premières traces d'habitation humaine. Mais elle avait acquis une certaine sagesse au cours des années écoulées après que son père eut abandonné, pour raison de santé, son cabinet de neurologue, l'un des plus en vue de Londres. Une fois les Knight installés dans le Kent, c'est à une vitesse surprenante qu'ils avaient vu s'effondrer plusieurs croyances qui leur étaient chères. L'une d'elles étant qu'on pourrait raisonnablement s'attendre à ce qu'un voyageur se déplaçant en pleine campagne eût envie de savoir dans quelle direction aller. Mais il leur était rapidement apparu que toute personne manifestant d'aussi égoïstes besoins ne les verrait jamais satisfaits par les indigènes. Parce que, *eux*, ils savaient d'où ils venaient, où ils se rendaient et à quelle distance cela se trouvait. Alors pourquoi céder aux idées bizarres des horsains ou encourager des inconnus à se balader où bon leur semble ? Le Dr Knight avait établi son diagnostic, attribuant cinquante pour cent de cette réaction à la paranoïa rurale, et les cinquante autres pour cent au fait que moins de trente-cinq ans auparavant, en 1940, on avait enlevé toutes les pancartes parce qu'on redoutait une invasion. Il faut toujours du temps pour remettre les choses en ordre, et même une fois que ç'avait été fait, c'était risqué de trop se fier aux distances indiquées. Le docteur recommandait d'appliquer la formule suivante : multiplier par trois et diviser par deux, sachant qu'il faudrait certaines fois l'appliquer à l'envers, à savoir multiplier par deux et diviser par trois, parce que les gens du coin ne voulaient pas que vous puissiez vous flatter d'avoir pigé le système. Et il n'y avait pas moyen de reconnaître les « certaines fois »...

Anne n'avisa donc point de pancarte — à laquelle elle ne se serait de toute façon guère fiée. Elle aperçut en revanche une barrière à cinq traverses qu'elle escalada avec précaution du côté des gonds, pour se poster en équilibre sur le dernier barreau. De là, elle survola les alentours d'un regard circulaire : pas de village, du moins pas dans le voisinage immédiat. Bon, eh bien, de toute façon, c'était une belle journée pour une balade. Elle continua donc à marcher près de deux kilomètres, et rencontra un échalier flanqué d'une pancarte de chemin piétonnier indiquant Little Belton à un peu moins de cinq kilomètres à travers champs. Trop loin, même si elle y ajoutait foi. Elle s'assit tranquillement sur la marche la plus basse de l'échalier, goûtant la chaleur estivale et le calme presque absolu, et espérant que Miss Seeton s'amusait au moins à moitié autant. Anne se laissait aller à la rêverie quand elle entendit au loin un fracas de roues, accompagné de craquements tels qu'en produit le bois.

Un petit cheval attelé à une voiture arrivait au trot sur la route, le harnais tintinnabulant, les sabots cliquetant. Le possesseur desdits sabots était un robuste animal bai à la crinière en broussaille, mené par un homme aussi brun et échevelé que son cheval, flanqué d'un gros chien gris, assis à côté de lui et aussi échevelé que son maître. L'équipage approchant d'Anne, l'homme arrêta la voiture en brandissant le fouet d'un geste ample et élégant et se pencha pour lui adresser un sourire aux dents écartées, aux lèvres desséchées comme du cuir, tout en scandant :

— Y a-t-y des vieilleries par ici ? Des nippes, des bouteilles, des os [1] ?

Anne cligna des yeux en entendant le chiffonnier crier la formule traditionnelle, comme s'il iodlait d'étrange façon, pour que la voix porte loin. Y avait-il des gens au diable Vauvert, comme elle l'était présentement, désireux de vendre de la ferraille ou des bouteilles vides ? L'homme au visage tanné par les éléments remarqua sa surprise et eut un petit rire de gorge.

1. Les chiffonniers anglais sont traditionnellement connus sous l'appellation d'hommes qui collectent « des nippes et des os » , car on se servait jadis des os, entre autres, pour fabriquer de la colle. *(N.d.T.)*

— Oh, ne faites pas attention ! Je m'exerce juste dans le but d'arriver à faire ce qu'on attend de moi, c'est tout, expliqua-t-il, retrouvant une voix normale, rocailleuse et proche du grommellement mais parfaitement compréhensible. Une belle journée pour rire ensemble un bon coup, non ?

— C'est certain, répondit Anne en lui rendant son sourire. Un beau jour sous tous rapports, en ce qui me concerne, et j'espère qu'il en sera de même pour vous. Votre voiture m'a l'air plutôt pleine — avez-vous eu de la chance jusqu'ici ?

— J'ai pas à me plaindre.

Il brandit de nouveau son fouet avec panache et le cheval rejeta la tête en arrière.

— Doucement, Bucéphale. Et toi, tranquille, Jasper ! lança-t-il au grand chien de chasse à ses côtés, qui avait dressé l'oreille. Il y a quelqu'un au village, là-bas, qui s'est mis en tête de rénover une maison et de jeter les convecteurs pour installer des radiateurs qui accumulent de la chaleur pendant la nuit. Moi, de toute façon, je suis pas tellement porté sur l'électricité, notez bien, mais les goûts, ça se discute pas ! Sans compter que ça conviendrait jamais à des gens de leur sorte de vivre comme moi et les miens, de cuisiner dehors au feu de bois et d'éclairer la roulotte au suif. Mais c'est la seule vraie vie, ça ; la liberté de la route, précisa-t-il, lui jetant un bref coup d'œil et tâchant de prendre l'air d'un sage. Rien qui vous retient nulle part, personne pour vous dire quoi faire ; le ciel pour toit, l'été ; le soleil, les étoiles et le vent sur la lande...

— La vie est bien douce[1], conclut Anne, gardant son sérieux.

1. Références à *Lavengro*, de George Borrow (1803-1881), dont la seconde partie s'intitule *The Romany Rye* (*Le Bohémien gentilhomme*). *(N.d.T.)*

Après un instant de surprise, il éclata de rire : sous la frange en bataille, les yeux noirs dansaient dans le visage tanné, les dents blanches luisaient. Le chien Jasper pointa même une oreille avisée, se mettant au diapason de la gaieté de son maître.

— Vous êtes une jeune dame intelligente et cultivée, et si ma femme était avec moi, elle vous dirait la bonne aventure, j'en suis sûr, mais notre camp est à plus de quinze kilomètres. Elle cuisine et s'occupe des petits pendant qu'on gagne une honnête croûte, mes frères et moi. On dirait que vous êtes bien loin de chez vous aussi, non? releva-t-il, désignant la campagne déserte alentour d'un geste circulaire du fouet. Perdue, enlevée ou égarée? Ça vous tenterait si je vous proposais de vous ramener?

— C'est vraiment trop gentil, mais ça dépend de la direction dans laquelle vous allez. Je ne voudrais pas vous éloigner de votre chemin...

— Dites pas de bêtises! interrompit-il, brandissant son fouet qui claqua en l'air, ce qui eut pour effet de faire danser Bucéphale sur place et aboyer le chien Jasper. Du calme, les amis. Qu'est-ce que je disais donc il y a un instant, à propos de la liberté d'aller où bon me semble? Montez donc dans la charrette avec moi, et je vous emmènerai où vous voulez — je suis pas pressé d'arriver dans un endroit plus que dans un autre, aussi longtemps que je suis rentré à la nuit tombante et que ma voiture est pleine de choses que les autres veulent pas. Et puis, un jour comme celui-ci, je suis prêt à faire passer les désirs des autres avant les déchets des autres, alors si vous désirez qu'on vous ramène chez vous...

— Ma voiture est garée près de la route, sur une aire de repos à environ quinze cents mètres d'ici. J'ai laissé ma tante admirer le paysage pendant que j'allais me promener et...

— Et vous allez la retrouver en grand équipage, dans ma charrette ! Pas à pince, mais tirée par le petit cheval de Tawno Petulengro — si vous m'en croyez, ajouta-t-il avec un grand sourire. Une jeune femme cultivée comme vous...

Et le rire d'Anne se mêla au sien tandis qu'elle grimpait tant bien que mal à côté de celui qui prétendait s'appeler Tawno Petulengro, et Bucéphale, le petit cheval bai, trotta sur la route pour rejoindre l'aire de repos où Miss Seeton était occupée à dessiner.

CHAPITRE XVIII

Perchée sur un tronc d'arbre tombé à terre, Miss Seeton vit la charrette du chiffonnier déposer Anne sur l'aire de repos. Elle s'empressa de refermer son bloc à dessin et de le caler sous son bras avant de traverser le champ pour regagner la voiture et, quand elle arriva, Anne était seule.

Elle était plantée près du coffre de la voiture, avec une drôle d'expression. Miss Seeton s'écria :

— Je vous ai fait attendre, mon petit ? Je suis navrée, mais j'étais en train de me régaler du spectacle — la lumière qui joue dans le feuillage des hêtres, une vision si rafraîchissante, si estivale. Et puis, je ne peux pas marcher vite à travers champs, même sur les petits chemins quand il y en a.

— Attendre ? Oh, non, c'est plutôt moi qui vous ai fait attendre, et j'espère que vous ne vous êtes pas trop ennuyée. De mon côté, j'ai eu une... une petite aventure intéressante, voyez-vous.

Anne suivit des yeux la charrette qui disparaissait sur la route, puis ramena son regard sur le coffre de la voiture. Elle soupira et hocha la tête.

— Sauf que, maintenant, je ne peux m'empêcher de me demander...

Cette indécision ne ressemblait guère à Anne.

Miss Seeton avait des associations d'idées si incohérentes, parfois, qu'elle était la seule à comprendre sa façon de penser, mais elle s'étonnait toujours qu'un autre manifestât les mêmes tendances. Elle considérait Anne d'un œil inquiet. Se promener ainsi, à l'approche de midi : elle n'avait pas attrapé une insolation, tout de même ? Comment rentreraient-elles à l'hôtel si cette chère Anne n'était pas en mesure de conduire ?

— En voiture attelée, je suppose, murmura-t-elle.

Le petit rire triste d'Anne la fit sursauter :

— Le cheval a pour nom Bucéphale et le chiffonnier dit s'appeler Tawno Petulengro, bien que je doute que ce soit son vrai nom. De toute évidence, il a lu George Borrow — vous savez, *Le Bohémien gentilhomme* — et s'est fabriqué un joli petit baratin. C'est sans nul doute un vendeur persuasif, ajouta-t-elle en contemplant son coffre une fois de plus. Ça m'a paru idéal quand je l'ai vu sur la charrette, mais maintenant...

Miss Seeton l'observa en levant un sourcil interrogateur et attendit. Anne eut un nouveau petit rire :

— Bon, autant vous le montrer, mais il faut me promettre de ne pas pas vous moquer, tante Em. Ça m'a semblé une si bonne affaire, sur le moment, et puis, de toute façon, je pensais à vous, et c'est pourquoi...

Elle ouvrit le coffre et Miss Seeton se pencha pour y regarder de plus près. Elle avisa un objet sombre et luisant, à motif floral.

— Juste ciel ! s'exclama-t-elle, tendant la main pour explorer la chose. On dirait que ça ressemble...

— À un porte-parapluies, oui. Dieu seul sait pourquoi je l'ai acheté ! J'ai peut-être été sensibilisée à cette idée parce que je pensais à vous — je me suis rendu compte que j'étais partie depuis un moment et me suis demandé si ça vous ennuyait. Pourtant, vous êtes bien la dernière personne qui aurait besoin d'un porte-parapluies en papier mâché. Et nous aussi ! Bob a installé une rangée de patères pour suspendre les manteaux et les impers, et nous n'avons de vrai parapluie ni l'un ni l'autre — juste les petits modèles pliants, pas chers. Et ce porte-parapluies ne peut guère servir de portemanteau, n'est-ce pas ? Je vais devoir lui trouver un autre usage, même s'il est fait pour ranger les parapluies, sinon Bob ne me le laissera jamais oublier. Encore heureux que ce ne soit pas un pied d'éléphant ! Il avait un tel bagout, cet homme-là, je crois bien qu'il aurait pu me persuader d'acheter ce genre d'horreur.

— Juste ciel ! répéta doucement Miss Seeton. Vous dites que c'était une bonne affaire, bien sûr, alors je suppose...

— Qu'est-ce qu'une bonne affaire ? Une chose dont on sait qu'on a besoin et qu'on trouve à un prix convenable. Bon, je ne dirais pas que c'était cher, car ça ne l'était pas, mais je ne vois vraiment pas son utilité. Je vais devoir raconter à Bob que c'est un vase original, pour les fleurs à tiges longues, et que j'ai envie de m'essayer à l'art floral, ou autre chose dans ce goût-là. À moins, ajouta-t-elle d'un ton sceptique, que ça puisse vous être utile ?

Miss Seeton pensa à regret que ce n'était pas le cas : tous ses parapluies, Anne le savait, étaient suspendus à une rangée de crochets au mur, de manière à prendre le moins de place possible dans le hall de *Sweetbriars*. Vraiment, elle n'avait ni le besoin d'un tel objet ni l'espace pour le mettre, mais si Anne craignait que Bob soit fâché...

— Oh, non, ça lui sera tout à fait égal. C'est moi que ça va gêner, sans parler des taquineries. Mais, bon, on est en vacances après tout, non ? Alors pourquoi pas un brin d'extravagance de temps en temps ?

Elle referma le coffre sur son achat impulsif et changea de sujet pour demander à Miss Seeton de lui montrer ce qu'elle avait dessiné pendant son absence.

Miss Seeton avait exécuté plusieurs croquis rapides dont elle comptait se servir, expliqua-t-elle, pour réaliser une composition d'ensemble à son retour chez elle. Bien que ne se sentant pas vraiment capable de faire justice à la beauté du paysage, elle espérait au moins que son dessin la lui rappellerait quand leur petit congé serait terminé. Elle trouvait toujours que c'était tellement plus personnel qu'un appareil photo...

Anne en était arrivée au dernier dessin. « Oh ! » s'exclama-t-elle en regardant Miss Seeton, qui semblait ne pas se rendre compte de ce qu'il avait de spécial. Mais remarquable, il l'était, pour Anne qui la connaissait si bien : le style artistique de Miss Seeton était d'ordinaire appliqué, banal et sentait l'effort; personnel, certes (elle y tenait !), mais l'appareil photo qu'elle méprisait tant pouvait en faire autant, sans aucun doute. Pourtant, certaines fois, ses dessins étaient d'une tout autre facture : des croquis rapides, presque instinctifs, qui signifiaient toujours — d'après l'expérience qu'Anne en avait — qu'ils méritaient un examen plus soutenu que d'habitude.

— Oh ! répéta Anne, étudiant le dessin avec soin pendant que Miss Seeton regardait un écureuil qui, profitant de leur immobilité, était grimpé prestement dans un hêtre et courait le long d'une branche, au-dessus de sa tête. Oh...

On voyait le petit cheval, tirant la charrette : robuste, crinière abondante et robe fourrée, rappelant vraiment Bucéphale. Mais le chiffonnier ressemblait-il à Tawno Petulengro ? Anne n'en était pas sûre ;

il n'avait pas de chien à son côté, ni de fouet à la main. Son visage n'était guère visible, mais chacun des traits représentant le corps exprimait le secret et la hâte. C'étaient ses compagnons qui frappaient surtout Anne : deux hommes, apparemment, assis à côté de lui sur le siège. Le troisième passager, à l'arrière de la charrette, était manifestement une femme. Fort peu vêtue; quasi nue, en réalité, avec — modestie oblige — juste un tissu (de nature imprécise) drapé aux endroits stratégiques.

Anne étant infirmière, la nudité ne la gênait pas, pas plus qu'elle n'embarrassait Miss Seeton, qui avait assisté à de nombreux cours de nu du temps où elle étudiait les beaux-arts. Mais, voyons, ce croquis ne suggérait tout de même pas qu'elle prenait Anne pour une menteuse patentée, une dévergondée ou une femme adultère (il n'y avait pas cinq minutes qu'elle était mariée, pour l'amour du ciel!). Même si le chiffonnier n'était pas Tawno Petulengro (quel que fût son vrai nom), il avait déjà disparu quand Miss Seeton était arrivée près de la route, donc rien d'étonnant à ce qu'elle n'eût pas pu voir son visage. Quant aux deux compères figurant sur le dessin, ils avaient encore moins l'air de romanichels que le conducteur de la charrette. Sans compter, remarqua Anne en examinant de plus près l'arrière-plan, que ce n'étaient pas des sapins qu'on voyait au loin, comme elle l'avait cru de prime abord, ou des maisons aux toits étranges, mais de hautes montagnes aux cimes couvertes de glace. Un phénomène qui ne se rencontrait guère aux alentours de Belton Abbey, quelle que fût la saison.

— Juste ciel, que c'est bizarre! s'étonna Miss Seeton, regardant son dessin par-dessus l'épaule d'Anne. Ça me rappelle plutôt... Mais c'est stupide, en plein été...

Sa voix s'éteignit, de sorte qu'Anne ne put saisir que quelques mots :

— Je me demande vraiment pourquoi... lui...

— « Lui », qui ça, tante Em ?

Anne parlait avec calme : elle savait toute l'importance que la police, et particulièrement Delphick, accordait aux croquis instinctifs de Miss Seeton, mais savait aussi que lesdits dessins étaient à peu près l'un des seuls sujets de gêne de la vieille fille. Sauf si l'on a la chance d'être un génie, l'Art ne doit refléter que ce que l'on voit, aimait-elle à répéter. Elle semblait perturbée chaque fois qu'elle percevait les choses comme personne d'autre et que ses dessins révélaient cette différence de vision, ce regard qui transperce l'illusion pour appréhender la réalité. C'était pour ces dessins-là que Miss Seeton recevait des émoluments de Scotland Yard, et pourtant elle préférait ignorer la vérité concernant ces croquis, elle normalement d'une honnêteté scrupuleuse dans la vie.

— Oh, mon Dieu, souffla Miss Seeton, murmurant de nouveau à plusieurs reprises : Stupide... Aller s'imaginer pareille chose, par une telle chaleur — à moins que, bien sûr, ce ne soit à cause de ça... de la chaleur, voyez-vous. Peut-être une façon de prendre ses désirs pour des réalités, en somme, bien que je ne croie pas que j'adopterais jamais une telle tenue, même si ça montait très haut — la température, j'entends. « Des montagnes de glace du Groenland, aux côtes coralliennes de l'Inde », chanta Miss Seeton, entonnant l'hymne d'une voix tremblotante mais à peine fausse — quoique l'été en Inde soit autrement chaud qu'en Angleterre, ce qui veut dire que je devais être dans un certain état de confusion quand j'ai dessiné ça, surtout qu'il ne doit guère y avoir de chiffonniers au Groenland, je suppose ! Ni de chevaux. Quant à l'Inde, il y a des vaches, bien sûr, et elles sont sacrées. Ça rappelle forcément l'hymne, même si ça n'a pas de sens de parler d'une charrette attelée, qu'elle soit tirée par un cheval ou par une vache...

Elle semblait tant s'inquiéter de ce qu'elle considérait manifestement comme un signe de fragilité mentale chez elle qu'Anne passa un moment à l'assurer qu'elle était sans aucun doute parfaitement saine d'esprit. Après quoi elle la persuada gentiment de remonter en auto et de prendre la direction du plus proche village susceptible de posséder un salon de thé. Anne croyait beaucoup aux vertus restauratrices du tanin et le déclara avec force tandis que, avisant une enseigne idoine, elle se demandait où se garer.

— Voilà le remède prescrit, annonça-t-elle en riant. Pas par le médecin mais par l'infirmière...

— Oh, mais bien sûr ! interrompit Miss Seeton. Cette chère Mel ! fit-elle avec un soupir de soulagement. La pauvre petite, je me demande comment elle va.

Anne s'interrogea soudain : sa tante d'adoption avait-elle vraiment subi un typhon estival dans la tête ? Quand elle la pria gentiment de s'expliquer, Miss Seeton lui parla de la lettre de Mel Forby et de sa cheville foulée ; elle évoqua la carte de vœux de bon rétablissement qu'elle avait essayé de lui dessiner et la tournure étrange qu'avait prise, d'emblée, sa tentative. Un peu comme ce croquis qu'elle venait de réaliser...

Forte de la connaissance qu'elle avait de Miss Seeton, Anne décida qu'elle ferait mieux de parler ce soir-là à Bob des derniers dessins de Miss Seeton.

C'est tard dans l'après-midi qu'elles rentrèrent au

Belton Arms, agréablement fatiguées et projetant de dîner tôt avant de passer une soirée paisible devant la télévision. Anne et Miss Seeton s'étaient réjouies toute la journée à la perspective du film du soir : *La Reine Christine*.

Anne gara la petite voiture, se demandant si elle allait y laisser ses achats de la journée ou les monter dans sa chambre pour se féliciter encore de ses bonnes affaires. Parmi les objets acquis au cours des jours précédents, elle avait laissé les plus volumineux dans les boutiques et Bob passerait les y chercher dans une camionnette de location à la fin de leur séjour. Il avait un peu grogné à ce propos (elle s'y attendait), mais sans mauvaise humeur, comme elle l'avait également supposé. Elle se demanda s'il conserverait cette belle humeur en voyant le porte-parapluies...

Elle le transporta gaiement jusqu'à l'hôtel, avec Miss Seeton à qui elle affirma :

— Mais moi, il me plaît ! Vous ne trouvez pas qu'on s'y fait, sans même s'en rendre compte ? C'est original, ça a du caractère.

La scène à l'intérieur de l'hôtel était presque la réplique exacte de celle du jour de leur arrivée. Beverley, la réceptionniste, flirtait discrètement avec un jeune homme souriant : le souriant lord Edgar, qui abandonna sa belle dès qu'il vit apparaître les deux dames et se précipita pour les saluer.

— Miss Seeton... et Mrs. Ranger, bien sûr ! ajouta-t-il avec un bref signe de tête et un sourire avant de reporter son attention sur Miss Seeton. J'espérais vous voir ici. J'ai l'impression qu'il y a une éternité que nous nous sommes parlé. Pourquoi n'êtes-vous pas repassée à l'Abbaye ? J'étais sincère quand je vous ai invitée à venir quand bon vous semblerait. C'est vraiment la moindre des choses que je puisse faire au nom de ma famille ; mes parents seront fous furieux de ne pas vous avoir vue ! Ah, dites que vous viendrez ! Venez donc demain. Permettez-moi d'envoyer une voiture pour vous chercher.

Miss Seeton jeta un regard inquiet en direction d'Anne. Serait-elle froissée ? Sa voiture était si petite — la sienne et celle de Bob. Sa Seigneurie possédait sans doute une Rolls-Royce. Cela dit, il avait mentionné que les Bremeridge étaient plutôt désargentés, mais probablement pas en comparaison avec un jeune ménage de si fraîche date, qui démarrait dans la vie avec si peu de biens matériels...

— Seigneur, Mrs. Ranger ! s'exclama lord Edgar, qui venait de remarquer ce que portait Anne. C'est plutôt une belle pièce. Ça vous ennuie que je vous demande où vous l'avez trouvée ? Beverley m'a raconté que vous vous êtes bien amusées à faire le tour des antiquaires du coin — j'espère qu'ils ne vous ont pas arnaquées !

Miss Seeton le considéra en souriant tandis qu'Anne répondait. Si délicat de sa part de ne pas dire « brocantes » — car ces boutiques n'étaient rien d'autre, il fallait bien le reconnaître. Cela dit, c'est vrai qu'ils sont connus pour leur tact. Les aristocrates. Parfaitement respectables, ces brocantes, bien sûr, mais en leur donnant le nom d'antiquaires, il en faisait le genre d'endroit qu'il aurait pu fréquenter, lui ou sa famille. Et cette chère Anne, tellement à l'aise, qui évoquait le chiffonnier, suscitant l'hilarité de lord Edgar.

— J'en ai entendu parler, répondit le jeune homme, adressant un rapide coup d'œil à Beverley. Il y a un camp de Gitans à quatre, cinq kilomètres au sud d'ici. Le type que vous avez rencontré doit venir de là-bas. Des drôles de durs à cuire, à ce qu'on dit.

Anne faillit s'étrangler, le mot[1] évoquant une vision soudaine de Miss Nuttel et de Mrs. Blaine en Gitanes, portant un tambourin et des anneaux aux oreilles. Elle s'empressa d'enchaîner :

— Il avait une musculature superbe, c'est vrai, mais je suppose que ça doit développer les muscles de passer son temps à trimbaler de la ferraille. Mais il ne parlait pas comme un gros bras ; du reste, pas même comme un romanichel, par certains côtés. Maintenant que j'y repense, il en avait trop le parler pour en être un vrai ; plutôt quelqu'un qui joue un rôle, en fait. Il aurait aussi bien pu ne pas être né dans ce milieu. Peut-être s'est-il trouvé trop vieux pour jouer les hippies et l'état de romanichel lui a semblé un compromis acceptable.

Eddie eut un hochement de tête dubitatif :

— Ça peut avoir l'air romantique de tout laisser tomber, mais c'est juste fuir ses responsabilités, je trouve (Miss Seeton opina du bonnet et parut satisfaite). Apparemment, ils font trop facilement le coup de poing pour être des romantiques, Mrs. Ranger. Et puis, la police ne l'a pas encore découvert mais, selon la rumeur locale, ils ont fabriqué un alambic et distillent une eau-de-vie redoutable qui leur donne envie de se colleter avec n'importe qui quand ils sont d'humeur bagarreuse, que les chances soient de leur côté ou pas. Je ne voudrais pas vous effrayer, mais je crois que vous l'avez échappé belle.

Anne haussa les épaules :

— Ça ne rimerait pas à grand-chose d'avoir peur maintenant que c'est passé, non ? Je suppose que je

1. *Nuts*, le terme qui signifie ici « durs à cuire », a de nombreux sens dont celui de « cinglé », le sobriquet des deux habitantes de Plummergen. Le jeu de mots est, hélas, intraduisible. *(N.d.T.)*

me serais peut-être inquiétée si je l'avais su à ce moment-là, mais ce n'était pas le cas et, ajouta-t-elle avec un bref regard vers Miss Seeton, il est des moments où l'ignorance est mère de félicité...

Si la félicité quasi permanente de Miss Seeton suscitait autant l'admiration que l'inquiétude de ses amis, son ignorance n'était pas la seule qu'il serait important de préserver, songea Anne. Bob risquait de ne guère apprécier l'idée que son épouse eût frayé avec des romanichels rendus fous par le clair de lune. Sauf que celui qui l'avait accompagnée n'était ni soûl ni même un vrai Gitan, à la réflexion. Mais, repensant à sa petite aventure, elle se dit qu'elle avait été un peu idiote d'accepter d'être transportée par un inconnu, malgré tout le romanesque de l'idée d'une balade en charrette attelée. Les paroles de lord Edgar avaient éveillé dans l'esprit d'Anne de pénibles échos du croquis dérangeant de Miss Seeton. Peut-être avait-elle vu trop de vieux films, pensa-t-elle, et son intelligence avait pris des vacances, comme elle.

Lord Edgar ramena son attention sur Miss Seeton, tâchant une nouvelle fois de la persuader de venir visiter l'Abbaye et d'accepter la carte blanche qu'il lui offrait pour qu'elle pût se promener à sa guise. Ç'avait été un jour d'ouverture au public, ce jour-là, et il l'avait cherchée des yeux, déçu de ne pas la voir. Elle devait lui promettre de venir le lendemain, ainsi que sa nièce, et d'apporter son matériel à dessin. Il pouvait l'assurer qu'elle jouirait de vues superbes : le temple et le pont dans le style néoclassique de Palladio, la fontaine au milieu du lac, l'allée aux ifs et les cultures en espalier : elle adorerait ça, il le savait. Ne pouvait-elle accepter ?

Une fois encore, le charme et l'enthousiasme de lord Edgar lui rappelèrent son cher Nigel, et Miss Seeton se surprit finalement à promettre de revenir à Belton Abbey sans trop tarder.

CHAPITRE XIX

Quand Bob appela Anne ce soir-là (heureusement, après le dîner et avant l'heure de *La Reine Christine)*, elle eut à peine le temps de lui demander de ses nouvelles que déjà il était lancé :

— Fou furieux, que je suis, et l'Oracle aussi ! Crésus a encore frappé, du moins on croit que c'est lui. C'est pas le tableau de la lande d'Ilkley qui a été volé et il y a encore un pauvre type qui se retrouve avec une commotion cérébrale et une fracture du crâne. Quelqu'un s'est introduit par effraction dans le musée du comté de Bellshire et a filé en embarquant leur ours blanc empaillé... je sais, ça a l'air drôle, releva-t-il en entendant le rire qu'Anne n'avait pu retenir, mais c'est grave, chérie. Parce que, en dehors de tout le reste, ça signifie aussi qu'ils se dirigent vers le coin où vous vous trouvez, au lieu de rester près de Londres et de se préparer à piquer la lande d'Ilkley et à mordre à l'hameçon que Miss S s'est donné tant de mal à confectionner. En fin de compte, je ne sais plus très bien s'il vaut mieux que tu restes là-bas ou que tu rentres à la maison.

— La probabilité qu'ils nous reconnaissent, même si on les croisait — et je ne vois pas pourquoi on devrait... commença Anne.

Elle s'interrompit. Elle savait aussi bien que Bob qu'il fallait s'attendre à tout, s'agissant de Miss Seeton.

— Tu veux qu'on rentre ? Qu'en dit l'Oracle ?

— Rien que je puisse répéter, répondit Bob, qui ne put s'empêcher de rire. On jurerait qu'il a pris des leçons auprès de Brinton de la police d'Ashford — celui qu'on surnomme *Brimstone*[1], tu te souviens ?

— Il nous est arrivé de nous croiser, rappela-t-elle à son époux. Après tout, il a assisté à notre mariage, et j'ai vécu à Plummergen plusieurs années avant de te rencontrer. L'agent Potter en raconte des vertes et des pas mûres à son sujet, quand il se lance.

— Alors, tu vois ce que je veux dire ! Il est furieux — l'Oracle. Le pauvre bonhomme qui a une fracture du crâne est en réanimation et, s'il nous claque dans les pattes, j'aime autant pas avoir à répondre des conséquences pour Crésus quand on lui mettra enfin la main au collet — si jamais on y parvient ! ajouta-t-il d'un ton lugubre. On n'a pas réussi à tirer quoi que ce soit des croquis de tante Em, évidemment. Pourquoi est-ce qu'on n'arrive pas à comprendre ce qu'elle cherche à nous dire ? À temps pour pouvoir intervenir utilement ? (Anne perçut la frustration qui transparaissait dans sa voix.) Elle a les réponses, c'est sûr. Ça a toujours été le cas les autres fois — mais c'est la même chose à tous les coups : ça n'a pas de sens jusqu'au moment où c'est presque trop tard...

Les journaux du lendemain matin publiaient tous des articles sur l'affaire Crésus : que faisait donc la

1. Jeu de mots sur le nom de Brinton ; le terme peut se traduire par « le Sulfureux ». *(N.d.T.)*

police, et pourquoi semblait-elle échouer dans sa lutte contre le crime en général ? Raffles court toujours, soulignait la presse ; c'était déplorable que des hommes aussi dangereux puissent se balader librement, et qu'on soit aussi loin de leur capture que s'ils venaient à peine de commencer leur campagne de terreur. Delphick jura à haute voix et marmonna, pestant contre les pisseurs de copie irresponsables qui déforment la vérité pour gonfler leur tirage. Crésus ou ses hommes de main étaient peut-être cruels, mais Raffles ne l'était pas — enfin, pas jusqu'à présent.

Dans le *Blare*, Thrudd Banner était le seul journaliste à présenter l'affaire de manière un tant soit peu équilibrée, mais il pouvait se permettre d'être généreux, car il avait un scoop à annoncer à ses lecteurs. Il avait réussi, d'une manière ou d'une autre, à apprendre le vol des émeraudes Eykyn, qu'il relatait dans le détail, s'amusant des tentatives quasi comiques de la police pour arrêter le coupable et du bon tour que celui-ci avait joué.

— Ça nous fait passer pour des imbéciles, protesta Delphick, et le pire, c'est que c'est la vérité, en l'occurrence. Raffles nous laisse loin derrière lui, je ne peux pas le nier. Quant à Crésus...

– Anne m'a raconté que Miss S avait fait d'autres dessins, monsieur, signala Bob, voyant son supérieur à court de mots. Quelque chose en rapport avec Mel Forby, d'après elle.

Il décrivit le croquis de la charrette attelée qui avait mis Anne si mal à l'aise.

— Après tout, Mel est avec nous sur l'affaire Crésus, monsieur. Je sais que c'est un peu une amie, mais je ne peux pas m'empêcher de penser... on devrait peut-être lui demander s'il n'y a pas un détail qu'elle, euh, qu'elle ne nous a pas communiqué, monsieur. Parce qu'elle est avant tout journaliste, non ?

Delphick eut un hochement de tête dubitatif.

— Non, pas Mel, Bob. Ce n'est pas son genre. De plus, elle a beau être débrouillarde, je ne vois pas comment elle aurait pu découvrir autre chose que ce que nous savons, nous qui ne sommes pas cloués à demeure avec une cheville foulée. Notez bien qu'avec Thrudd, c'est une autre paire de manches, ajouta-t-il, songeur. Le Yard même n'était pas au courant, pour les émeraudes Eykyn ; lui, si, semble-t-il. Il est possible qu'un de ses contacts lui ait donné un renseignement sur Crésus et qu'il en ait parlé à Mel. Mais, même si Thrudd ne nous en a rien dit, j'espère qu'elle nous aurait fait l'amitié de nous le transmettre, comme c'est déjà arrivé dans le passé. Ça fait des années qu'on collabore à l'occasion, et ma confiance en la nature humaine volerait vraiment en éclats si Mel avait l'intention de nous laisser tomber pour un simple coup journalistique.

— Ce n'est peut-être pas intentionnel de sa part, monsieur. Peut-être qu'elle sait quelque chose sans se rendre compte qu'elle le sait, une chose dont Thrudd lui-même ne connaissait pas l'importance quand il lui en a parlé. Parce que, à voir la manière dont ces deux-là sont constamment en rivalité, il ne lui aurait rien dit qui ait la moindre chance d'être important, non, monsieur ? Vous savez bien qu'ils n'arrêtent pas de se disputer à propos de qui fera un scoop le premier.

— C'est une idée, je le reconnais, mais je ne la trouve pas vraiment convaincante. Thrudd s'occupe de Raffles, Mel de Crésus : le partage est plutôt équitable, je dirais.

— Mais Thrudd a été le premier à parler de Crésus dans ses articles, monsieur, objecta aussitôt Bob.

Et s'il avait été chez lui quand vous avez téléphoné... bon, ça ne ferait pas de mal d'avoir une petite conversation amicale avec eux deux, non? Les circonstances étant ce qu'elles sont, je veux dire, monsieur. Vu que nous sommes, euh, largués...

Delphick gratifia son inspecteur d'un regard en coulisse chargé d'irritation contenue.

— Non. En tout cas, pas tant que Miss Seeton est avec nous, souligna-t-il, attrapant le carton à dessin que Bob avait rapporté de Belton Abbey deux jours plus tôt. Maintenant que ça a l'air de vouloir chauffer un peu, si on se remettait à plancher sur ses créations pour voir si ça nous inspire des idées soudaines?...

Delphick étala les trois croquis sur son bureau et les contempla avec autant de concentration qu'il en avait déjà mis à les examiner plusieurs fois mais en vain. Le premier montrait une rangée de portraits accrochés aux murs lambrissés d'une salle qui, d'après Bob, ressemblait fort à la galerie de Belton, de même que les visages rappelaient ceux des Bremeridge.

— Anne m'a raconté qu'en fin de compte le gars qui nous a fait visiter était lord Edgar Bremeridge, rappela-t-il au commissaire divisionnaire Delphick, qui tira le dessin vers lui et l'inclina pour le regarder sous un angle différent. Je ne l'avais pas remarqué pendant qu'il faisait son numéro, monsieur, mais maintenant que je vois ça, je ne comprends pas comment j'ai pu ne pas m'en apercevoir : l'air de famille est évident. Ils lui ressemblent tous, ou je devrais peut-être plutôt dire qu'il leur ressemble. Et la salle est exactement comme celle de l'Abbaye, sauf que je n'avais pas repéré le cabinet, dans le coin. Mais je ne suis guère amateur de meubles et de trucs dans ce genre; je laisse ça à Anne, j'en ai peur. Je le croyais dans la pièce où ont été volées les boîtes à priser...

— Pourtant, on dirait que Miss Seeton l'a placé sous la protection des yeux d'aigle des Bremeridge. Des générations de Bremeridge ; je me demande pourquoi.

— Les boîtes à priser sont un héritage familial, monsieur. Grande valeur sentimentale et tutti quanti. Ça pourrait être la raison.

— En effet, ça se pourrait. En tout cas, on a fortement l'impression que les sosies de lord Edgar s'intéressent au cabinet — c'est le moins qu'on puisse dire.

Ils passèrent au second dessin, sans se douter de l'indécision qu'avait éprouvée Miss Seeton avant de le mettre dans le carton à dessin avec les autres. Car, après tout, elle ne l'avait dessiné pour personne d'autre qu'elle-même — et en plus, il était raté ! Mais c'était la police — et donc ce cher Mr. Delphick — qui finançait ses petites vacances et rétribuait ses services d'artiste. Pourtant, elle avait fait ce croquis pendant les vacances, et il n'avait rien à voir avec les boîtes à priser (autant qu'elle pouvait en juger) ni avec autre chose...

— C'est l'Abbaye en ruine, monsieur, commenta Bob à l'attention de Delphick qui fixait le dessin. Dieu seul sait pourquoi, puisqu'elle n'est pas du tout en ruine... Anne a dit que ça lui rappelait un décor de cinéma et je serais assez de son avis. Dans le genre Hollywood de la grande époque, comme elle appelle ça, et Miss S aussi, ajouta-t-il avec un sourire. Apparemment, elles ont passé toutes leurs soirées collées à la télévision, à s'imprégner d'atmosphère romantique, mais je suis sûr qu'elles n'aiment ni l'une ni l'autre les films d'horreur. Alors, pourquoi a-t-elle dessiné ce loup et ces oiseaux — si c'est bien ce que c'est —, Dieu seul le sait !

— Des chauves-souris vampires, peut-être, murmura Delphick, mais ça pourrait aussi être des oiseaux. Difficile à dire. Avec ces dents, cependant... En revanche, pas de doute quant à la harpie, ajouta-t-il, désignant du doigt la femme ailée au visage cruel et aux serres avides, planant parmi les chauves-souris (ou les oiseaux ?), près du loup qui découvrait les crocs en grognant (devenu dans l'esprit de Miss Seeton le labrador blond aperçu sur la pelouse du *Belton Arms*). Vous avez bien dit que ce visage vous rappelait la réceptionniste de l'hôtel ? Bizarre.

Il s'intéressa ensuite au troisième dessin, un paysage de montagne frappant de vérité. Sur un fond de neiges éternelles se détachait une silhouette de sexe indéterminé, emmitouflée dans plusieurs épaisseurs de vêtements pour se protéger du froid, et qui avançait, solitaire, à l'aide d'une corde et d'un pic à glace. Elle se dirigeait vers une grande crevasse qu'un mur de neige dissimulait à sa vue.

— Et, pour vous faire écho, Bob : Dieu seul sait pourquoi elle a dessiné ça ! constata Delphick. De fait, aucun de ces dessins n'a de signification évidente, n'est-ce pas ? Oh, bien sûr, ils en auront rétrospectivement, comme toujours, mais pour l'instant...

— Ceux-ci ont déjà trois ou quatre jours, monsieur, lui rappela Bob. Elle a eu le temps de prendre un peu mieux la température de la situation depuis mon départ — je vous ai raconté qu'Anne m'a parlé de ce dessin d'une femme dans une charrette, et de la remarque de Miss S disant que c'était un peu comme la carte de vœux de bon rétablissement qu'elle avait faite pour Mel Forby — ça se passait avant le début de cette affaire, non, monsieur ? Elle doit savoir quelque chose, mais quoi ? Elle ne le sait pas... et nous non plus. Cependant, si on pouvait étudier de près tous ses croquis, mis côte à côte...

Delphick hocha la tête ; il était sur le point de parler quand il se rembrunit.

— Anne saura peut-être la persuader de nous donner ses dessins, mais je ne peux pas dire que l'idée de les confier à la poste m'enchante. Les sacs de courrier recommandé sont les premiers qu'emporte un cambrioleur un peu malin, et j'ai besoin de vous ici, Bob : je ne veux pas vous voir filer à Belton au moment où le racket de protection est sur le point de craquer, fit-il en soupirant. Ça doit faire trois, quatre ans qu'on a envoyé un homme sur la Lune et, malgré toutes les promesses de merveilles technologiques, combien sont devenues réalité? Un jour, quelqu'un fera fortune en inventant une machine capable de transmettre des documents à distance; une sorte de croisement entre une photocopieuse et un téléphone, j'imagine. Et je serai le premier à profiter d'une telle invention. Pour l'instant...

Il fixait la collection de journaux étalés sur son bureau et leurs titres chargés de protestations.

— Quand vous appellerez Anne ce soir, dites-lui donc que nous apprécierions une description aussi détaillée que possible de tout ce que Miss S a dessiné ces jours derniers. Quant à moi, il faut que je déniche ma liste noire pour bavarder un peu avec Mel Forby...

Pendant ce temps-là, Anne et Miss Seeton ignoraient les problèmes avec lesquels se débattaient Delphick et Bob, et goûtaient les plaisirs d'une journée de balade. Dans le voisinage immédiat, ce jour-là. Lord Edgar avait mis tant d'insistance dans son invitation que la conscience de Miss Seeton avait commencé à lui suggérer que ses refus modestes risquaient d'être pris pour de l'ingratitude — sentiment mesquin —, sinon de l'impolitesse. Et puis, le guide donnait des descriptions fort tentantes de ce superbe cadre qu'était le parc de l'Abbaye. Et Anne avait laissé entendre qu'elle était un peu lasse de conduire tous les jours...

Heureusement pour Miss Seeton et son désir d'incognito, c'était un jour où Belton Abbey était ouvert au public. Venus par cars entiers, les visiteurs défilaient dans la demeure, photographiaient les jardins et, pour les courageux, s'aventuraient plus loin afin d'admirer le pont d'architecture néoclassique et les autres curiosités dont avaient parlé les journaux. Ceux qui remarquèrent une dame d'un certain âge en tailleur de tweed impeccable, assise, un bloc à dessin sur les genoux et occupée à ombrer les piles du pont d'un crayon studieux, la prirent pour l'un d'entre eux ; certains allaient lorgner par-dessus son épaule, lançant des remarques rigolardes du genre : « Ne me mettez pas dedans, hein ! » ou : « Vous êtes drôlement douée, jamais je pourrais faire un truc pareil ! » Et puis, ils la laissaient tranquille, après lui avoir recommandé de ne pas rater le car.

C'était vraiment un endroit paisible et enchanteur.

— Imaginez un peu, tante Em ! s'enthousiasmait Anne. Les crinolines, les perruques poudrées, les rendez-vous galants... Je vous parie que si ce pont pouvait parler, il en aurait, des histoires à raconter !

Miss Seeton admira les alentours, répondant d'un ton absent :

— Si seulement mon crayon était à la hauteur de ce paysage ! C'est vraiment très aimable de la part de Sa Seigneurie de nous offrir une telle occasion... Une si belle journée... Et repartir avec tant de bons souvenirs...

— Vous voulez rentrer tout de suite ? Vous n'êtes pas fatiguée, non ? Nous n'avons pas encore vu le temple d'Hibernia et vous m'avez dit hier soir qu'un dessin du temple ferait un parfait pendant à celui du pont. Mais, si vous avez trop chaud au soleil ou...

— Mon Dieu, non, bien sûr ! Je ne me suis jamais sentie aussi bien de ma vie. Vous n'avez pas du tout besoin de vous soucier de moi : vous aussi, vous êtes en vacances, souvenez-vous ! Mais, tant que ça ne vous semblera pas trop ennuyeux de m'accompagner...

— Ne dites pas de bêtises, je passe un moment merveilleux, répliqua Anne en l'étreignant avec affection. C'est tellement reposant ici, à part les rares moments où vous êtes assiégée par les curieux qui veulent vous acheter vos dessins. Je crois beaucoup aux bienfaits de l'oisiveté, à l'occasion ; papa aussi. Il prétend que la moitié de ses patients pourraient guérir immédiatement s'ils se donnaient le temps de *respirer*, une fois de temps en temps.

— L'harmonie intérieure, fit Miss Seeton qui opina du bonnet, pensant au yoga. Le *trataka*, ou veux-je dire le *samadhi* ? Votre père est un homme fort sensé, mon petit. Il est sûr que ça a été miraculeux pour mes genoux, au fil des ans — la respiration, j'entends, bien que j'aie le sentiment que ce sont sans doute les différentes postures — une telle relaxation.

Anne exprima son accord dans un murmure et s'assit confortablement pour profiter du soleil. Soudain, elle eut un petit rire :

— On a peut-être parlé un peu trop vite, on dirait, pour ce qui est de la relaxation.

Miss Seeton suivit le regard d'Anne au-delà du parc, en direction de la grande demeure. Une silhouette solitaire se dirigeait vers elles, d'un pas souple et assuré de propriétaire. Une démarche que les deux femmes reconnurent aussitôt.

— Eh bien, maintenant, il va falloir payer de notre personne pour justifier notre privilège, tante Em. Voilà lord Edgar qui vient voir où nous en sommes. Préparez-vous à lui montrer vos croquis et, de mon côté, je veillerai à lui dire que nous passons un moment délicieux, ce qui est d'ailleurs parfaitement vrai. Ce doit être merveilleux d'habiter ici...

Anne survola le parc d'un œil admiratif pendant que Miss Seeton reportait machinalement son regard sur le bloc à dessin.

Elle se mit à dessiner à grands traits rapides sur une nouvelle feuille, tout en commentant :

— Oh, bien sûr, le romanesque de la chose est tentant, mais on regretterait vite le confort moderne ; la plomberie, surtout, je crois. D'après ce que je sais de cette époque-là, le bain n'était guère une pratique fréquente et, quant à la lessive, il devait falloir pas mal de temps pour laver les soieries et les dentelles à la main. En l'absence de chauffage central, voyez-vous. Mais, comme vous l'avez dit tout à l'heure, on imagine très bien les élégants jeunes gens et les belles jeunes filles qui ont dû passer sur ce pont et se battre en duel — les jeunes gens, j'entends, les aïeux de Sa Seigneurie...

— Le voilà ! murmura Anne, tandis que lord Edgar apparaissait de l'autre côté du pont et leur adressait un signe de la main.

Miss Seeton leva brusquement les yeux de son bloc à dessin.

— Juste ciel ! s'exclama-t-elle.

CHAPITRE XX

— Juste ciel ! s'écria Miss Seeton. C'est vraiment étrange. Mais ce n'était qu'un rêve l'autre nuit, bien sûr...

Refermant son bloc à dessin d'un geste vif, elle le posa prestement à côté d'elle et sourit à Sa Seigneurie qui approchait.

— Bonjour, lord Edgar. Quelle belle journée, n'est-ce pas ?

— Eddie, rectifia-t-il, puis il se tourna vers Anne : Bonjour, Mrs. Ranger. Je suis content de voir que vous avez fini par persuader votre tante de goûter aux autres plaisirs que Belton peut offrir, outre la maison. Il y a longtemps que vous êtes là ? Je remarque, ajouta-t-il en s'inclinant légèrement, que vous avez apporté votre bloc à dessin. Puis-je les regarder ? Je vous promets de ne pas critiquer, précisa-t-il en la voyant cligner des yeux et tendre une main nerveuse vers le bloc. En fait, vous êtes sans doute un aussi bon artiste que la moitié des gugusses qui ont peint les trombines de la famille — des portraits épouvantables, pour certains, vous ne trouvez pas ? Cette mode de donner aux gens une mine de déterré, à la Reynolds !

Souriant, il avait fondu sur le bloc à dessin de

Miss Seeton avant que celle-ci n'eût pu proférer un mot de protestation. Il se mit à le feuilleter, examinant le lot de dessins, d'esquisses et de notes accumulés depuis le départ de Bob pour Londres. Il s'agissait pour la plupart de paysages, banals et appliqués, instantanément reconnaissables. Eddie les admira, les identifia en indiquant le nom du lieu quand il y en avait un, afin qu'elle pût être sûre, déclara-t-il, de les inscrire correctement quand elle ferait faire des étiquettes.

Il marqua un temps d'hésitation quand, ayant tourné un feuillet, il découvrit le dessin de la charrette attelée qui avait choqué Anne mais, après un coup d'œil en direction de Miss Seeton, il se contenta d'un bref commentaire — « un concept intéressant » — et passa avec tact au croquis suivant en la voyant rougir et se tordre les doigts. Elle avait bien tenté d'expliquer qu'il ne s'agissait là que de simples ébauches, d'impressions personnelles. Mais elle pouvait difficilement refuser, puisque c'était après tout à la bonté de Sa Seigneurie qu'elle devait le plaisir de profiter de ce cadre par un si bel après-midi. Pourtant, elle aurait préféré que ses pensées intimes restent, euh, intimes — sauf, bien sûr, quand il était de son devoir de les partager avec...

— La police, murmura Miss Seeton.

Lord Edgar contemplait justement son dernier dessin, celui qu'elle avait esquissé à la hâte quand il avait traversé le pont pour la rejoindre et qu'il lui avait tant rappelé ses ancêtres.

— La police ? s'étonna lord Edgar. Je ne suis pas très sûr, fit-il, le front plissé par la concentration, de la date à laquelle remonte la création des *Peelers*[1]

1. Le corps de la police londonienne, Scotland Yard, fut institué par une loi de 1829 due à l'initiative de sir Robert

mais, si vous me permettez d'émettre une opinion, Miss Seeton, il me semble que, d'un point de vue historique, il serait plus juste de parler de *Bow Street Runners*[1] en l'occurrence. Vous ne croyez pas, Mrs. Ranger ?

Il tendit le bloc à dessin à Anne qui avait remarqué l'embarras que trahissait le regard de Miss Seeton mais ne voyait pas comment elle aurait pu ignorer Sa Seigneurie. Adressant un sourire d'excuse à sa vieille amie, elle prit le bloc et examina le croquis.

On y voyait un couple en costume Regency. La dame avait une coiffure tout en bouclettes, et les doigts, la gorge et les bras couverts de bijoux. Elle portait une toilette élégante et très ornée, et son visage aux traits fins présentait une nette ressemblance avec celui de Beverley, la réceptionniste du *Belton Arms*, remarqua Anne. Son compagnon, vêtu de soieries et de ruchés, avait un sabre au côté et arborait des airs de propriétaire. Son visage ressemblait fort aux Bremeridge d'antan, comme aurait pu en témoigner quiconque avait visité la galerie de portraits.

— Des *Bow Street Runners* — oui, je suppose, répondit Anne d'une voix altérée, ne rendant pas le bloc à dessin à lord Edgar mais à Miss Seeton, qui le prit discrètement en piquant un fard et avec un soupir de gratitude.

« Cela dit, ces lieux sont bourrés d'histoire, n'est-ce pas ? reprit-elle.

Miss Seeton rangea le bloc à dessin près d'elle et posa son parapluie dessus (de manière pas trop évi-

Peel, ministre de l'Intérieur. D'où le surnom de *Peelers* ou de *Bobbies* donné aux policiers de Londres. *(N.d.T.)*

1. Petit groupe de policiers en civil opérant depuis Bow Street, créé vers la moitié du XVIIIe siècle. *(N.d.T.)*

dente, espérait-elle, car elle ne voulait pas sembler impolie, mais tout cela était si embarrassant !), s'efforçant de ne pas rougir davantage.

— On ne peut pas s'empêcher de songer à toutes sortes de choses, comme à la suppression des monastères, par exemple, même si ça remonte à des centaines d'années. Nous en parlions justement avant votre arrivée, n'est-ce pas, tante Em ?

— En effet, confirma Miss Seeton qui regardait de nouveau lord Edgar, avec un sourire radieux, contente d'être passée à un sujet de conversation moins épineux. Sauf que nous sommes ici dans une abbaye, bien sûr, ce qui signifie qu'elle ne serait pas... Malheureusement, je ne crois pas que mes pauvres efforts lui aient rendu justice : un cadre tellement sublime, où que l'on se tourne ; une ambiance si chargée d'histoire. Et bien que j'aie fait de mon mieux, ce n'est pas... Mais on ne peut jamais cesser de *penser*, lord Edgar. Ce qui est la base même de l'imagination, n'est-ce pas ? Comme je le répète toujours aux enfants. La clarté de la pensée est essentielle, je pense, à la précision de la vision. Et voir clairement, c'est sans nul doute l'essence de l'art. Communiquer sa vision des choses. À mon retour chez moi, j'ai l'intention de réaliser un tableau composé d'éléments divers pour représenter la région. Pour lequel vos commentaires me seront, naturellement, très utiles. Un panorama, peut-être, pour restituer l'ambiance, bien que je n'aie pas assez de talent pour lui faire justice, je le crains fort. Quant aux étiquettes — je n'irai pas jusqu'à imiter vos ancêtres qui avaient fait graver des plaques de cuivre, mais il est vrai que j'aime la précision en ce qui concerne mes sujets : les lieux, les objets et, à plus forte raison, les personnes, voyez-vous.

Il cligna des yeux.

— Oui, bien sûr, mais...

Il se ressaisit de noble façon.

— Mais vous êtes loin d'avoir dessiné tout ce qu'il y a d'intéressant ici, Miss Seeton ! Il y a le temple d'Hiberna, par exemple. Je suis sûr que vous avez entendu parler du fantôme de cette pauvre servante — vraiment de l'atmosphère à la pelle, là ! Vous ne pouvez pas partir sans avoir visité le temple. Il n'est pas loin : de fait, il est plus près de la maison que nous ne le sommes présentement, de l'autre côté. C'est une des pièces maîtresses de la propriété, surtout la statue d'Hiberna, ou plutôt ce qu'il en reste. Si vous voulez mon avis, ajouta-t-il avec un petit rire de dérision, la Vénus de Milo est nettement supérieure. La familiarité engendre le dédain, je suppose. Quand on a si souvent pique-niqué, enfant, devant une déesse qui vous lorgnait, on a du mal à la prendre au sérieux. On l'a surnommée Arabella Sans-Bras, je le crains.

Miss Seeton opina du bonnet et sourit, émettant des murmures compréhensifs. Eddie parut content.

— J'avais peur qu'un expert de votre calibre n'ait que mépris pour un béotien de mon espèce, Miss Seeton, et je suis heureux que ce ne soit pas le cas. La franchise est la meilleure politique, vous ne trouvez pas ? Si j'avais feint d'adorer ce machin-là, vous auriez sûrement vu que je faisais semblant. Sans compter qu'il ne vous plaira peut-être pas non plus, quand vous le verrez. Maintenant, laissez-moi vous accompagner là-bas toutes les deux et, à propos de pique-nique, quand je remonterai à la maison pour la prochaine visite, je demanderai à Faulkbourne de vous servir des rafraîchissements.

— C'est très aimable de votre part, lord Edgar, mais...

— Eddie, lui rappela-t-il avec un rire tandis que,

prenant le parapluie et le bloc à dessin de Miss Seeton, il lui offrait son bras. Ne nous remerciez pas : au contraire, j'imagine que c'est Faulkbourne qui pourrait vous remercier, car il n'aura pas besoin d'assurer la visite suivante. Il déteste tellement ça, le pauvre homme, surtout depuis... Il est persuadé que Raffles a profité d'un jour d'ouverture au public pour repérer les lieux, voyez-vous. Il n'approuve pas vraiment ce que mes parents ont dû faire pour redorer un peu le blason familial...

Une demi-heure plus tard, Anne paressait sur le gazon, au pied du temple d'Hibernia qui se dressait sur une butte en pente douce — artificielle, avait expliqué Eddie. Elle regardait Miss Seeton dessiner, penchée sur son bloc. Une brise d'été faisait frissonner la frondaison des arbres voisins, et les oiseaux mêlaient leurs piaillements au jacassement des touristes. Personne n'avait, semblait-il, assez d'énergie pour braver la chaleur et grimper la pente, même pour aller voir les légendaires taches de sang (qui, selon Eddie, avaient été produites par du sirop d'orange renversé, du temps de son enfance). Les genoux de Miss Seeton avaient cependant été de taille à relever le défi, bien sûr, mais elle était unique en son genre, n'est-ce pas, songeait Anne.

— Ce n'est pas Faulkbourne, là, qui arrive de la maison? s'interrogea Anne, avisant une silhouette distinguée qui se faufilait parmi la foule caquetante, un plateau à la main. Oui, c'est bien lui. Croyez-vous, ajouta-t-elle avec un petit rire espiègle, que lord Edgar a demandé qu'on nous serve des canapés au saumon fumé et du champagne, comme aux personnes de la haute société? Ou aurons-nous droit à des toasts à la sardine avec une thermos de thé?

Miss Seeton sourit, amusée par l'humour de sa chère petite Anne, et regarda Faulkbourne, la dignité faite homme, gravir la butte d'un pas noble et mesuré.

— Sa Seigneurie est très aimable, murmura-t-elle. Une si chaude journée... On ne pouvait pas refuser son offre, cela va de soi, mais ce serait peut-être un peu délicat d'expliquer à l'hôtel... enfin...

— Ne vous inquiétez pas, j'ai une faim de loup, malgré la chaleur. L'après-midi fini, il ne restera pas une miette de nos pique-niques et, au besoin, on pourra toujours donner les sandwiches de l'hôtel aux canards. Soyons un peu extravagantes, pour une fois : on est en vacances !

Miss Seeton n'était pas sûre : fallait-il être choquée à l'idée de gaspiller le pique-nique préparé par le *Belton Arms* en le donnant à des oiseaux qui n'avaient pas vraiment besoin d'être nourris à cette époque de l'année (c'était pourtant un réel plaisir, il fallait l'avouer) ? Ou était-ce une bonne idée, bien dans le genre d'Anne ? Il est vrai qu'une infirmière doit être dotée d'un solide sens pratique, alors qu'une artiste...

Elle était encore en train de griffonner quand l'intendant s'approcha ; elle devint toute rose, laissa choir son bloc à dessin dans l'herbe et se leva prestement, remerciant *in petto* ses genoux assouplis par le yoga.

— Mr. Faulkbourne, lâcha-t-elle à la hâte, c'est tellement... vraiment si gentil... Sa Seigneurie...

L'intendant était nettement plus grand qu'elles deux et, bien qu'Anne fût debout, elles ne pouvaient voir ni l'une ni l'autre le contenu du plateau qu'il portait de ses mains gantées. Les ayant saluées en s'inclinant, il suggéra que ces dames aimeraient peut-être prendre leur rafraîchissement dans le temple, où il faisait beaucoup plus frais.

— Et où vous serez sans doute moins gênées par

les insectes, ajouta-t-il d'un ton qui laissait clairement entendre que les fourmis, les moustiques et autres guêpes auraient champ libre pour attaquer, dès que sa noble présence ne serait plus là pour les modérer. Si vous voulez bien me suivre ?

C'est un pique-nique princier qu'il étala alors devant elles : canapés au concombre, quatre-quarts et cake aux fruits, *scones* tartinés de crème fraîche et de confiture, minces tranches de pain beurré roulées en cornets ; et une élégante théière d'argent accompagnée de tasses en porcelaine aussi fine que du papier.

— Si ceci vous paraît insuffisant, j'espère que vous voudrez bien m'en informer immédiatement, déclara Faulkbourne, s'inclinant de nouveau, au son des exclamations d'Anne et de Miss Seeton, aussi surprises que ravies. C'est vraiment le moins que nous... que la famille, veux-je dire, puisse faire pour vous, Miss Seeton, après toute l'aide que vous lui avez apportée dans le passé. Et pour votre coopération future, si tel est votre bon plaisir, ajouta-t-il avec une nouvelle courbette. Pardonnez-moi, mais avez-vous fait d'autres dessins, par hasard ?

Pour la deuxième fois de la journée, Miss Seeton dut soumettre son bloc à dessin à l'examen d'un inconnu (c'eût été mal élevé de refuser, s'admonesta-t-elle avec un rien de contrariété, alors qu'on l'avait reçue si gentiment). Un inconnu qui ne lui voulait pas de mal, elle le savait, mais tout de même...

— Fort intéressant, déclara l'intendant, qui avait relevé les sourcils en découvrant le dernier croquis, celui qu'elle avait exécuté pendant qu'il arrivait de la maison. Merci de m'avoir permis de regarder votre travail, Miss Seeton.

Et il repartit après une dernière courbette.

CHAPITRE XXI

Anne parlait au téléphone. À l'autre bout du fil, à Londres, un auditoire de deux personnes était suspendu à ses lèvres : son mari Bob, connu sous le nom d'inspecteur Ranger de la police judiciaire, et le commissaire divisionnaire Delphick dont Bob partageait le bureau à Scotland Yard.

Les night-clubs, comme leur nom l'indique, fonctionnent la nuit. Le racket de protection n'avait donc pas été démantelé à la faveur d'une descente au petit matin, mais grâce à ce que Delphick se plaisait à appeler un « raid de midi ». Une bande de gros bras de tout poil, tirés de leurs lits (ou, le plus souvent, de celui d'autres personnes !) en plein sommeil, marinait dans des cellules de prison, chacun exigeant de parler à son avocat. Pleins d'une légitime satisfaction devant le fruit de leur labeur, Delphick, Bob et le reste de la fine équipe laissèrent l'inévitable paperasserie aux bons soins du service administratif du Yard et partirent célébrer leur victoire dans un pub voisin en déjeunant de tourtes arrosées de quelques pintes de bière.

De retour au Yard, ils y trouvèrent un message d'Anne : Mrs. Ranger serait contente de pouvoir parler à Mr. Delphick, dès que cela conviendrait à M. le divisionnaire, et elle attendrait son appel à l'hôtel.

— À propos de « se faire une toile », ajouta la standardiste d'un ton d'incompréhension.

L'Oracle plissa le front :

— Je sais que votre épouse partage avec Miss Seeton une grande prédilection pour le cinéma, Bob, mais j'ai comme l'impression que ce n'est pas exactement ce dont elle voulait parler. Espérons que ça ne veut pas dire que quelqu'un a subodoré que l'histoire du Pays des merveilles hivernales était un coup monté. Ou, ajouta-t-il, l'air plus soucieux encore, que Miss S s'est fourrée dans de sales draps...

Delphick laissa Bob échanger deux ou trois mots avec son épouse avant de décrocher lui aussi :

— Bonjour, Anne. À entendre ce que Bob a dit, j'en déduis qu'il n'y a rien de trop grave, Dieu merci ! On imaginait déjà tout ce qui avait pu mal tourner.

— C'est juste parce que vous vouliez savoir s'il y avait de nouveaux dessins, expliqua Anne, et il y en a. Deux, et du genre qui vous intéresse. J'ai le bloc à dessin devant moi — elle est au salon à regarder la télévision, ajouta-t-elle avec une note de regret. Ils passent *Dangereux clair de lune*. Je ne l'ai jamais vu... Bon, vous voulez sans doute que je vous les décrive. Le premier dessin, elle l'a griffonné à la hâte quand lord Edgar traversait le pont pour nous rejoindre.

Elle dépeignit alors le couple Regency avec autant de détails qu'elle le put, mentionnant les remarques de lord Edgar à propos des *Bow Street Runners*. Delphick fermait les yeux, tâchant de se représenter ce qu'elle disait. Mais il ne pouvait pas savoir si l'image qu'il créait dans son esprit ressemblait ou non au dessin qui se trouvait sur le bloc ouvert devant Anne, là-bas, au *Belton Arms*.

— Le second, elle l'a dessiné cet après-midi quand nous étions en haut de la butte du temple et que l'intendant nous apportait un pique-nique pour le thé, sauf que c'était autrement raffiné que les mots ne le laissent supposer, releva Anne en étouffant un petit rire. Elle regardait Faulkbourne en exécutant le croquis, et on dirait vraiment lui, c'est frappant. On le voit qui marche, l'air incroyablement hautain et portant un plateau. Mais, ce qui est bizarre, c'est qu'elle n'a pas dessiné ce qu'il apportait. Je sais qu'elle ne le distinguait pas très clairement quand elle a commencé l'esquisse — l'intendant est très grand —, mais on se serait attendu à ce qu'elle ait représenté des tasses et des soucoupes sur le plateau, non ? Au lieu de quoi... eh bien, on croirait des tas de petites briques, sauf qu'elles n'ont pas une forme assez régulière pour être des briques. Les coins sont arrondis, ce qui les rend plus ovales que rectangulaires, si vous voyez ce que je veux dire, et il doit y en avoir deux douzaines.

Il y eut un silence riche de réflexion. Au terme duquel Delphick finit par déclarer :

— Des petites briques aux coins arrondis... et en quantité, si ce sont bien des briques — j'en doute fort —, sur un plateau porté par un intendant... Anne, de quoi parliez-vous pendant que Miss Seeton dessinait ?

— J'ai essayé de m'en souvenir, au cas où ça pourrait avoir de l'importance. Il me semble qu'on a surtout parlé de l'histoire des lieux — de la suppression des monastères et ainsi de suite. Des gens qui se battaient en duel et... ah oui ! Miss Seeton a dit qu'elle avait rêvé la nuit d'avant et que c'était très curieux. J'ai cru comprendre que son rêve ressemblait plus ou moins à ce qu'elle avait dessiné, alors je suppose... fit-elle, réprimant un bâillement. Excusez-moi, nous avons eu une si belle journée, je dors debout. De toute façon, je suppose... c'est peut-être aussi bien qu'elle, euh...

— Vous supposez qu'elle n'a peut-être fait que reproduire un écho de son rêve à la lumière du jour? demanda Delphick, qui échangea un regard avec Bob et haussa les épaules. C'est une idée, bien sûr, mais j'ai le sentiment qu'il y a plus que ça. Vous savez que nous n'avons jamais tranché la question de savoir si elle a des dons de voyance ou non, au sens qu'on donne généralement à ce mot. Personnellement, je suis convaincu qu'elle est douée de voyance — au sens, euh, très particulier que le terme prend dans son cas. Alors, si elle a rêvé de petites briques... ah, non, ça, c'était plus tard, n'est-ce pas? Vous étiez donc toutes les deux en train de vous enflammer pour l'Histoire, si je me souviens bien. L'un de vous sait-il quelque chose sur les techniques de fabrication des briques au temps jadis? Avaient-elles des coins arrondis?

— La seule chose que je sais, c'est qu'on ne peut pas les fabriquer sans paille, suggéra Bob tandis que le silence d'Anne trahissait son ignorance en la matière.

Delphick esquissa un sourire.

— Il y a un certain Machin-Truc qui est célèbre pour avoir trouvé une Rome toute de brique et l'avoir laissée couverte de marbre, mais je ne crois pas qu'il y ait vraiment de rapport avec ce qui nous occupe. N'y avait-il pas un régiment d'infanterie légère qui s'appelait les *Brickdusts*? Sir George Colveden : voilà le genre de personne à qui poser la question, je suppose. Tout cela est fort intéressant, pas de doute, mais ça ne nous aide pas à comprendre ce que Miss S essaie de nous dire, non?

Il y eut un silence plein d'attente.

— Monsieur, suggéra Bob, maintenant que la bande des night-clubs est au trou, nous ne sommes pas trop occupés...

— Anne, demanda Delphick, l'hôtel est-il très plein ? On pourrait trouver des chambres ? Ou plutôt, une chambre pour moi. Bob sera avec vous, évidemment. Je pense que nous ferions bien d'aller à Belton dès que possible : sauf indication contraire, nous vous rejoindrons demain.

Anne rentra à pas de loup dans la salle de télévision et put assister à la dernière demi-heure de *Dangereux clair de lune.* Miss Seeton était si captivée par l'histoire qu'elle ne remarqua même pas le retour de sa jeune amie. Elle avait été ramenée dans le passé et regardait le film comme la première fois qu'elle l'avait vu au cinéma à Londres, trente ans plus tôt. Elle venait de connaître les mêmes angoisses que jadis, au spectacle des travailleurs de la Résistance subissant l'interdiction de l'hymne national polonais, prélude à l'écrasement sous la botte nazie ; et aussi en revoyant le beau, jeune pianiste et la jeune reporter américaine se rencontrer sous les bombardements de Varsovie, et tomber amoureux par un « dangereux clair de lune ». Miss Seeton avait exulté quand le pianiste avait réussi à fuir pour rejoindre la libre Albion et y avait participé à la Bataille d'Angleterre ; elle avait tremblé quand, blessé, il avait été incapable de reconnaître son aimée. Elle avait trouvé presque insoutenable son interprétation finale du *Concerto de Varsovie*, si expressive, et le retour graduel de sa mémoire ; elle connaissait parfaitement le dénouement et brûlait d'envie de le voir se jouer.

— Je t'avais pas dit que j'avais déjà vu ce film-là

quelque part, hein ? clama triomphalement une Américaine d'âge mûr à l'adresse de son mari, tandis que le générique du film défilait sur l'écran. C'est quand il s'est enrôlé dans l'Air Force que je me suis rappelée, mais j'ai bien l'impression que, chez nous, ça s'appelait *Escadron suicide*. Maintenant que je l'ai revu, je dois dire que je préfère le titre anglais.

Son époux émit un vague grognement. Il avait les yeux fermement clos — peut-être les avait-il gardés ainsi pendant tout le film. En tout cas, il n'avait pas l'air de partager le souvenir de sa femme. Celle-ci promena un regard circulaire sur les autres occupants du salon réservé aux clients de l'hôtel.

— Le clair de lune, c'est autrement romantique que les avions, déclara l'Américaine.

Miss Seeton opina du chef en rangeant son mouchoir.

— C'est bien vrai. Il y a une certaine qualité de lumière — les ombres, vous savez — et ça rend tellement mieux en noir et blanc. Imaginez qu'il soit en couleurs — le film, j'entends. Ce n'est pas parce qu'on n'avait pas de pellicule en couleurs à l'époque mais, bien sûr, c'était plus coûteux, et je trouve que dans le cas présent, c'était infiniment préférable de tourner en noir et blanc : le clair de lune ne vous donne pas cette impression de *gris* qu'on aurait eue, je crois, si ç'avait été filmé en couleurs...

Ses doigts s'étaient mis à danser sur ses genoux pendant qu'elle finissait sa phrase. Anne, qui regrettait de ne pas avoir vu le film en entier, reconnut le signe. Y aurait-il un dessin de plus à montrer à Bob et à Delphick, le lendemain ? Elle se demandait s'il fallait informer tante Em qu'elles allaient bientôt avoir de la compagnie, mais la petite conversation de Miss Seeton et sa nouvelle amie sur les vieux films et les techniques d'éclairage lui donna le temps d'arriver à la conclusion inverse. Dès que tante Em apprendrait le retour de Bob, elle insisterait pour libérer le lit à baldaquin ; quel mal y avait-il à la laisser profiter une nuit encore de ses rêveries romantiques ?

— ... la culture populaire, déclarait l'Américaine dont le propos semblait intéresser Miss Seeton. Ils n'en font plus des comme ça, c'est d'autant plus dommage. On n'a jamais trop de romanesque dans sa vie, voilà ce que j'en dis, affirma-t-elle, envoyant un puissant coup de coude dans les côtes de son mari endormi.

Celui-ci grogna, sursauta et ouvrit les yeux. Anne retint un rire en voyant son air stupéfait. Cependant, elle se surprit à bâiller par solidarité : c'était peut-être tout le grand air qu'elle avait pris ce jour-là.

— Howard, réveille-toi ! Emmène-moi donc tout de suite au bar et offre-moi à boire ! ordonna l'Américaine, interrogeant ensuite Miss Seeton du regard : Aimeriez-vous vous joindre à nous — et votre nièce, ça va de soi ? ajouta-t-elle en gratifiant Anne d'un sourire aimable. Nous n'avons pu nous empêcher de remarquer votre présence à l'hôtel ces deux derniers jours, et nous avions envie de faire votre connaissance. Allons, dites oui ! Nous n'accepterons pas un « non » de votre part, n'est-ce pas, Howard ?

Howard, les yeux grands ouverts à présent, considéra avec intérêt les nouvelles amies de son épouse et s'empressa d'ajouter ses amabilités aux siennes, avec autant d'insistance. Miss Seeton parut d'abord accueillir l'invitation avec plaisir mais, après un rapide coup d'œil en direction d'Anne, elle tenta de refuser. Si poliment, cependant, que ni Howard ni son épouse ne semblèrent l'avoir entendue. Ils visitaient l'Angleterre pour admirer les sites et avoir des contacts avec les gens. Et y avait-il une meilleure façon de les rencontrer que dans un bon vieux pub anglais ? Miss Seeton et sa nièce pouvaient leur accorder une demi-heure, non ? Ladite nièce profita d'un moment où les deux Américains reprenaient leur souffle en même temps pour lancer :

— Mais oui, allez-y donc, tante Em, et amusez-vous bien ! Mais si vous voulez bien tous m'excuser, je crois que je vais me coucher tôt. J'aurai moins de remords à vous laisser seule, vous sachant en bonne compagnie, dit-elle, adressant un sourire reconnaissant au somnolent Howard et à son épouse. Vous pourrez échanger vos impressions sur d'autres vieux films, reprit-elle, voyant Miss Seeton hésiter. Comme ceux que nous avons vus depuis que nous sommes ici, par exemple...

La lueur qui s'alluma dans le regard de Miss Seeton ne passa pas inaperçue : Mrs. Howard s'exclama qu'elle avait tout de suite su qu'elles avaient des points communs. Et ça prouvait bien que tante Em — oh, il fallait l'excuser de prendre une telle liberté : elle s'appelait Shirley Warren et son mari, Howard —, que Miss Seeton (ah, quel nom délicieux, si charmant, si anglais !) s'amuserait autant à bavarder avec eux qu'eux avec elle. Shirley savait que les jeunes ont tendance à chouchouter leurs aînés et Anne pouvait lui faire confiance : elle ne ferait pas veiller sa tante toute la nuit. Cependant, si elle avait le moindre doute à ce sujet, pourquoi ne pas changer d'avis et les accompagner au bar, ne serait-ce que pour boire un petit verre ?

Quand ils furent enfin convaincus qu'Anne avait vraiment sommeil, Shirley Warren partit allégrement vers le bar, entraînant Miss Seeton d'un pas triomphant, et suivie d'Howard qui se frottait les yeux. Il adressa un clin d'œil à Anne quand elle les quitta au pied de l'escalier, murmurant qu'il n'était pas fou de vieux films non plus mais que, parfois, par désir de paix et de tranquillité, c'était mieux d'emboîter le pas à son épouse. Anne sourit poliment, sachant qu'il avait mal interprété sa fatigue en croyant y voir une démarche tactique de sa part, mais elle comprit que ce malentendu était la meilleure façon d'éluder une explication fort ennuyeuse.

Personne n'imita Anne quand elle monta se coucher : la soirée commençait à peine et le bar du *Belton Arms* était accueillant, avec son plafond crème, rayé de poutres noircies par les ans, contre lesquelles Bob avait souvent risqué de se cogner la tête, vu sa taille.

Sur les murs inégaux, accrochés à des harnais de cuir, pendaient des médaillons de cuivre comme en portent les chevaux de trait; on y voyait aussi une série de lithographies qui avaient attiré l'œil de Miss Seeton le premier soir et qu'elle avait jugées authentiques. Il y avait des tables en nombre suffisant sans être excessif et pas de musique d'ambiance. Pas étonnant que ce fût à la fois un pub prisé de la population locale et un bar agréable pour les résidents de l'hôtel.

En route vers la chambre 25, Anne eut un nouveau bâillement et se débrouilla pour laisser choir son sac à main dans lequel elle allait puiser sa clé. Son « Zut alors! » coïncida presque exactement avec le bruit sourd du sac qui tombait et le tintement métallique du porte-clés heurtant le sol. Elle se baissait pour tout ramasser quand elle se figea sur place.

Car elle avait entendu quelque chose à l'intérieur de la chambre 25.

Elle resta plantée là à écouter pendant une demi-minute peut-être; ne perçut plus rien et mit cela sur le compte de son imagination, à quoi s'ajoutait la fatigue. Elle finit de rassembler ses affaires et s'apprêta à introduire la clé dans la serrure.

La clé ne rentrait pas dedans.

Elle vérifia le numéro sur la porte : peut-être s'était-elle trompée, sous l'effet de la fatigue...

Mais non. Les portes des chambres du *Belton Arms* étaient toutes à l'ancienne, en bois massif et à panneaux, avec de bonnes vieilles plaques de cuivre pour indiquer les numéros. Chambre 25 : pas de doute.

Elle tentait de remettre la lourde clé de fer dans l'antique serrure quand elle entendit bouger à l'intérieur. Puis le silence.

CHAPITRE XXII

À plus de cent cinquante kilomètres de là, dans un bureau de Scotland Yard, Bob Ranger bâilla, s'étira et ferma son calepin d'un coup sec, avec un soupir de soulagement. Delphick, qui avait lui aussi labouré le pénible sillon de la paperasse relative au racket de protection des night-clubs, regarda son inspecteur à l'autre bout de la pièce et esquissa un sourire.

— Vous avez réussi à liquider le plus gros, Bob?

— J'espère bien que oui, monsieur. Si nous partons pour Belton à la première heure, demain matin, je n'ai pas envie de laisser mes notes en suspens jusqu'à notre retour. Ma mémoire n'est pas si fantastique.

Delphick approuva du chef.

— Je sais que votre rôle de bras droit se justifie par vos qualités et talents nombreux et divers, au rang desquels, malgré tout, ne figure pas une sténo fiable à cent pour cent, il faut le reconnaître. Excellent entraînement pour la mémoire, en revanche.

— En effet, monsieur. Euh... est-ce la voix d'une longue expérience qui parle là, monsieur?

Delphick eut l'air peiné :

— Loin d'être aussi longue que votre ton ne le

laisserait supposer, inspecteur Ranger. L'époque où j'étais, comme vous, un humble officier de police judiciaire ne me paraît pas voilée par les brumes de l'Antiquité au point de nécessiter des compétences d'archéologue pour la déterrer. Et si c'est une façon détournée de me demander si je suis en train de devenir gaga ou si je le suis déjà, je préfère l'ignorer. Je ne pense pas qu'il y ait grand-chose qui cloche du côté de ma mémoire, et je me souviens très bien que vous me devez toujours ce pot qu'on était censés prendre tout à l'heure. Cela juste au cas où vous espériez que j'avais oublié...

— Certainement pas, monsieur !

Bob réussit à afficher un air à la fois scandalisé et vexé, et regarda l'heure à sa montre avant de vérifier à la pendule du bureau.

— On a le temps de prendre un petit verre, monsieur ? Avant de rentrer se coucher pour partir tôt demain ?

Delphick regarda l'heure lui aussi mais ne répondit pas tout de suite.

— Vous êtes particulièrement fatigué, Bob ? Vous mourez d'envie de retrouver votre lit à Bromley après les tribulations de la journée ?

Bob, qui s'étirait de nouveau, arrêta son geste et réprima un bâillement.

— Non, monsieur. Notez bien, ce serait pas mal de prendre un peu l'air... et de changer de décor, ajouta-t-il, plein d'espoir, car, depuis les années qu'il travaillait avec l'Oracle, il y avait des moments où il lisait presque dans ses pensées. Et vous, monsieur ?

Delphick confirma d'un hochement de tête.

— Un changement de décor me conviendrait très bien. Et puis, un petit tour en voiture, la nuit, quand les routes sont moins encombrées...

— Je fais un saut à la maison, je prends des

affaires, je passe vous chercher, et cap à l'ouest, enchaîna Bob sans hésiter. Ça veut dire qu'il faudra peut-être qu'on partage un peu le volant, surtout vers la fin, mais...

— Mais ça vaudra le coup, conclut Delphick, une lueur dans le regard. Naturellement, je ne crois pas un seul instant qu'Anne ou Miss Seeton courent le moindre danger dans un coin aussi calme que Belton, mais nous savons tous deux, en vertu d'une, euh, d'une longue expérience, qu'il n'y a pas de mal à s'en assurer, lorsque Miss Seeton est impliquée...

Anne était maintenant parfaitement réveillée. Elle fit bruyamment jouer la poignée de la porte tout en tournant la clé dans la serrure, mais elle eut beau pousser et s'escrimer, ce fut en vain. Elle s'immobilisa, respira à fond et tendit l'oreille.

Elle crut de nouveau entendre bouger à l'intérieur : des bruits étouffés qui semblaient la narguer et qu'elle n'arrivait pas à identifier. Pourtant, la porte était ancienne et en bois massif : et si ce n'était que le fruit de son imagination ?

— On dirait que vous avez des difficultés, déclara de manière inattendue un résident de l'hôtel qui parvenait en haut de l'escalier. Alors, votre clé vous donne du fil à retordre ? Il m'est arrivé exactement la même chose, hier. On m'a expliqué qu'il y avait un tour de main à prendre : voulez-vous que j'essaie de voir si je m'en souviens ?

— C'est très gentil à vous, répondit Anne en lui tendant sa clé avec un sourire, soulagée à l'idée que, s'il y avait en effet un intrus dans la chambre, ils seraient maintenant deux pour lui faire face.

S'il s'agissait d'attraper des voleurs, cet homme-là était assez grand pour compenser sa petite taille à elle.

Mais le moment n'était pas encore venu :

— Désolé, là, je dois m'avouer vaincu, déclara l'homme en se redressant après sa troisième tentative d'ouverture de la porte. Je vais descendre à la réception demander le passe à la petite Beverley — elle doit commencer à être habituée. Attendez-moi ici, fit-il, et il partit.

Et Anne attendit. Quiconque se trouvait dans sa chambre y était prisonnier. Était-elle prête à les attraper s'ils tentaient de s'enfuir (comme le ferait toute personne sensée) ? Et si Beverley ou le Bon Samaritain étaient blessés dans la bagarre ? Car si elle-même pouvait prévoir une empoignade, les autres ne s'en douteraient sûrement pas, pensant seulement venir l'aider à rentrer dans sa chambre...

Sa chambre. Mais ce n'était pas la sienne. En tout cas, pas officiellement. La chambre 25 avait été allouée à Miss Seeton, alors que la 24, avec le lit à baldaquin, était au nom de Mr. et Mrs. Ranger. C'était ce que disait le registre de l'hôtel...

Anne s'interrogea : qu'est-ce que Bob et l'Oracle lui conseilleraient de faire ? Elle n'eut pas le temps de parvenir à une réponse que son nouvel ami arrivait en haut de l'escalier, suivi de Beverley et affichant une expression du genre « Je vous l'avais bien dit ». La réceptionniste avait pour sa part l'air très gênée et tenait une clé qui était de toute évidence un passe.

— Je suis vraiment navrée, s'excusa-t-elle, s'approchant d'Anne et introduisant le passe, non sans mal, dans la serrure. Ça doit être la chaleur, ça arrive tout le temps en ce moment, je le crains. Je crois que c'est les chambranles qui travaillent, ou quelque chose dans ce goût-là. Tout ce qu'il faut, en principe, c'est un peu de... ah !

On entendit un déclic et la porte s'ouvrit lentement.

— Ça y est ! s'écria gaiement Beverley. Voilà, vous êtes chez vous, Mrs. Ranger — ou plutôt... je croyais que c'était la chambre de votre tante ?

— Elle m'a demandé de, euh, de lui chercher son bloc à dessin, répondit Anne d'un ton distrait, tout en se préparant au mortel combat avec les intrus (quelle que fût leur identité) qui allaient se jeter sur eux.

Mais nul ne surgit de la chambre 25. Anne entra avec précaution, suivie — on ne sait pourquoi — de la blonde réceptionniste, tandis que l'aimable sauveteur regagnait ses pénates après quelques mots de félicitations.

— Oh ! s'exclama Beverley. Je me demandais où il était passé, fit-elle en désignant le lit d'Anne.

Au beau milieu de la courtepointe était lové Orlando, boule de fourrure endormie, les pattes enroulées autour des yeux comme par défi. Une oreille frémit au son de la voix de Beverley, le bout de la queue remua.

— Orlando... appela Beverley, gagnant le lit d'un pas décidé. Il fait semblant, déclara-t-elle à Anne dans un rire. Il se croit tout permis, tout le monde le gâte.

Anne avait elle-même largement contribué à le gâter, mais elle n'était pas allée jusqu'à inviter l'énorme chat roux à s'installer dans sa chambre.

— Mais comment donc est-il entré ? s'étonna-t-elle tandis que Beverley s'efforçait de réveiller le chat pour l'emporter.

La réceptionniste désigna de la tête la fenêtre à guillotine qui était en partie ouverte.

— Il a dû grimper à l'arbre, sauter sur un balcon et se faufiler sur les rebords de fenêtre pour trouver un moyen de s'introduire dans une chambre. Exactement comme Raffles le Rançonneur : notre chat cambrioleur, ajouta-t-elle avec un nouveau rire. C'était un de ses tours quand il était tout petit, mais je l'aurais cru trop lourd pour ça maintenant — ce en quoi je me trompais, manifestement. Eh bien, qui est un gros malin? fit-elle en caressant Orlando qui ouvrit un œil prudent et se mit à ronronner très doucement. Qui en remontrerait à un acrobate, vilain coquin?

Orlando, l'air content de lui, fermait les yeux de plaisir devant l'admiration évidente de Beverley.

Celle-ci se tourna vers Anne :

— Je suis vraiment navrée, Mrs. Ranger. J'espère que votre tante n'a rien contre les chats. Il n'a pas laissé de poils sur le couvre-lit, alors...

— Non, elle n'a rien contre, s'empressa de répondre Anne. En fait, elle est à peu près la seule personne de son village à ne pas avoir une peur bleue de Tibs, le chat tigré qui appartient à la petite de l'agent de police. Tibs a, disons, ses humeurs, mais ma tante ne se laisse pas avoir. La visite d'Orlando ne l'ennuiera pas.

— Mais c'était plutôt vilain de sa part, conclut Beverley qui se leva, les bras pleins d'Orlando, qui s'attendait de toute évidence à se faire emmener par son esclave.

Anne, désireuse de montrer qu'elle n'en voulait pas au chat de l'avoir effrayée, le chatouilla gentiment sous le menton en le traitant d'intrus. Il ouvrit un œil, découvrant une fente noire au regard avisé et ronronnant si fort que sa gorge en vibrait.

— Mieux vaudrait fermer la fenêtre, au cas où il voudrait recommencer, conseilla Beverley. Il n'aura plus qu'à rebrousser chemin, à sauter dans l'arbre pour redescendre sans plus ennuyer personne. En tout cas, je l'espère.

Suivant ce conseil, Anne passa un moment devant la fenêtre à examiner les grosses branches richement feuillues du vieux hêtre qui se dressait si près de l'hôtel. En maîtresse de maison consciencieuse, elle songea aux dégâts que pouvaient causer les racines sur les canalisations, aux polices d'assurances, et conclut que le *Belton Arms* avait sans aucun doute tenu compte de ces facteurs. L'arbre était beau et vivant, c'eût été dommage de lui ôter la vie pour la simple commodité de...

— N'oubliez pas le bloc à dessin de votre tante, lui rappela Beverley quand Anne fit mine de lui emboîter le pas pour sortir de la chambre. Ce n'est pas ce que vous êtes venue chercher?

— Oh, mais si, bien sûr! Merci.

Anne se demanda un instant si elle n'était pas tombée dans un excès de précaution en entretenant la notion fictive que cette chambre était celle de Miss Seeton. Mais elle était l'épouse d'un officier de police judiciaire, se rappela-t-elle, et son mari et le supérieur de ce dernier répétaient toujours qu'on n'est jamais trop prudent, s'agissant de Miss Seeton...

— Il faut... que je le déniche, dit-elle pour gagner du temps, se sachant à présent obligée de chercher le bloc, afin que Beverley la vît avec (on avait une excellente vue de l'escalier depuis la réception). Si ça ne vous ennuie pas de me prêter le passe pour que je puisse m'exercer un peu et expliquer à ma tante...

— D'accord, mais ne le gardez pas trop longtemps, voulez-vous? répondit-elle en le lui tendant. Votre tante est toujours au bar avec ces sympathiques Américains?

Anne murmura qu'elle le croyait en effet et, quand elle se dirigea elle-même vers le bar quelques minutes plus tard, elle se demanda comment expliquer sa présence inattendue — sans compter celle du bloc à dessin.

Finalement, ça ne se passa pas aussi mal que c'eût pu être le cas. Ayant dûment rendu le passe à Beverley, elle apparut à la porte du bar et s'y planta, scrutant la foule du regard, à la recherche de Miss Seeton et ses compagnons. Elle fut elle-même presque aussitôt repérée et trois visages souriants l'invitèrent à les rejoindre à leur table. Les Warren trahirent peut-être un rien de surprise en l'apercevant mais ils l'avaient déjà cachée quand elle arriva auprès d'eux. Miss Seeton paraissait ravie qu'Anne eût changé d'avis et décidé de venir les retrouver, mais elle était un peu étonnée de la voir apporter son bloc à dessin.

— Eh bien, oui, expliqua Anne en s'asseyant, tandis qu'Howard partait au bar lui chercher à boire et que Shirley buvait ses paroles. Oui, eh bien, comme vous avez raconté que vous faisiez du tourisme et que vous visitiez les curiosités du pays, je me suis dit... nous n'avons pas d'appareil photo, ma tante et moi, mais j'ai pensé que ça vous donnerait une petite idée des endroits que nous avons vus lors de nos sorties dans la région. Si ça ne vous ennuie pas, bien sûr, tante Em.

Miss Seeton achevait de protester avec modestie que ce n'étaient que des esquisses — elle n'avait pas réussi à restituer l'atmosphère des environs de Belton à moitié aussi bien qu'elle l'aurait souhaité — quand Howard Warren revint chargé de verres pour eux tous et manifesta aussitôt un intérêt flatteur pour le travail de Miss Seeton. Il lui aurait volontiers pris le bloc des mains pour le feuilleter à sa guise mais Anne se montra ferme : c'était à sa tante de choisir les dessins qu'elle voulait leur montrer. Il lui semblait en effet important que les croquis genre bande dessinée qu'elle avait mentionnés à Delphick ne soient pas soumis au regard attentif d'inconnus. Miss Seeton serait sans doute du même avis, elle le savait.

Les Warren trouveraient peut-être leurs invitées ingrates, voire mal élevées, de manifester une telle réserve, mais tant pis. Car, après tout, ces secrets-là n'appartenaient pas qu'à Miss Seeton, mais aussi à la police...

Anne était vraiment fatiguée. Elle passa près d'une demi-heure au bar, pendant laquelle Miss Seeton la surprit plusieurs fois à bâiller. Craignant que les Warren ne la jugent encore plus malpolie, la jeune femme sourit, présenta ses excuses et repartit pour la chambre 25 en caressant la perspective d'être bientôt au lit.

Les Warren permirent enfin à Miss Seeton de les quitter, l'assurant qu'ils avaient infiniment apprécié sa compagnie et lui faisant promettre de les appeler si jamais elle venait aux États-Unis. Songeant qu'il était fort peu probable qu'elle pût jamais s'offrir un voyage dans ce pays-là, Miss Seeton accepta l'invitation aussi aimablement qu'on la lui avait faite, et monta à son tour dans sa chambre.

Mais n'alla pas se coucher. N'accordant qu'un bref regard au traversin rebondi et à la courtepointe brodée, elle se dirigea vers la fenêtre et resta à contempler le spectacle en noir et blanc d'une claire nuit d'été, illuminée par une lune argentée qui voguait majestueusement, faisant pâlir les étoiles. Pas un nuage au ciel ; on entendait un rossignol chanter malgré les couinements des chauves-souris qui fendaient l'air devant la fenêtre, plongeant pour attraper des insectes. Miss Seeton en soupira de plaisir, s'abreuvant de beauté. Et ses mains se reprirent à danser...

La conversation de ce soir avait été amicale autant que stimulante.

Il faudrait pratiquer une série de postures de yoga parmi les plus rigoureuses avant d'être assez calme pour s'endormir — si même elle en avait envie, bien qu'il fût relativement tard. Mr. Warren avait été tellement gentil — trois verres de sherry, tellement généreux de sa part. Et les compliments qu'il lui avait faits sur ses talents de dessinatrice... Au sujet desquels elle ne pouvait s'empêcher de s'interroger...

Si Anne ne lui avait pas apporté son carnet de croquis au bar, l'idée n'aurait peut-être jamais germé dans la tête de Miss Seeton. Mais Anne était venue et... l'idée aussi — pendant qu'elle feuilletait ses dessins. C'était sans doute le fait d'avoir tellement aimé le film qui lui avait suggéré la fameuse idée, bien que la vue de ses croquis lui eût rappelé à quel point le paysage des environs était inspirant. Et à quel point elle avait apprécié leur petite excursion de ce jour-là...

Elle habitait la campagne, après tout; pas comme si elle n'avait pas l'habitude de marcher. Près de trois kilomètres, avait fait remarquer cette chère Anne. Ce qui n'était rien du tout, maintenant que ses genoux étaient aussi en forme que le reste de sa personne. Et lord Edgar : ne lui avait-il pas répété plus d'une fois qu'elle serait la bienvenue n'importe quand? Elle n'avait certes pas l'intention de le déranger en se rendant à la demeure; pas plus que de déranger Anne qui tombait de sommeil et s'était bravement donné tant de mal pour participer à la conversation. Mais c'est bien connu : on a besoin de moins de sommeil quand on vieillit et, vraiment, c'eût été dommage de gaspiller son temps à dormir par une nuit pareille. Les effets du clair de lune...

Le clair de lune n'était pas la seule chose à avoir un effet sur Miss Seeton : on ne devrait pas sous-estimer celui des trois verres de sherry — fort généreux. Elle était loin d'être soûle, pas même légèrement éméchée, mais elle était peut-être plus exaltée qu'elle ne l'eût été sans cela. Elle n'aurait d'ordinaire pas envisagé l'idée d'entreprendre seule une promenade de trois kilomètres en pleine nuit, malgré le charme ensorcelant de ladite nuit, avec le chant du rossignol et le clair de lune...

Les mains de Miss Seeton, tout à leur danse, furent bientôt mises au travail. Bloc à dessin, crayons, gomme, lampe de poche — elle en avait toujours une dans son sac depuis qu'elle vivait à la campagne —, la clé de sa chambre. Et son parapluie, cela va de soi. Le ciel avait beau être sans nuage pour l'instant, le temps pouvait changer de façon spectaculaire en une heure ou deux ; elle avait raté la météo pendant qu'elle bavardait avec les Warren, mais mieux valait supposer que le temps serait variable — comme d'habitude. Cependant, jamais froid, en été. Une petite ondée estivale serait même plutôt agréable, qui sait... rafraîchissante. Et le jeu de la lumière et des ombres sous l'averse...

Souriant à la perspective du miracle que le clair de lune allait opérer sur ses talents de dessinatrice, Miss Seeton sortit de sa chambre, descendit à pas de loup l'escalier moquetté, traversa la réception et sortit par la porte principale du *Belton Arms* sans être vue de quiconque.

Puis elle se mit en route pour Belton Abbey et le temple néoclassique d'Hibernia.

CHAPITRE XXIII

Miss Seeton marchait, rêveuse, sur les petites routes de campagne, goûtant le chant du rossignol et la fragrance des fleurs d'été. Elle se régalait du spectacle de la nuit : le jeu des ombres et du clair de lune, la lueur des étoiles dans l'infini du ciel, le monde revêtant tour à tour les couleurs de l'étain, de la perle et de l'argent. Elle s'arrêta, regarda autour d'elle et respira avec délectation.

Soudain, un bruit éclata au loin : on entendit les crachements et les toussotements mécaniques d'un moteur qui démarre. Quelle note discordante dans cette si belle nuit (ah, l'air pur et entêtant de l'été !) que ces odeurs d'essence, ces nuages de fumée bleue, ce bruit, et l'éblouissante lumière des phares qui balayaient l'horizon ! ne put-elle s'empêcher de songer.

La voiture disparut, heureusement, mais le calme nocturne était tel que les bruits de moteur perturbèrent le silence pendant quelques minutes encore. Miss Seeton soupira. « L'infernal moteur à combustion », comme l'appelait sir Winston, avait ses droits et sa place le jour, elle le reconnaissait, mais par une nuit pareille on avait plutôt le sentiment qu'il gâchait tout gratuitement.

Miss Seeton franchit enfin l'entrée principale de Belton Abbey ; ses pieds écrasaient bruyamment le gravier de la longue allée en courbe. Quel bruit — qui portait loin, sans doute ! —, que c'était embarrassant ! Elle aurait tellement préféré ne pas réveiller la maisonnée... Miss Seeton jeta un coup d'œil à sa montre : pas difficile de lire l'heure par une nuit aussi claire. Un petit matin, en réalité, car il était bien minuit passé. Et, comme disait Scarlett O'Hara, demain est un autre jour. Ou plutôt, aujourd'hui, car ce n'était déjà plus demain, et...

Miss Seeton prit brusquement conscience de l'heure qu'il était vraiment, de l'endroit où elle se trouvait et de ce qu'elle faisait — ou s'apprêtait à faire. Et elle se demanda quelle mouche l'avait piquée. Ne se rappelant pas le sherry, elle supposa qu'elle avait dû succomber à quelque idée farfelue. Les ans en étaient la cause... le yoga avait ses limites, hélas ! Si seulement cette chère Anne était là, avec son expérience d'infirmière : elle aurait pu mettre sa vieille amie en garde. Mais Anne était si fatiguée la veille au soir que Miss Seeton avait trouvé plus gentil de la laisser dormir, de ne pas lui demander de l'accompagner dans cette... cette excursion inhabituelle, comme elle s'en rendait maintenant compte, à la réflexion.

Pourtant, c'était une si belle nuit pour se promener : tant de choses à admirer ! Et, puisqu'elle était presque arrivée, ça semblait, euh, dommage de ne pas terminer les quelques centaines de mètres qui la séparaient de sa destination. Pour sa simple satisfaction personnelle. Pas besoin de faire un dessin ou une esquisse, mais elle pourrait au moins observer le temple et prendre des notes dans sa tête, en vue de ce qu'elle dessinerait ou peindrait par la suite...

Miss Seeton hésitait. Elle quitta le gravier pour

l'herbe des accotements, suivant l'allée du regard jusqu'à la grande maison et se sentant un peu bête, maintenant que l'élan d'enthousiasme inspiré par le sherry s'était bel et bien tari. Ce serait dommage de ne pas voir le temple d'Hibernia au clair de lune, songea-t-elle, mais pis encore si des yeux venaient à regarder par l'une des nombreuses fenêtres de l'Abbaye et la remarquaient, incitant le possesseur desdits yeux à se poser des questions...

Miss Seeton hocha la tête : Dieu seul savait ce qui l'avait prise, mais elle était maintenant complètement remise (elle était heureuse et soulagée de le constater). Elle allait rebrousser chemin et rentrer à l'hôtel illico.

Elle s'immobilisa : elle venait d'amorcer un demi-tour quand... Mais oui, c'était bien de la lumière qu'elle distinguait au loin, entre les arbres.

Elle resta plantée là à scruter la nuit. Et ne vit rien. Elle se frotta les yeux. Ah, sa tension, peut-être ; un trouble quelconque. Plus tôt elle pourrait en parler avec Anne, mieux ce serait. Miss Seeton prit une profonde inspiration et se mit en marche d'un pas décidé mais irréfléchi.

— Flûte ! marmonna-t-elle, se tordant la cheville en quittant le gravier pour l'herbe.

Pour garder l'équilibre, elle laissa choir tout ce qu'elle portait, y compris sa lampe de poche. Cela dit, on n'avait pas particulièrement besoin d'une torche un soir de clair de lune, pensa-t-elle en se remettant d'aplomb.

Quelqu'un, pourtant, semblait en éprouver le besoin : elle s'était retournée en trébuchant, se retrouvant face au bouquet d'arbres où elle avait cru apercevoir de la lumière à travers les branches. Et elle en avait bel et bien vu — de la lumière. Une lampe de poche...

— Ou plutôt plusieurs, murmura-t-elle, nettement rassérénée.

De toute évidence, les charmes de la nuit avaient opéré sur d'autres qu'elle. Pas de doute : lord Edgar et ses amis s'offraient le plaisir d'un pique-nique au clair de lune dans le temple d'Hibernia. Et ils auraient peut-être une bande ou quelque chose dans ce genre-là, songea-t-elle en frottant sa cheville foulée. Maintenant qu'elle tentait de s'appuyer dessus, elle se rendait compte que ladite cheville n'était pas en aussi bon état qu'elle l'avait cru au départ. Une bande... une compresse froide, peut-être, réfléchit Miss Seeton, l'esprit visité par des pensées de champagne frappé. À condition qu'elle parvînt à marcher, bien sûr.

Elle refit un essai. Et grimaça. Oui, elle arrivait à marcher, mais au prix d'un effort. Elle se pencha pour ramasser ses affaires éparpillées et prit son parapluie avec gratitude. Quelle chance qu'elle ait toujours insisté pour acheter des modèles à poignée recourbée et à long manche, au lieu de ces petits pépins modernes qu'on replie !

Boitant un peu et s'appuyant sur son parapluie, Miss Seeton avançait lentement dans l'herbe, en direction des torches qu'elle voyait bouger entre les arbres, près du temple d'Hibernia.

Elle n'était pas encore à mi-chemin quand la douleur gagna son genou, en plus de la cheville. Le genou de la jambe opposée à celle de sa cheville abîmée. Son bon genou, normalement, sauf qu'il ne l'était plus guère à présent : elle était obligée de reporter tout son poids dessus, malgré le parapluie, donc pas étonnant qu'elle ait mal. Nous sommes faits pour marcher le dos droit, songea Miss Seeton ; d'ailleurs, *Rajeunissez de jour en jour grâce au yoga* soulignait qu'il fallait essayer d'avoir le plus souvent possible une posture détendue mais bien droite, pour ne pas dire étirée...

Miss Seeton trouva un tronc d'arbre commode et s'y arrêta pour récupérer un peu. Outre le genou et la cheville, elle avait maintenant mal à la hanche aussi, constata-t-elle avec un soupir. Ç'avait été stupide de sa part d'oublier que l'herbe n'est pas une surface plane, même si elle peut paraître lisse en plein jour. À moins, bien sûr, qu'il ne s'agisse d'un terrain de boules ou d'autre chose dans ce style — une cour intérieure d'un collège d'Oxford ou de Cambridge, par exemple, bien que, là, on n'ait pas le droit de marcher sur les pelouses. Sauf en *rags* — ou était-ce « pendant » les *rags*[1] ? Bref, pendant la semaine des *Rags*. Ce genre de festivités n'existait pas à l'école des beaux-arts qu'elle avait fréquentée à Londres, tant d'années auparavant. Mais peut-être était-ce ce que lord Edgar et ses amis préparaient en ce moment (elle voyait toujours bouger des lampes de poche), et pas un pique-nique, après tout. Ah, les jeunes ! Ils savourent si bien la vie, ils aiment tellement s'amuser...

Elle-même amusée, Miss Seeton rit toute seule à la pensée de l'étrange spectacle qu'elle offrirait si par hasard l'un des amis de lord Edgar la voyait tranquillement traverser la pelouse en boitant. Et s'ils la prenaient pour le fantôme de la malheureuse jeune femme qui, dit-on, s'était suicidée là ? Mais non, voyons ! Ça s'était passé à l'intérieur du temple. Elle se trouvait elle-même à l'extérieur, à la différence de lord Edgar et de ses amis, mais ils semblaient à

1. Le premier *rags* est à prendre au sens de « haillons », le second désigne une fête estudiantine : une semaine de spectacles et manifestations, dans le but de récolter des fonds pour des œuvres caritatives. (*N.d.T.*)

présent sortir, à voir la façon dont les torches se déplaçaient vers le bas de la butte. Le pique-nique devait être terminé. Quelle sympathique attention de la part de lord Edgar, de veiller à ce que ses amis s'amusent sans faire trop de bruit ! Le temple avait beau être à une certaine distance de la maison, les sons devaient porter loin, par une nuit pareille...

Un nouveau bruit parvint aux oreilles attentives de Miss Seeton — quasiment le seul qui se fît entendre. Un fracas de roues, accompagné de craquements de bois et de tintements de harnais. Lord Edgar et ses amis l'avaient entendu aussi, semblait-il. Des voix indistinctes parvenaient de la butte du temple, les torches se déplaçaient plus vite. Miss Seeton pressa le pas pour les rattraper et fit une nouvelle culbute. Zut alors ! Et, cette fois, elle eut l'impression qu'il lui fallait plus longtemps pour ramasser ses affaires ; elle était dans l'ombre de la butte du temple, bien sûr, et des nuages épars étaient apparus dans le ciel, qui voilaient de temps en temps la lune. La lumière avait quelque chose de remarquable, de si changeant. Quelle chance qu'elle eût apporté son parapluie ! Elle l'avait naturellement sous la main, mais son bloc à dessin semblait avoir disparu. Et elle pouvait difficilement l'abandonner. Sans même parler des notes et des esquisses qu'il contenait, il suffisait qu'une forte brise se levât pour que des feuilles se déchirent et s'éparpillent en tous sens. Or, elle ne tenait certes pas à remercier lord Edgar de son amabilité en se conduisant comme un... comme un vulgaire voyou qui jette ses ordures n'importe où.

Le tintement du harnais et le raclement des roues se rapprochaient. Juste ciel ! Une charrette arrivait à vive allure, roulant sur la pelouse, pas sur le gravier. Quelle inconscience, non ? Miss Seeton essaya d'imaginer ce que dirait Stan Bloomer, son jardinier, si un cheval bien ferré venait piétiner son gazon. Mais peut-être la pelouse était-elle différente dans le parc d'une abbaye : moins lisse et plane, certainement — ce qui expliquait sa deuxième chute... le clair de lune était trompeur... Elle n'avait toujours pas retrouvé son bloc à dessin et le groupe du temple était...

Juste ciel ! Encore une voiture attelée. Qui s'éloignait de la butte du temple, avec... avec...

— Ça ne peut pas être le fantôme, conclut Miss Seeton avec fermeté. Cette pauvre fille s'est tuée dans le temple, pas dehors, et de toute façon pas dans une charrette...

Pourtant, c'était bizarre. Plus que bizarre. Où avait-elle déjà vu ça ? La voiture attelée, les silhouettes d'hommes devant et... mon Dieu ! Elle n'avait pas soupçonné que lord Edgar et ses amis seraient si, euh, si libérés... Les jeunes filles d'aujourd'hui étaient, paraît-il, moins enclines que dans le passé à devenir le jouet des messieurs. Comme du temps des *Hell-fire clubs*[1] et... et autres pratiques de la même nature. Non, c'était sûrement un effet d'optique dû au clair de lune, espérait Miss Seeton.

De fait, il y avait vraiment une jeune fille nue à l'arrière de la voiture, semblait-il, ou du moins n'était-elle que fort peu et très légèrement vêtue. La charrette était tirée par un petit cheval ; un fouet s'abattit sur ses épaules — était-ce le terme exact ? elle en doutait, sans savoir quel autre mot utiliser pour désigner cette partie de l'anatomie de la pauvre créature...

1. Littéralement : clubs des feux de l'enfer. Au XVIIIe siècle, clubs d'hommes qui s'étaient choisi le surnom de « moines de Medmenham », du nom de l'abbaye en ruine où ils s'adonnaient à la débauche et à la pratique des messes noires. (*N.d.T.*)

— Arrêtez ! s'écria brusquement une voix d'homme sur un ton insistant.

Dans le fracas et la précipitation, la seconde charrette passa devant Miss Seeton, à la poursuite de la première qui n'était pas très loin. Miss Seeton, sur le point de se remettre debout, trébucha de nouveau, puis se releva, oubliant le bloc à dessin égaré. Juste ciel ! N'était-ce pas pousser un peu loin l'envie de s'amuser ? Comment pouvait-on trouver drôle de feindre de se battre avec ses amis ?

Mais, mon Dieu, c'était plutôt, euh, réaliste. Ayant à présent complètement oublié la perte de son carnet de croquis, Miss Seeton attrapa son sac d'une main, prit son parapluie de l'autre pour s'y appuyer, et se hâta pour aller intervenir dans ce qui avait, semblait-il, dégénéré en un véritable pugilat...

La première voiture n'eut pas le temps de s'éloigner que la seconde, menée avec plus d'adresse, arrivait juste derrière elle. Le premier cocher tira sur les rênes pour obliger le cheval à tourner, cherchant ainsi à empêcher la seconde charrette de passer. La voiture commença à virer mais trop lentement. De la deuxième bondit une silhouette rapide, mince et quadrupède, suivie par quatre grands costauds qui entreprirent d'arracher de son siège le cocher de la première charrette et de le jeter par terre ; ils en firent de même avec ses compagnons, à l'exception de la jeune femme. Qui resta seule et immobile dans la voiture... sans doute figée par la peur.

Miss Seeton était choquée. Là, ça passait vraiment les bornes ! Grognements et aboiements aidant, la silhouette preste et svelte se révéla être un chien qui décrivait des cercles furieux autour des combattants — il y avait maintenant sept hommes qui s'empoignaient. Et usaient d'un langage haut en couleur, bien qu'un brin, euh, osé pour les oreilles d'une dame — si tant est qu'on pût qualifier ainsi l'impudique jeune personne dans la calèche...

Tandis que lord Edgar et ses amis étaient ainsi occupés, la charrette continuait le lent virage amorcé et avançait, malgré la pauvre jeune femme toujours pétrifiée. Les grognements du chien semblaient énerver le cheval car la voiture se mit à rouler plus vite...

Miss Seeton n'hésita pas. Elle comprit qu'il était de son devoir d'arrêter la voiture, si elle le pouvait, et de sauver cette pauvre jeune fille emmenée contre son gré. Le cheval avançait à présent d'un pas régulier, mais pas encore rapide, dans la direction de Miss Seeton. Avec un peu de chance...

— Arrête ! s'écria Miss Seeton d'une voix aiguë, agitant son parapluie comme si elle hélait un taxi.

Le cheval rejeta la tête en arrière et se mit à hennir ; il roulait des yeux énormes dont le blanc luisait au clair de lune.

— Arrête ! commanda de nouveau Miss Seeton, mais son injonction polie se perdit parmi les aboiements et le bruit de la rixe opposant les sept hommes.

— Arrête !

Ignorant les protestations de sa cheville, elle accourut à petits pas pour couper la route à la charrette, le parapluie à la main. Elle s'était rappelé une histoire qu'elle avait lue un jour, où il était question d'ombrelle et de chien qui aboyait. Elle attendit que le cheval arrive presque sur elle et, d'un geste ample, lui ouvrit son parapluie sous le nez. Le cheval, surpris, émit un léger hennissement qui lui découvrit les dents et s'arrêta net.

— Dieu soit loué ! lâcha Miss Seeton, hors d'haleine.

Elle s'approcha du pauvre animal d'un pas mal assuré, tout en s'efforçant de refermer et de rouler son parapluie qu'elle fourra sous son bras, attrapant alors à l'aveuglette l'étrange fouillis de lanières de cuir et de métal tintinnabulant qui pendait au cou du petit cheval. Quant à la nature et à la fonction des différentes parties du harnais — bride, rêne? —, Miss Seeton n'en avait pas la moindre idée. Bien sûr, elle savait que c'était par ces moyens-là que le cocher contrôlait l'animal mais, de là à penser que quelqu'un d'autre pût tenter de le maîtriser...

D'abord, elle constata que la bête, vue de près, paraissait bien plus grande qu'elle ne s'y était attendue. Et puis, elle ne s'était pas doutée que les dents d'un cheval pourraient sembler si menaçantes quand il retroussait les babines et, euh, grognait, aurait-on presque pu dire.

Miss Seeton avait en son temps tenu une classe d'enfants et gagné plusieurs batailles d'ingéniosité contre Tibs, le fameux chat tigré d'Amelia Potter. Ça devrait être plus facile de maîtriser un cheval seul, tirant une calèche, non? D'après ce qu'elle savait, il fallait tirer sur les rênes — lesquelles de ces lanières étaient-ce donc? — et, euh, ordonner au cheval de faire ce qu'on voulait.

Or, Miss Seeton voulait juste qu'il s'immobilisât, ce qu'il avait bel et bien fait. Mais maintenant, l'animal avait compris que celle qui l'avait arrêté n'avait pas la moindre idée de la suite, et il commençait à donner la claire impression qu'il n'avait pas l'intention de rester ainsi longtemps. Rejetant de nouveau la tête en arrière, il hennit. À quoi répondit un aboiement provenant de l'endroit où les hommes se battaient.

Miss Seeton se rappela qu'on caressait les chevaux pour les calmer et se hasarda à lui flatter l'encolure. L'animal détourna brusquement la tête, irrité par le contact de cette main inexperte, à laquelle il arracha les rênes par la même occasion. Et, par-dessus les bruits du pugilat, Miss Seeton entendit le martèlement d'un sabot furieux sur le sol, et les tintements et grincements du harnais. Allait-il se remettre à filer ?

— Mon petit, souffla-t-elle, pantelante, tâtonnant pour essayer de reprendre les rênes, si vous pouviez m'aider en, euh, en attrapant... si vous pouviez l'empêcher de... Je ne suis vraiment pas capable de tenir...

La pauvre jeune fille ne réagit pas à cette supplique décousue, pas plus en actes qu'en paroles. Sans doute paralysée par le choc, supposa Miss Seeton. Ce qui n'était guère surpre...

— Arrête ! s'écria-t-elle tandis que le petit cheval se remettait en marche.

Miss Seeton eut beau tirer frénétiquement sur toutes les lanières qu'elle put trouver, l'animal l'ignora. Il s'éloignait — voilà, il la dépassait. Elle ne pouvait pourtant pas l'attraper par la queue, la pauvre bête, même pour...

— Mais vraiment... Ah, je comprends ! Juste ciel ! Pas étonnant...

Miss Seeton, haletante, vit la lourde voiture s'ébranler avec force craquements et adressa au passage un dernier regard suppliant à la jeune femme, pour l'inciter à agir. Parfois, quand on est en état de choc, une claque... Ce ne serait pas facile d'atteindre son visage, placé si haut par rapport à Miss Seeton, mais...

Mais les effets trompeurs du clair de lune ne faisaient plus illusion : quand la voiture la dépassa, ce ne fut pas une jeune femme qu'elle vit. Du moins, pas exactement. Une jeune femme, certes, mais pas en chair et en os.

C'était la statue de la déesse Hibernia.

CHAPITRE XXIV

Quand cette idée choquante s'imposa à Miss Seeton, elle prit aussi conscience de plusieurs autres faits.

Les sept hommes se battaient toujours.

Le cheval continuait à avancer.

La charrette serait bientôt hors d'atteinte...

Se retournant pour jeter un regard rapide sur la mêlée furieuse, Miss Seeton comprit qu'elle n'avait pas la moindre chance de parvenir à interrompre les hostilités, tant que chacun n'aurait d'autre préoccupation que de frapper les autres. Au point que personne n'avait remarqué que le cheval partait avec la voiture — et avec la statue qui, euh, légalement, n'aurait pas dû être enlevée du temple, quel que fût l'état d'excitation des jeunes esprits. Car elle y était depuis trois cents ans et c'était là qu'elle devait demeurer. Mais maintenant, elle n'y était plus...

Aiguillonnée par son sens de la justice, Miss Seeton oublia son entorse et son mal de dos et, avec un claquement de langue réprobateur, elle se détourna du pugilat et se mit à trotter derrière l'attelage, juste un peu plus vite que le cheval, gardant son souffle pour la poursuite au lieu de le gaspiller à essayer, en vain, d'exhorter l'animal à s'arrêter — ce qu'elle doutait fort qu'il ferait. Il devait sentir qu'elle ne savait pas comment le contrôler et, tel un enfant soudain libéré des contraintes de l'école, il partait, la bride sur le cou — c'était le cas de le dire. Du moins s'y apprêtait-il.

Miss Seeton voulait grimper à l'arrière de la voiture : ce n'était pas facile. Pour avoir les mains libres, elle jeta son parapluie et son sac à main dans la charrette, puis elle essaya de s'accrocher tout en continuant à courir, mais manqua sa prise et resta sur place. Elle s'arma de courage pour recommencer. Elle n'osait pas tenter de monter par le côté : elles lui semblaient aussi hautes qu'elle, ces grosses roues lourdes et cerclées de fer, qui tournaient en grinçant.

Enfin, elle réussit ! À bout de souffle, elle avança tant bien que mal à quatre pattes — ses bas avaient dû filer, craignait-elle, mais, heureusement, elle n'avait pas attrapé d'écharde en retombant sur le plancher. Elle passa près de la statue, voulant rejoindre le devant de la calèche où elle savait que se trouvaient les rênes.

Mais, à son grand désarroi, elles n'y étaient pas. Bien sûr ! Elle avait dû les faire tomber du... du banc du cocher quand elle avait saisi la tête du cheval. Pas étonnant qu'il eût été si, euh, énervé. Aussi énervé que les hommes qui allaient bientôt disparaître derrière elle, songea-t-elle. De fait, ils semblaient avoir cessé le combat et l'appelaient.

— Je ne peux pas l'arrêter ! cria-t-elle, tâchant de se faire entendre par-dessus le martèlement assourdi des sabots sur la pelouse et le tintement du harnais cliquetant. Oh, mon Dieu ! gémit-elle, se retrouvant une fois de plus assise sans ménagement.

Les hommes appelèrent de nouveau, certains se mirent à courir.

— Je ne peux pas ! cria Miss Seeton, essayant de leur faire comprendre la situation.

Tout le monde criait à qui mieux mieux. Le cheval abandonna le pas pour... le trot? Ou était-ce le trot pour le galop? Toujours est-il qu'il allait plus vite qu'avant. Et Miss Seeton ne parvenait toujours pas à l'arrêter, malgré le concert de cris l'y incitant.

Le tumulte avait, semblait-il, réveillé la maisonnée. Des lumières s'étaient allumées dans les chambres des étages supérieurs de Belton Abbey. Miss Seeton se trouvait entraînée bien malgré elle vers ces fenêtres d'où on la regardait. Elle s'en approcha, passa devant, les dépassa. Les hommes lancés à sa poursuite avaient beau courir, ils n'arrivaient apparemment pas à la rattraper; les gens aux fenêtres avaient beau crier leur étonnement, ils ne pouvaient empêcher le cheval de continuer à fuir.

Miss Seeton se retourna, inquiète, à la vue de lord Edgar penché ou, plus exactement, suspendu à une fenêtre et qui l'appelait. Mais qui donc avait enlevé la statue du temple, si ce n'était pas lui et ses amis?

Miss Seeton en eut le souffle coupé et tomba à la renverse. Pas la peine de s'escrimer à vouloir garder l'équilibre! Ses mains dansèrent, esquissant des motifs abstraits dans l'air. Un air qu'elle fendait plus vite que jamais car le cheval, affolé par les cris des poursuivants dans l'autre voiture, avait littéralement pris le mors aux dents. Et filait à grande allure.

— Plus très loin maintenant, monsieur, constata gaiement Bob Ranger.

Il avait ralenti pour lire une pancarte et aurait sans doute joué un petit air entraînant sur le klaxon si son supérieur ne lui avait pas décoché un regard en coulisse des plus sévères.

— Plus très loin? Nous avons fait un si bon temps que c'en est bien louche, inspecteur Ranger. J'espère que vous ne vous êtes pas livré à des excès de vitesse pendant mes innocentes somnolences?

— Dans la plus parfaite légalité, monsieur, répondit Bob avec un petit sourire, mais vous aviez dit que les routes seraient dégagées et c'était le cas. Nous serons obligés de camper dans la voiture jusqu'au réveil du patron ou de la première personne à se lever, demain matin.

Delphick scruta les chiffres lumineux au cadran de sa montre :

— Aujourd'hui, Bob, voulez-vous dire. Hier, vous vous êtes réjoui de retrouver Anne demain; et aujourd'hui, c'est demain, en quelque sorte. Nom d'un chien, voilà que je me mets à parler comme Miss S! Mettez ça sur le compte du voisinage, quoique... fit-il en bâillant. Pas de doute, du fait que je suis à moitié endormi, je dois capter les vibrations psychiques de ses rêves...

— Arrêtez! clamaient les voix.

Mais le cheval poursuivait son galop. Miss Seeton était ballottée, meurtrie et impuissante. Elle qui n'était jamais montée en voiture à cheval, pas même dans un tonneau, bien qu'un tel mode de transport eût pu être fort...

— Oh non!

La charrette fonçait à présent dans la longue allée en courbe et roulait droit vers... non, non pas vrai!... mais elle ne s'en souvenait que trop... vers la grand-route. Les gravillons et la surface irrégulière allaient-ils freiner les roues? Ça ne semblait pas le cas. Miss Seeton frémit : et si ses poursuivants ne parvenaient pas à la rattraper avant que le cheval passe le portail et qu'une voiture arrive de la direction opposée? Il fallait absolument qu'elle s'arrête — et la charrette par la même occasion. Sinon... c'était trop horrible pour y penser.

Miss Seeton tâtonna à la recherche de son parapluie, se retournant pour regarder derrière elle. Abusés par le clair de lune, les occupants de la deuxième charrette avaient coupé par la pelouse qu'ils avaient prise pour une surface plane ; cahotant et tressautant, la voiture avançait plus lentement que celle de Miss Seeton. Jamais ils ne la rattraperaient à temps !

Miss Seeton, grand amateur de cinéma, se rappelait la scène de *La Chevauchée fantastique* où l'on voit John Wayne sauter d'un cheval sur l'autre pour se saisir des rênes et maîtriser l'attelage. Sauf, bien sûr, que ce n'était pas John Wayne, mais un cascadeur. Miss Seeton eut un nouveau frémissement : s'il est indéniable que la pratique du yoga vous donne forme et agilité, elle ne vous prépare guère à ce genre d'exploits.

Mais confère, en revanche, une certaine acuité mentale. Mieux vaut tard que jamais, pensa-t-elle, tandis que le cheval passait le portail de Belton Abbey à vive allure et amorçait le virage pour emprunter la grand-route. La lune brillait haut et clair : Miss Seeton remarqua que les... rênes (ou était-ce les longes ?) s'étaient prises quelque part quand le cheval avait viré et dérapé, et s'étaient coincées. Étant bloquées, elles avaient cessé de glisser et se trouvaient plus ou moins immobilisées. De sorte qu'avec un œil assuré, une main et un poignet d'une habileté consommée après les années passées à manier le pinceau, et en s'aidant d'un genre de bâton à bout recourbé — quelque chose comme un parapluie...

— À propos de manifestations psychiques, monsieur, fit Bob, ralentissant pour prendre un virage serré, on devrait peut-être ouvrir l'œil en passant devant l'allée de l'Abbaye, des fois qu'on apercevrait la malheureuse servante... Je sais que la butte du temple se trouve un peu loin de la route mais, bon, j'ai jamais vu de fantôme. Et si jamais elle apparaissait devant la voiture, drapée de ses voiles...

— Il y a d'autres fantômes dans le coin, et autrement anciens, répondit Delphick d'une voix endormie. Les petits hommes bruns qui ont fui vers l'ouest du pays à l'arrivée des Romains...

— Boadicée, coupa Bob.

Delphick se réveilla aussitôt : son inspecteur était un brave type, mais...

— Boadicée, ou Boudicca, était reine des Icènes, une tribu de l'Est, expliqua-t-il. Elle n'est jamais allée aussi loin à l'ouest qu'ici. Elle a déclenché la révolte contre les Romains en incendiant Colchester et Londres. Camulodunum, précisa-t-il avec un nouveau bâillement, et Londinium.

— Avec des lames de couteaux aux roues de son char, ajouta Bob, se rappelant ses leçons d'histoire à l'école.

— Elle a aussi brûlé St. Albans, l'informa Delphick, grimaçant en entendant ressasser ce qu'on s'accordait à présent à considérer comme de la propagande. Également connu sous le nom de Verula — mais, bon sang de bois !

— Hé là ! s'exclama Bob, écrasant la pédale de frein. Qu'est-ce que... qui... je crois pas...

Mais là, devant ses yeux — et ceux de son supérieur, à en juger par les exclamations de ce dernier —, le fantôme de la reine guerrière dans son char de bataille fonçait sur la route et sur eux à un train d'enfer, poursuivi par un autre char apparu au débouché du virage. Le second gagnait du terrain à mesure que le premier ralentissait : il arrivait à sa hauteur quand le cocher parut remarquer l'auto qui bloquait la route. Il fit une manœuvre hasardeuse qui tenait à la fois du dépassement et de la fuite...

Ou plutôt, il la tenta. Mais échoua. Et finit dans le fossé...

Delphick et Bob défirent leurs ceintures de sécurité comme un seul homme et se précipitèrent pour voir en quoi ils pourraient aider. Ils ne furent pas surpris par les jurons, les gémissements, les hennissements effrayés du cheval qui pataugeait dans la boue, libéré de ses longes rompues. Pas surpris non plus à la vue du sang, des ecchymoses et des membres fracturés...

Mais ils furent, certes, étonnés d'entendre une voix émaner du siège de la charrette qui avait causé l'accident : une voix qu'ils connaissaient bien.

— Ça alors ! Bonsoir, monsieur le commissaire divisionnaire Delphick, lança Miss Seeton. Et à vous aussi, cher Bob. Quelle chance que ce soit vous ! Voyez-vous, je me disais justement : si seulement je pouvais trouver un agent de police, ce serait fort utile !

C'est au commissariat de Belchester, à une vingtaine de kilomètres de là, que Delphick et Bob commencèrent à entrevoir ce qui s'était passé. Ils n'étaient pas les seuls à éprouver un intense besoin d'éclaircissement : lord Edgar Bremeridge, l'intendant de son père et Miss Emily Seeton détenaient chacun un morceau du puzzle, mais personne ne pouvait reconstituer l'ensemble sans l'aide des autres.

Lord Edgar, jeune homme capable de penser et d'agir vite, et en pleine forme physique, avait remonté l'allée à toute allure, armé d'un des fusils du duc et prêt à repousser les intrus si besoin était. Faulkbourne l'avait suivi d'assez près (chose étonnante, vu son âge), brandissant une hallebarde sortie de la salle d'armes. Le reste des gens de la maison ducale était arrivé dans leur sillage, au petit bonheur la chance, portant divers objets en guise d'armes, mais la vue de trois silhouettes titubantes, près de la butte du temple, les avait momentanément détournés de leur but initial.

Les silhouettes titubaient encore davantage après s'être frottées au premier valet de pied et à son second, à la femme de chambre en chef (la femme de chambre en second étant hors circuit à cause d'une dent de sagesse) et à la cuisinière. Ces loyaux serviteurs étaient en effet rapidement parvenus à la conclusion que, dans leur hâte, Sa Seigneurie et Mr. Faulkbourne avaient dû rater les intrus, et qu'il était de leur devoir évident de remédier à cette carence. Ils étaient donc tombés à bras raccourcis sur les trois pauvres bougres, déjà abîmés et couverts de bleus après leur rencontre avec les quatre grands costauds de la charrette.

Le rouleau à pâtisserie de la cuisinière avait eu raison de leurs dernières hésitations : les trois hommes s'étaient rendus. Les domestiques les ramenaient en triomphe à la maison quand ils avaient rencontré Delphick, lord Edgar et consorts qui arrivaient dans l'allée avec quatre autres hommes sous leur garde. (Jasper, dressé pour le braconnage, avait obéi à un sifflement de son maître et était rentré chez eux sans bruit, pour l'y attendre.) Les quatre gaillards regardèrent les trois autres et on eut la nette impression que la situation risquait de dégénérer. Mais la présence d'esprit de lord Edgar fit merveille une fois de plus : Sa Seigneurie comprit tout de suite que le village de Belton n'était pas à même de s'occuper de ces malfaiteurs, puisqu'on ne voyait jamais au commissariat que des braconniers, des clochards ou des ivrognes. On n'avait même pas de cellule, sans parler de sept ! Il fallait donc aller à Belchester, mais on aurait du mal à transporter un groupe aussi hétéroclite, à moins que le commissaire divisionnaire ne soit d'accord pour engager lord Edgar et Faulkbourne en qualité de ce qu'on pourrait appeler des bénévoles d'urgence. Qui mettraient la Land-Rover du duc à disposition...

— Ce n'est pas tout à fait le genre de conclusion que j'avais imaginée à notre voyage, nota Delphick en s'asseyant avec ses auxiliaires pour boire un café fort bienvenu. Un dénouement des plus stimulants, grâce à vous, Miss Seeton.

— Monsieur le commissaire divisionnaire, je vous assure...

Il ignora les joues qui rosissaient et les mains qui s'agitaient.

— Je répète : stimulant — et fructueux, sans aucun doute. Car, avec votre aide, Miss Seeton, et celle de Sa Seigneurie, et de Faulkbourne, bien sûr, sans oublier ceux qui ne sont pas avec nous pour, euh, des raisons diverses et variées, nous pouvons être sûrs d'avoir mis la main au collet d'un noyau vital de la bande à Crésus...

CHAPITRE XXV

— Juste ciel ! souffla Miss Seeton.

Delphick sourit, la regardant avec une affection amusée. Dieu sait comment elle s'arrangeait toujours pour sauver la situation, mais c'était pourtant le cas...

— La bande à Crésus ? répéta lord Edgar Bremeridge avec une expression dubitative. Un des flics du coin est venu me trouver l'autre jour — prévention de la criminalité ou autre chose du même goût —, et il m'a raconté des histoires de bande à Crésus et de sécurité à l'Abbaye. Mais, en tout cas, il ne m'a pas donné l'impression que nous courions un risque particulier d'être cambriolés par Crésus. Si j'avais su... fit-il, s'interrompant sur un soupir, hochant la tête avec tristesse.

— Je suppose qu'à ce moment-là il n'avait pas conscience d'un risque particulier.

Delphick pensait qu'il valait mieux que Sa Seigneurie ne se doute pas que la visite du policier chargé de prévention de la criminalité était plutôt destinée à lui prodiguer des conseils à propos du vol commis par Raffles, au sujet duquel la police ignorait tout — officiellement. Le divisionnaire jeta un regard rapide sur Faulkbourne que les propos de lord

Edgar avaient paru mettre un peu mal à l'aise et lui adressa un sourire rassurant avant de poursuivre :

— Si Votre Seigneurie avait jugé bon de déclarer le vol de la collection de boîtes à priser de Belton, nous n'aurions peut-être pas été si surpris quand la nouvelle a fait la une de la presse populaire. Les journaux s'en sont donné à cœur joie, et l'histoire des Bremeridge a été étalée en place publique jusque dans le moindre détail. La plupart des gens l'ont lue avec ni plus ni moins d'intérêt que le reste, et ça les a peut-être décidés à venir visiter l'Abbaye pour la journée, mais rien de plus. En revanche, Crésus (comme je continuerai à l'appeler pour l'instant) a dû se montrer un lecteur nettement plus avide. Il a appris l'existence du temple d'Hibernia et aussitôt décidé qu'il lui fallait cette statue. En conséquence de quoi il a...

— Mais pourquoi? interrompit lord Edgar, en chœur avec Faulkbourne, le visage indéchiffrable. Quelle mouche a donc piqué ce bonhomme pour qu'il veuille voler Arabella Sans-Bras? Il est fou, non?

— Il y a de fortes chances que oui. Les experts s'accordent en effet à penser, enchaîna Delphick, jetant un bref regard à Miss Seeton et souriant, qu'il est non seulement fou, mais qu'en outre sa folie prend la forme d'un intérêt excessif pour tout ce qui est froid. On pourrait peut-être appeler ça de la « cryomanie » ou de l'« hypolepsie ». Pas de doute que les psys ont un terme consacré pour ce trouble-là, qui n'est pas seulement chronique mais grave. C'est aussi totalement irrationnel, dans le sens où la valeur intrinsèque des objets qu'il convoite n'a pas d'importance. Ils peuvent aussi bien être sans prix ou totalement dénués de valeur. La seule chose qui compte, c'est qu'ils lui fassent envie...

— Et il a eu envie de la statue d'Hiberna ? interrompit de nouveau lord Edgar. Mais pourquoi, monsieur le commissaire divisionnaire ?

— Parce qu'il lit les journaux avec plus de soin que n'importe lequel d'entre nous. Nous avons supposé — ce qui n'est guère étonnant, je trouve — que ce temple était dédié à la déesse de l'Irlande, Hibernia. Une erreur de lecture bien compréhensible, à la place d'Hiberna, qui est, ajouta-t-il avec une lenteur délibérée, la déesse de l'Hiver.

— Juste ciel ! s'écria Miss Seeton.

Les autres, stupéfaits, se redressèrent sur leurs sièges. Ça crevait les yeux, une fois qu'on le savait, mais...

— Mais ils n'ont pas réussi à l'emporter, hein ? releva lord Edgar. Qui que soient ces « ils ». Ce type-là n'est tout de même pas fou au point d'employer deux groupes d'hommes différents pour faire main basse sur le butin à sa place ? Sinon, c'est qu'il a de l'argent à jeter par les fenêtres. Et qu'il est totalement dingue, par-dessus le marché.

— Si le peu qu'on a réussi à apprendre sur son compte est exact, expliqua Delphick en prenant son temps, eh bien, il dispose en effet d'une assise financière confortable pour nourrir son obsession, mais vous comprendrez, sir Edgar, qu'il m'est légalement impossible de vous donner des détails. Je me limiterai à dire que le responsable d'un grand nombre des vols d'œuvres d'art commis au cours des derniers mois est un milliardaire qui a la réputation de vivre en reclus. Il vit dans une partie du globe bien connue pour ses basses températures et ses champs de neiges quasi éternelles ; il est en train de se construire un immense palais souterrain qu'il a l'intention de meubler en accord avec ses, euh, exigences personnelles...

— Chrysander Bullian ! s'exclama lord Edgar. Fou à lier, de l'avis unanime. L'Arménien d'Amérique que personne ne voit jamais. Ça doit être lui. Il n'en finit pas d'attendre la Troisième Guerre mondiale, à ce qu'on raconte ; c'est moins un palace qu'il se construit en Alaska qu'un abri antinucléaire, Mr. Delphick. Et comme fou, il se pose là ! Mais le serait-il au point de payer le double du tarif nécessaire (quel qu'il soit) pour que deux groupes de gens différents viennent voler Arabella ?

— Il — qui qu'il soit — et je ne nomme personne, lord Edgar, reprit Delphick, il n'a jamais employé qu'une seule, euh, bande de voleurs pour toutes les opérations qui ont été menées en Europe. C'est en cela qu'il y avait une certaine folie dans sa méthode, mais le plus fou a été de laisser entendre que l'argent ne comptait pas. Alors, les trois hommes qu'il employait sont devenus gourmands ; ils ont aussi commencé à se croire invincibles, avec pour résultat presque inévitable qu'ils sont devenus négligents. Pas au point d'oublier qu'un camion ferait trop de bruit, si près de la maison, mais assez pour préférer, euh, faire des économies de bout de ficelle et voler une charrette, au lieu de la louer aux Gitans. Méthode que ceux-ci n'ont guère appréciée, ça n'a rien d'étonnant.

— Il s'agit des quatre autres, bien sûr, conclut lord Edgar, opinant du bonnet.

L'expression de Faulkbourne restait indéchiffrable. Miss Seeton, elle, affichait un air choqué et un rien de désapprobation. Delphick enchaîna :

— Ne me demandez pas comment, mais ils se sont débrouillés pour suivre les traces de leur cheval, de leur camp jusqu'au parc de l'Abbaye, et ils ont constaté une fois sur place qu'ils avaient un net avantage sur la bande à Crésus, tant par le nombre que la taille et la forme physique. Sans compter le juste courroux, bien sûr : ça leur a apparemment donné, euh, du mordant pour châtier ceux qui avaient volé leur cheval. Jusqu'à ce qu'ils se rendent compte que l'animal en question était, euh, emmené par un autre acteur du drame...

— Oh, mon Dieu ! lâcha Miss Seeton en rougissant.

Elle avait l'air aussi gênée que nerveuse. Delphick eut un petit rire.

— Ne vous en faites pas, Miss Seeton ! Croyez-moi, vous n'avez pas à craindre d'être accusée d'infraction à la loi sur la sécurité routière pour avoir conduit un véhicule non immatriculé sur une route de Sa Majesté, sans le soin et l'attention appropriés, et sans éclairage... Nous vous sommes tous bien trop reconnaissants ! Il y a de fortes chances pour que nous récupérions la plupart des acquisitions de la bande — ils n'ont pas encore eu le temps de les expédier —, et même si nous ne pouvons pas engager de poursuites directement contre leur employeur, puisqu'il vit à l'étranger et que les on-dit ne suffisent pas, nous pouvons malgré tout lui envoyer un coup de semonce, avec la collaboration de nos collègues américains. Encore une réussite à inscrire à votre crédit, Miss Seeton, et je vous félicite...

Tandis que l'intéressée piquait un nouveau fard, l'air légèrement interloqué, Delphick remarqua l'expression de Faulkbourne : un mélange d'admiration et de déception. Il venait enfin d'observer la fameuse Miss S dans le feu de l'action — sauf que cette action n'était pas celle qu'il avait escomptée. Le visage de lord Edgar, en revanche, affichait un grand soulagement.

— Qu'est-ce que les parents auraient dit, s'ils étaient rentrés pour constater qu'Arabella avait disparu, je tremble rien que d'y penser! confia-t-il à Miss Seeton avec le plus charmant sourire. J'aimerais avoir mieux à vous offrir que de circuler librement dans la propriété de l'Abbaye, puisque vous avez déjà cette latitude-là. Faulkbourne, il faut qu'on réfléchisse, tous les deux, pour trouver une idée.

— Très bien, Votre Seigneurie, répondit l'intendant, inclinant imperceptiblement la tête, dans un geste qui aurait pu signifier l'approbation autant que dissimuler un bâillement.

— Il est très tard, déclara aussitôt Delphick. Ou très tôt, devrais-je dire. En tout cas, j'estime qu'il vaut mieux remettre le reste de cette conversation à une heure plus civilisée, conclut-il en bâillant à son tour. Nul doute que nous nous reverrons plus tard, lord Edgar...

Quand tout le monde eut émergé du sommeil et mangé un morceau, Delphick réunit sa petite bande pour lui présenter ce qu'il eut plaisir à appeler la « grande exposition ».

— De vos dessins. Enfin, d'une partie d'entre eux, expliqua-t-il à Miss Seeton.

Elle tenait bien serré le bloc qu'elle avait cru perdu jusqu'à ce que la cuisinière le retrouve; elle murmura que, bien sûr, monsieur le commissaire divisionnaire, elle était consciente de ses obligations envers la police, cependant...

— Anne m'a dit que vous aviez pondu un ou deux autres chefs-d'œuvre depuis le départ de Bob, répliqua-t-il d'un ton ferme. Et j'aimerais beaucoup les comparer à vos dessins précédents — si ça ne vous ennuie pas?

— Non, répondit Miss Seeton, se rappelant ses émoluments. Pas vraiment.

Mais elle espérait qu'il n'en attendait pas trop, car elle se rendait bien compte que ses talents étaient, euh, des plus banals...

Delphick fit autant de cas de ses protestations qu'à l'ordinaire et il fut bientôt installé avec tous les dessins étalés devant lui sur une petite table, y compris ceux qu'il avait rapportés de Londres. Anne était prête à les commenter au fur et à mesure, si besoin était; Bob avait juste l'air perplexe. Il n'avait jamais vraiment mordu aux gribouillis de tante Em : l'Oracle semblait leur trouver un sens, et Anne ne se débrouillait pas trop mal, mais lui, il préférait nettement débusquer le crime par des moyens ordinaires. Et personne ne pouvait dire de Miss Seeton qu'elle était « ordinaire ».

Lorgnant par-dessus l'épaule de Delphick, il regarda le dessin de la charrette avec la femme quasi nue et l'arrière-plan de montagnes de glace au Groenland, et il sourit. Elle avait mis en plein dans le mille, comme toujours. Une fois qu'on savait de quoi elle parlait, ou plutôt ce qu'elle Dessinait — avec un *D* majuscule —, on comprenait. Sauf qu'avant de comprendre, il fallait tout reconstituer, euh, à l'envers. Heureusement que l'Oracle avait plutôt le cerveau agile! Cela dit, pas besoin d'être un génie pour saisir le rapport entre la neige, la glace et Crésus — la silhouette solitaire et emmitouflée qui se dirigeait vers le ravin caché. Il y avait du symbolisme là-dedans, même Bob pouvait le voir...

Mais que suggéraient les autres dessins? Pas grand-chose à voir avec Crésus, sans doute. Miss S avait coincé la bande, certes, ainsi qu'on l'avait espéré (d'une façon qu'on n'avait pas prévue). Cela dit, avec Miss S, on tombait toujours sur de l'inattendu; on aurait dû y être habitué, depuis le temps. Cependant, les autres dessins n'avaient apparemment aucun rapport avec le millionnaire fou qui vivait en reclus en Alaska. Pourquoi Miss S avait-elle dessiné l'Abbaye en partie en ruine, et la réceptionniste du *Belton Arms* sous les traits d'une harpie? Avait-elle l'impression que rien n'est jamais tel qu'il le paraît de l'extérieur? Pourquoi avait-elle représenté Beverley une deuxième fois, en costume Regency et escortée par un des Bremeridge? Et la galerie de portraits — encore des Bremeridge. Et que pouvait donc bien signifier la pile de petites briques que l'intendant Faulkbourne portait sur un plateau? Faulkbourne : Bob se dressa soudain sur son séant. C'était l'intendant qui était venu de lui-même demander que Miss Seeton se rende à Belton, à cause de...

— Raffles, dit Delphick, complétant la pensée inexprimée de son inspecteur tout en réexaminant les dessins un par un. Je n'arrive pas à croire qu'il n'y ait pas d'allusion... la coïncidence... je refuse de croire qu'elle n'a pas...

Miss Seeton était couleur pivoine quand elle déclara, en se tordant les doigts :

— Je vous assure, je sais très peu de choses de ce dénommé Raffles, Mr. Delphick, en dehors de ce que Martha me raconte qu'elle a lu dans la presse populaire. J'ai cru comprendre qu'il avait, euh, des qualités athlétiques considérables et le sens de l'humour. Mais à part ça...

Il regarda les doigts en mouvement de Miss Seeton avec un drôle de sourire.

— Très peu de choses, Miss Seeton? Je crois que vous en savez peut-être davantage que vous ne le pensez. Vous avez dû entendre des conversations, ces jours derniers; vous avez dû avoir des impressions. Voulez-vous bien les jeter sur le papier, pour me rendre service? Ça m'intéresse au plus haut point. Et si je vous rendais votre bloc, juste le temps nécessaire pour représenter l'impression que vous avez de Raffles ? Une impression qui, j'en suis sûr, sera du plus vif intérêt pour nous tous, ajouta-t-il en voyant danser les doigts de Miss S.

L'ayant installée près de la fenêtre, Delphick parut l'oublier totalement pendant qu'il résumait l'affaire Raffles à l'attention d'un auditoire suspendu à ses lèvres. Mais il lui lançait de temps en temps un regard à la dérobée et semblait satisfait de ce qu'il voyait. Au début, Miss Seeton resta là, l'air incertain, comme souvent quand on lui adressait pareille demande, s'efforçant — en vain — de calmer ses doigts qui ne tenaient pas en place. Puis, fermant les yeux, elle secoua la tête comme pour s'éclaircir les idées. Elle prit alors son crayon, soupira et, le geste ample, le fit glisser de-ci de-là sur le papier, élaborant l'image qui donnerait la clé du mystère Raffles — du moins Delphick l'espérait-il.

— Nous savons, déclara-t-il, que Raffles doit tenir une merveilleuse forme physique : agile, athlétique et insensible au vertige. Soit dit en passant, releva-t-il avec un signe de tête en direction d'Anne, nous n'avons aucune raison particulière de supposer que Raffles est un homme : aucun des cambriolages dont nous avons eu connaissance ne nécessitait de force physique particulière, bien que certaines des méthodes utilisées suggèrent que le voleur serait d'une taille inhabituelle pour une femme mais à peine supérieure à la moyenne chez un homme.

Lord Edgar gigota sur sa chaise, ses longues jambes étirées devant lui. Avait-il hérité sa haute taille du côté paternel de sa famille, se demanda Bob, ou du côté maternel ?

Le regard de Delphick dépassa lord Edgar pour aller se poser sur Miss Seeton, les yeux clos, abîmée dans ses pensées. Il toussa.

— J'utiliserai cependant « il » pour désigner Raffles, par respect pour le personnage original d'Hornung[1]. Qu'il joue ou non au cricket, cela reste évidemment une des nombreuses choses que nous ignorons de lui. Ce que nous savons cependant, en dehors de son physique, c'est qu'il est doué de sens de l'humour, comme Miss Seeton l'a souligné. Et d'une remarquable appréciation de la valeur de ce qu'il vole pour rançonner les gens.

Miss Seeton, qui n'était maintenant même plus consciente de la mention de son nom, était concentrée sur son dessin, déplaçant le crayon sur le papier comme si elle était inspirée. C'est avec une lueur dans l'œil que le commissaire divisionnaire enchaîna :

— Je ne parle pas seulement de valeur monétaire, bien que je suppose que Raffles en sait assez long sur les antiquités et les œuvres d'art, mais il connaît aussi la valeur sentimentale qu'attachent souvent les victimes aux pièces qu'il leur dérobe. Bref, il est bon psychologue, si tant est qu'humour et psychologie soient compatibles.

Anne dissimula un sourire, songeant à certains de ceux qu'elle avait côtoyés dans son travail d'infirmière. Delphick lui adressa un clin d'œil avant de reprendre :

— Il comprend ses victimes parce que, à mon avis, il les connaît, et plutôt bien. Je soupçonne qu'il n'est pas un étranger à ce milieu, qui calculerait les profits, les pertes et les risques. Raffles les connaît à la manière d'un homme qui vit dans le même monde

1. Ernest William Hornung (1866-1921), romancier anglais, créateur du personnage de Raffles, gentleman cambrioleur, qui fit sa première apparition dans *The Amateur Cracksman* (1899). *(N.d.T.)*

qu'eux ; il n'est pas nécessairement issu de ce milieu, mais il y évolue certainement.

Lord Edgar se remit à se tortiller, ses longues jambes s'agitant nerveusement. Faulkbourne, l'intendant de son père, le duc de Belton, s'éclaircit la gorge avec une vigueur que Bob trouva inutile.

Soudain, on entendit un grincement aigu du côté de la fenêtre : Miss Seeton venait de repousser sa chaise et de se lever. Tous les yeux se tournèrent vers elle (à l'exception de ceux du divisionnaire) ; elle hésitait, tenant dans sa main le dessin terminé. Delphick éleva la voix par-dessus le brouhaha qui régnait dans la petite pièce et déclara avec calme :

— Et parce qu'il évolue dans ce monde-là, il a besoin d'argent — davantage que la plupart d'entre nous —, afin de maintenir sa position. Raffles a préféré adopter une vie de délinquance plutôt que de perdre la face devant ceux qu'il considère comme ses égaux — ses pairs...

« N'est-ce pas, Votre Seigneurie ?

Delphick fixa sur lord Edgar Bremeridge un regard acéré et lourd d'accusation.

CHAPITRE XXVI

— Monsieur Eddie !

Un homme de taille normale eût couvert la distance en cinq ou six pas, mais il ne fallut que trois longues et prestes enjambées à Faulkbourne pour se retrouver à côté du siège de lord Edgar Bremeridge. Il posa une main sur l'épaule du jeune homme étonné, pour le mettre en garde :

— Ne dites pas un mot, mon garçon, pas un mot ! Vous comprenez ?

Delphick, lui-même plus grand que la moyenne, jugea qu'il lui aurait fallu au moins quatre pas pour aller de la chaise de l'intendant jusqu'à celle où était assis le fils de son maître. Le commissaire divisionnaire s'était interrogé : ses paroles allaient-elles prendre quelqu'un par surprise et le pousser à un comportement inattendu ? Il avait cependant été loin de supposer que ce serait Faulkbourne, qui avait manifestement été secoué au point de perdre son habituelle impassibilité professionnelle. De fait, il semblait plus que secoué : il était carrément alarmé. Lord Edgar grimaça sous sa poigne et se tortilla de plus belle.

Delphick observait le tableau avec autant d'intérêt que les autres personnes présentes dans la salle d'interrogatoire. Toutes les autres, sauf Miss Seeton. Une dame de qualité ne se permet pas les plaisirs de la vulgaire curiosité. De plus, maintenant qu'elle avait terminé le dessin que ce cher Mr. Delphick lui avait demandé, elle voulait le lui remettre dès que possible. C'était pour ses compétences de dessinatrice que la police lui versait de si généreux émoluments, se rappela-t-elle...

Ignorant donc tout le monde, Miss Seeton traversa la pièce à petits pas rapides et offrit son dessin au commissaire divisionnaire avec un sourire timide.

— Je crains que ceci ne vous déçoive, Mr. Delphick, parce qu'on ne devrait jamais laisser son imagination s'envoler... la stupide référence aux « chiffres » et aux « billets » est évidente, bien sûr, mais dans une affaire aussi grave, ça semble très inconvenant de... Non que je m'abaisserais jamais à faire les poches de quelqu'un, s'empressa-t-elle d'ajouter. Et puis le jeu de mots est exécrable. Pourtant, voyez-vous, je ne voudrais pas qu'on croie que j'ai pris mon devoir à la légère.

— Dr Johnson, murmura Delphick, qui lui rendit son sourire tout en prenant son dessin. Attendez : n'est-ce pas plutôt un de ces critiques du XVIIe siècle qui s'est montré si virulent à propos des jeux de mots ? Un type du nom de John Dennis, en conversation avec Purcell[1], si ma mémoire ne m'abuse. Mais, je vous en prie, que cela ne vous tourmente

1. Delphick croit d'abord reconnaître une citation de Samuel Johnson (auteur du *Dictionnaire de la langue anglaise*, 1755), retrouve son véritable auteur mais se trompe d'un siècle, puisqu'il s'agit d'une allusion à une remarque que le critique John Dennis aurait adressée au compositeur Henry Purcell et qui est devenue presque proverbiale depuis : « Un homme capable d'un jeu de mots aussi exécrable n'aurait pas scrupule à vous faire les poches. » *(N.d.T.)*

pas, Miss Seeton. Jamais personne ne pourrait vous accuser, pas même un seul instant, d'être le moins du monde légère ! Ah oui ! Oui, je vois ! s'exclama-t-il en examinant longuement le dessin qu'il ajouta à la collection étalée sur la table devant lui.

Bob, assis à son côté, se pencha pour regarder et se redressa presque aussitôt, interloqué. Delphick semblait pourtant ravi des résultats des derniers efforts de Miss Seeton : Dieu seul sait pourquoi ! songea l'inspecteur Ranger. Il se pencha encore, aiguisa son regard : ça n'avait pas plus de sens pour lui qu'avant, alors que l'Oracle triomphait visiblement.

Miss Seeton avait dessiné un haut mur, comme on en voit dans les grandes maisons, avec des fenêtres loin du sol, des nuages d'orage qui s'amassaient dans le ciel et d'où tombaient de longues gouttes. Pas des gouttes d'eau, non, puisqu'il y avait des chiffres écrits dessus. On aurait dit des billets de loterie[1], songea Bob, comprenant soudain.

Ce que le Dr Johnson venait faire là-dedans, il n'en avait pas la moindre idée, même si Miss S et l'Oracle semblaient tous deux savoir de quoi ils parlaient. Mais le reste avait finalement un sens maintenant : pas besoin d'être un génie pour déduire de son dessin qu'elle y faisait sans doute allusion à Raffles le Rançonneur. La silhouette sur le rebord d'une fenêtre — non, à la réflexion, elle était plutôt penchée à la fenêtre — devait être son interprétation de ce qu'on savait des méthodes de Raffles.

Bob hocha la tête, content de lui, et plissa les yeux

1. Billet de loterie se dit *raffle ticket* : tel est donc le jeu de mots douteux dont Miss Seeton s'excusait, qui associe le billet de loterie avec le nom du gentleman cambrioleur, Raffles. *(N.d.T.)*

pour scruter encore le dessin afin de voir s'il pourrait battre l'Oracle à son propre jeu. Plutôt dangereuse, la méthode dépeinte par Miss Seeton : encore plus risquée que d'ordinaire. La corde qui pendait du toit et tombait devant la fenêtre semblait à peine suffisante pour supporter le poids d'un enfant, sans parler de l'adulte de taille normale — voire supérieure à la moyenne ? — qui l'avait apparemment empruntée pour descendre. Mais que signifiaient ces petits objets en forme de brique, empilés de façon à former une pyramide bien nette sur le rebord de la fenêtre voisine ? Miss S les jugeait importants, c'était évident, vu la manière dont ils étaient illuminés par l'éclair qui allait frapper un coin de... oui, de l'Abbaye ! conclut Bob. Il coula un regard inquiet vers Miss Seeton. Son dessin tendait-il à suggérer que lord Edgar devait se préparer à voir sa demeure détruite par le feu, pendant que le reste de la famille vivait ses aventures dans les Andes hivernales ?

Delphick interrompit joyeusement les suppositions de son inspecteur :

— Miss Seeton, vous nous avez fait honneur, comme toujours, et je n'en doutais pas. Ce dessin, ajouta-t-il en le tapotant du doigt, est exactement ce qu'il nous fallait, je vous le certifie. Surtout quand on le rapproche des précédents.

Le sourire de Delphick suffit à assurer Miss Seeton de la sincérité de ses propos et à lui garantir qu'elle ne lui avait pas fait perdre son temps. Rose de plaisir, elle se retira modestement au fond de la pièce pendant que l'Oracle continuait :

— Ce petit tas bien net, sur le rebord de la fenêtre voisine, me semble fait de très petites briques, exactement comme celles qui se trouvent sur le plateau de Faulkbourne dans un autre dessin. De minuscules briques ou... ou serait-ce de très petites boîtes ?

avança-t-il, marquant une pause. Des boîtes à priser, si je peux me hasarder à deviner...

On entendit quelqu'un reprendre son souffle. Delphick ne savait pas qui et n'allait pas perdre de temps à chercher. Parce que, maintenant, grâce à l'aide de Miss Seeton, il *savait*.

— Raffles le Rançonneur, reprit-il sans élever la voix mais en soulignant chaque syllabe. Il a volé la collection Belton, nous le savons tous... Mais l'a-t-il vraiment volée ?

Il y eut un murmure général. L'Oracle survola la pièce du regard, arborant un sourire triomphant.

— Selon le dernier témoignage en date, annonça-t-il en désignant le nouveau dessin de Miss Seeton, il ne l'a pas fait. Parce que ce n'était pas nécessaire : pour voler quelque chose, il faut s'introduire dans un lieu par effraction... Ce que Raffles n'a jamais fait, conclut-il avec fermeté pour dominer le brouhaha qui trahissait l'étonnement croissant de l'auditoire. Pourquoi se donner tant de mal quand... quand on vit déjà sur les lieux ?

Il se tourna vers lord Edgar, toujours assis et immobilisé par la poigne de Faulkbourne.

— Ç'avait tout l'air d'un cambriolage réalisé de l'extérieur, mais nous trouverons suffisamment de preuves du contraire, maintenant que nous savons que ce n'était pas le cas. Le dessin de Miss Seeton montre une corde inconsistante qui n'aurait pu supporter un adulte pour accomplir une mission aussi périlleuse, à une telle hauteur. Et « inconsistant » est à prendre au sens de « transparent », sauf que nous n'étions pas censés déceler le stratagème et n'y serions peut-être pas parvenus sans Miss Seeton.... Je suis persuadé que Raffles a ménagé toutes les apparences, qu'il a laissé les traces qu'il fallait, en vue d'une éventuelle enquête. Une enquête qu'il s'est efforcé de contrecarrer, d'une manière ou d'une autre.

Delphick, qui n'avait jusque-là pas détaché son regard de lord Edgar, le laissa dériver plus haut pour observer l'air anxieux de l'intendant, et reprit :

— D'une manière ou d'une autre. Si bien qu'il s'est écoulé un certain temps avant que quiconque apprenne la disparition des boîtes ou, devrais-je dire plutôt, la disparition présumée des boîtes à priser. Disparition présumée, répéta-t-il, dévisageant toujours Faulkbourne.

Celui-ci resserra sa main sur l'épaule de lord Edgar (les articulations en blanchirent) et ses lèvres pâles s'ouvrirent comme pour énoncer... quoi ? Une nouvelle mise en garde ? Une protestation ? Mais Delphick ne lui laissa pas l'occasion de parler et enchaîna :

— Pourquoi teniez-vous tant à ce que Miss Seeton enquête sur la disparition des boîtes à priser, elle qui ne peut intervenir qu'à titre bien moins officiel que la police judiciaire ?

À présent, c'était lord Edgar qui voulait réagir et tentait de se lever, mais Faulkbourne pesa sur son épaule pour le faire rasseoir et le jeune homme retomba sur son siège avec une toux nerveuse.

— Était-ce, reprit Delphick d'un ton égal, parce qu'il était probable qu'un enquêteur officiel agirait en conséquence de ce qu'il aurait découvert ? Vous êtes tellement loyal envers la famille Bremeridge que vous craigniez que cela ne jette le discrédit sur ceux que vous avez si bien et si fidèlement servis. Obéissant aux ordres du mieux que vous pouviez...

— Mr. Delphick ! réussit à lâcher l'intendant dans un souffle.

Mais ses protestations furent de nouveau noyées sous les propos du commissaire divisionnaire qui continuait à parler sans relâche. L'Oracle avait à présent pris son ton le plus sentencieux, exposant les conclusions auxquelles l'avaient amené les dessins de Miss Seeton et les présentant comme l'essence même de la vérité.

— Les boîtes à priser disparues, annonça Delphick avec une absolue détermination, ne sont que... des copies. Et c'est ce que vous craigniez que ne révèle une enquête officielle. Alors que si Miss Seeton réussissait à obtenir la restitution des biens présumés volés, elle serait sans doute plus prête à accepter la version des faits qu'on lui donnerait...

— Des copies ! s'indigna lord Edgar tandis que Faulkbourne fermait les yeux en poussant un gémissement caverneux. Des copies, mais non, voyons ! Pas *vous*, Faulkbourne !

Le jeune homme se tordit sur son siège pour regarder le visage blême de l'intendant. Il se ressaisit et poursuivit d'un ton sévère :

— Si c'est vrai, il y a de quoi tuer mon père... mes parents, quand ils rentreront. Nous avions toute confiance en vous, Faulkbourne...

— Et à juste titre, rétorqua Delphick à l'adresse du jeune homme.

Loin de paraître effondré par l'accusation de Sa Seigneurie, Faulkbourne, à la surprise générale, se redressa fièrement et recouvra sa haute stature, une lueur de défi dans son regard étincelant.

— Un bon et fidèle serviteur, affirma le commissaire divisionnaire, reprenant sa propre formule, qui rencontrait manifestement l'approbation de l'intéressé. Le duc a en vous une telle confiance qu'il vous a autorisé à organiser la fabrication des copies et la vente des originaux, n'est-ce pas ? Et, à part Sa Grâce et vous-même, personne n'était autorisé à savoir à quel point la situation financière des Bremeridge était désastreuse, n'est-ce pas ?

— Sa Grâce m'a fait le grand honneur de me mettre entièrement dans la confidence, estimant qu'il était préférable d'épargner ces soucis à la famille aussi longtemps que possible, expliqua l'intendant, les lèvres blanches. S'il avait su, bien sûr...

Il abaissa le regard sur lord Edgar mais le détourna dès qu'il comprit son erreur. Delphick, en revanche, s'attendait à cette révélation et en profita pour foncer aussitôt :

— Vous suspectiez lord Edgar d'être Raffles, déclara-t-il sans l'ombre d'un doute dans sa voix.

Tout le monde retenait son souffle dans la petite pièce. Sauf lord Edgar qui, médusé, regardait tour à tour l'homme de confiance de son père et le commissaire divisionnaire.

— Ce qu'il est bien, en effet ! confirma Delphick.

Tout le monde attendait qu'Eddie rejette l'accusation. Faulkbourne, lui, posa sa deuxième main sur l'autre épaule du jeune lord pour le secouer gentiment avant qu'il ait le temps de proférer une parole. Et c'est d'une voix à peine tremblante que l'intendant déclara à l'accusateur de son jeune protégé :

— Sa Seigneurie n'est pas prête à dire quoi que ce soit avant d'avoir pris conseil...

Sa voix se brisa momentanément, mais il s'éclaircit la gorge et continua :

— ... auprès de l'avocat de la famille...

Anne et Miss Seeton, qui avaient bouclé leurs bagages, étaient maintenant assises au café du *Belton Arms*, installées dans un coin tranquille avec Bob et Delphick pour partager le plaisir d'une légère collation avant de repartir à deux voitures. Anne conduirait sa petite auto et, avant de rentrer à Bromley, déposerait Miss Seeton à Plummergen, malgré les protestations de la vieille dame qui ne voulait pas déranger, disait-elle, et pourrait facilement prendre le train. Bob, toujours de service, ramènerait Delphick à Scotland Yard pour la rédaction du rapport officiel — un de plus !

Un rapport auquel ils songeaient tous les quatre en finissant leur collation.

— Tout cela pour l'amour d'une femme ! murmura Delphick après avoir regardé par-dessus son épaule pour s'assurer que Beverley, qui avait à son insu causé la chute de lord Edgar, ne pouvait les entendre.

C'était de fait peu probable : Delphick et ses compagnons avaient à peine franchi le seuil que le propriétaire de l'hôtel les avait informés de l'absence de la réceptionniste, mise sur le compte d'une migraine aussi convenue que providentielle. Cependant, on n'arrive pas au rang de commissaire divisionnaire sans avoir appris que deux précautions valent mieux qu'une. Mais la seule créature visible dans les parages était Orlando, une fois de plus lové dans son fauteuil préféré, les pattes sur les oreilles.

— Aucune femme ne vaut qu'on perde sa liberté pour elle, déclara Bob, sans parler de sa réputation. C'est pas demain que je vais devenir escroc, tenez !

Anne, sa chère et tendre épouse, poussa un profond soupir et tenta de prendre l'air désillusionné, sans y parvenir. Sa beauté discrète ne rappelait en rien l'absente Beverley, avec son avidité de harpie et ses talents de séductrice. Anne était après tout une infirmière qualifiée, pas une aventurière. Elle sourit à Miss Seeton en face d'elle :

— Maintenant, vous comprenez pourquoi vos dessins paraissaient si sinistres, tante Em. Elle a plutôt bien réussi à tromper son monde, mais je dois avouer que je me suis parfois demandé...

— Tu dis ça rétrospectivement ! se moqua Bob.

Miss Seeton hocha la tête :

— Il me rappelait tant ce cher Nigel ! Avec ce même attrait pour les jolies filles, mais celle-ci était peut-être trop maquillée pour le goût des Colveden, je pense (surtout le vernis à ongles !). Cela dit, Nigel a un caractère bien plus stable, évidemment, non ? L'agriculture exige beaucoup de qualités physiques et de la discipline, ça va de soi. C'est un métier dans lequel on ne peut pas être trop complaisant envers soi-même, si on veut réussir comme je suis sûre qu'il le souhaite — Nigel, j'entends. Nettement plus stable. Que lord Edgar. Malgré son insistance — il voulait que je l'appelle par son prénom —, je n'ai pas vraiment senti que...

— Il se donnait trop de mal pour être sympathique, suggéra Delphick quand elle hésita.

Elle opina du chef et soupira.

— Tellement de charme, mais si superficiel, je le crains. Il ne promet guère d'être un homme fiable en avançant en âge, à moins qu'il ne devienne plus, euh, réfléchi...

— Oh, il aura largement le temps de réfléchir en prison ! souligna Delphick. Avec tous les avantages dont il disposait, ce jeune homme aurait dû faire mieux. Naissance, antécédents, éducation, études — j'ai toujours dit que Raffles était un escroc qui avait de la classe. Et quand les milieux privilégiés choisissent de tourner mal, ils le font bien plus à fond que nous autres. Pied de nez à l'autorité, bourrer le mou du populo — au rang desquels nous devons nous compter, Bob : les flics à la tête vide et aux pieds plats qui n'existent que pour se faire piquer leurs casques le soir de la course d'aviron qui oppose Oxford à Cambridge, et qui sont incapables de prononcer correctement les patronymes des aristocrates quand ils doivent lire les dépositions de ces messieurs lors des audiences du tribunal... Mais Sa jeune et arrogante Seigneurie s'est trompée sur notre compte, et en particulier sur le vôtre, Miss Seeton. Il n'a pas compris que vous étiez une force à prendre en compte, si je peux me permettre de m'exprimer ainsi. Il a voulu être trop malin. Encore heureux qu'il l'ait été moins qu'il ne le croyait...

— Ses pauvres parents ! compatit Miss Seeton en hochant lentement la tête. Quel triste choc ce sera pour eux, à leur retour d'Amérique du Sud !

Et elle donna pour un court instant l'impression qu'elle se sentait presque coupable de ce qu'elle avait aidé à accomplir. Mais elle se ressaisit vite, à la pensée qu'une fois de plus elle avait, à sa façon et bien modestement, servi la cause de la justice. C'était du moins ce que ce cher Mr. Delphick avait eu la gentillesse de dire, bien qu'elle n'eût fait que son devoir, naturellement...

— Malin, la manière dont il a insisté sur le fait qu'il n'aimait pas la vie d'aventure, releva Bob, adressant un large sourire à Anne. Plus question d'escalader des montagnes une fois qu'il était en âge de refuser, et ainsi de suite... Or, ce n'est que l'an dernier qu'il a arrêté, et il est plutôt en grande forme physique. Ça reste facile comme bonjour pour lui de descendre à la corde et de ramper dans les égouts : il a eu assez de pratique avec ses parents depuis qu'il était tout gosse, non ?

— Il a protesté avec trop d'insistance, ajouta Delphick.

Anne opina du chef plusieurs fois :

— Je m'étais en effet interrogée là-dessus, murmura-t-elle.

Delphick enchaîna, ignorant le petit grognement qu'avait émis Bob pour exprimer son incrédulité.

— Ses parents, poussés par leur propre désir ou par de lourdes allusions de leur fils cadet, le laissèrent seul à l'Abbaye pendant qu'ils partaient en expédition. Seul et responsable du domaine. Mais les charmes de Beverley lui firent perdre la mesure : à force de dîners arrosés de vins fins et de ces autres choses que font les jeunes sang-bleu d'aujourd'hui pour courtiser une femme, ses besoins d'argent dépassèrent bientôt la somme qui lui était allouée. Il se mit donc à jouer les gentlemen cambrioleurs, avec d'intéressants profits à la clé pendant un temps. La police de plusieurs comtés pourra en témoigner, ajouta-t-il avec un sourire entendu.

« Mais il est devenu gourmand, et paresseux, comme souvent les malfaiteurs qui ont réussi — voyez donc la bande à Crésus ! — et il a découvert un moyen moins fatigant de se procurer de l'argent : voler la précieuse collection de boîtes à priser de son père et payer la rançon — se la payer à lui-même, qui avait été chargé de veiller aux finances du domaine familial... ou du moins le croyait-il. Ça a dû être un moment délicat pour lui quand il a eu l'impression que Faulkbourne risquait de lui mettre de discrets bâtons dans les roues...

— C'est sûrement lui, Faulkbourne, qui va le plus souffrir de la honte, le pauvre homme ! gémit Miss Seeton, se sentant de nouveau coupable. Il doit frémir à l'idée d'avoir à annoncer à Leurs Grâces la nouvelle de l'arrestation de leur fils, quand elles rentreront enfin de voyage.

— Comme une tempête qui couve, convint Delphick.

Il repensait aux dessins de Miss Seeton et à ce qu'ils préfiguraient : le domaine de Belton Abbey subirait l'indignité d'être submergé par le déshonneur et par les médias aussi. Il prit note mentalement d'informer Mel Forby et Thrudd Banner de ce dénouement surprise, suite à leur participation aux affaires Crésus et Raffles ; il espérait, pour le bien de Faulkbourne, que les hordes de reporters feraient preuve de tact dans leurs questions, car c'est l'intendant qui devrait essuyer la première vague de l'attaque. Il savait pouvoir se fier à Thrudd et à Mel, naturellement, mais quant à certains de leurs confrères...

Delphick soupira à son tour, hocha la tête et promena son regard sur ses compagnons. Puis, repoussant sa chaise, il se leva :

— Il est temps d'y aller.

Suivie de près par Miss Nuttel, Mrs. Blaine surgit dans le bureau de poste de Plummergen et s'apprêta à faire sa déclaration avant qu'Eric n'ait le temps de la coiffer au poteau. Elle s'immobilisa sur le pas de la porte, bloquant l'entrée à Miss Nuttel, et prit une profonde inspiration en évaluant du regard le petit groupe agglutiné autour du présentoir à livres.

Mais l'irruption des Cinglées était loin d'intriguer les clientes de Mr. Stillman autant qu'à l'ordinaire : de fait, c'est à peine si ces dames remarquèrent les nouvelles venues. Elles étaient trop occupées à écouter Emmy Putts se lamenter en apprenant les mauvaises nouvelles que sa mère venait de rapporter de Brettenden.

— Emportée par des chiffonniers, qu'elle a été ! répétait la mère d'Emmy, comme si elle n'arrivait toujours pas à le croire après l'avoir narré trois ou quatre fois. Z'ont cru que c'était de la ferraille qu'avait été déposée là pour être enlevée, s'pas, et juste à temps pour empêcher qu'on la fonde...

— Pauvre Mr. Marsh ! gémit Emmy.

Si tout le monde compatissait à son affliction, on voyait aussi le côté drôle de l'histoire. L'objet de la conversation était clair : la nouvelle chassa de l'esprit de Mrs. Blaine toute pensée du retour de Miss Seeton au village, et, avec une lueur dans ses petits yeux noirs, elle jeta un regard triomphant en direction de Miss Nuttel, avant de déclarer :

— Voyons, vous n'êtes tout de même pas en train de nous raconter que la soi-disant sculpture devant la biscuiterie a été retrouvée... dans une casse ! Trop humiliant pour le dénommé Marsh, si c'est vrai !

— Ah, là, pour être vrai, ça l'est ! affirmèrent de concert plusieurs dames, au centre desquelles on pouvait voir Mrs. Putts qui boudait.

Elle éprouvait l'impression d'avoir été grugée : dire qu'elle s'était donné le mal de se faire prendre en photo ! Et que, finalement, c'était pas Crésus qui l'avait volée, la statue ; pas plus qu'il n'avait piqué le nain de jardin des Cinglées, embarqué par les gens de Murreystone. Mais cela, au moins, ç'avait eu le mérite d'être un acte délibéré, songeait Mrs. Putts, contrariée, plutôt qu'une simple erreur stupide... Elle avait pourtant réussi à être la première à apporter la nouvelle de ce qui était vraiment arrivé à la *Chaîne alimentaire* : elle était tombée par hasard sur Foxon, le jeune flic habillé de vêtements invraisemblables, qui se gondolait en compagnie de quelques copains, et comme l'un d'eux avait un peu le béguin pour Kimberley, la cousine d'Emmy, ç'avait été assez facile de lui tirer les vers du nez. Cela dit, on n'avait pas l'impression que ça devait rester un grand secret, autant qu'elle avait pu en juger...

— Bien fait pour Marsh, tiens ! triomphait Mrs. Blaine.

Miss Nuttel, à côté d'elle, réfléchissait furieusement, le front plissé. Pas de l'Art, après tout. Ça ne valait pas la peine d'être volé. Ni la peine de se quereller avec Bunny ! Alors, autant s'excuser...

Mais pas ici. Brusquement, rejetant la tête en arrière, Erica Nuttel tourna les talons et sortit du bureau de poste à grandes enjambées. Mrs. Blaine poussa un petit cri étonné et la suivit, haletante :

— Eric ! Attends-moi, Eric ! Où vas-tu ? Que se passe-t-il ? On n'a pas encore fait nos courses !

Miss Nuttel s'arrêta, attendit que Mrs. Blaine la rattrape.

— Excuse-moi, concéda-t-elle enfin. Je suis vraiment navrée, Bunny.

Les yeux de Mrs. Blaine s'élargirent sous l'effet de la surprise.

— Pour Humphrey Marsh, ajouta Miss Nuttel.

Les yeux de Bunny se rétrécirent, devenant deux fentes pleines d'angoisse.

— Je t'en prie, Eric ! supplia-t-elle. Ne répète pas toujours ce nom-là. Ça me contrarie trop, tu le sais bien.

— Je le sais ? s'enquit Erica Nuttel, tiquant. Non, je ne le sais pas. Et pourquoi donc ?

— Oh, Eric ! souffla Mrs. Blaine, s'autorisant à laisser jaillir une flamme d'irritation dans ses petits yeux noirs. Toi, entre tous ! Après tant d'années, je me serais attendue à ce que *toi*, tu comprennes...

Sans s'en rendre compte, semblait-il, Mrs. Blaine leva une main dodue — la gauche — pour essuyer des larmes imaginaires. Miss Nuttel était déconcertée, puis ses yeux s'élargirent à leur tour : soudain, elle comprenait. Car, au troisième doigt de la main gauche potelée se trouvait l'alliance qu'y avait glissée le mari de Bunny, tant d'années auparavant, et que la pauvre ne pouvait plus enlever, même avec tout le savon du monde, tant son doigt était grassouillet.

— Humphrey ! souffla Miss Nuttel, horrifiée.

Un frisson secoua son corps osseux tandis qu'elle fermait les yeux et Mrs. Blaine émit un gémissement devant la remontée de l'angoissant souvenir. Elle se permit de confirmer par un « oui » tremblant, proche du bêlement, et pendant quelques instants l'air vibra au diapason de leur communion silencieuse.

— Navrée, ma cocotte ! déclara finalement Miss Nuttel. Pour tout, ajouta-t-elle avec largesse. Bon, voilà qui est fini et classé ! Allons, oublions ça ! proposa-t-elle, et son regard rencontra celui de Mrs. Blaine, qui s'égaya sous l'effet du soulagement.

Et aussi parce qu'elle se rappela la petite nouvelle qu'il leur restait à annoncer à Plummergen : Miss Seeton, accompagnée d'Anne Ranger-ex-Knight, était de retour chez elle, à *Sweetbriars*.

Car, tout bien considéré, c'était toujours mieux d'être en avance, question nouvelles. Puisque personne ne savait jamais au juste ce que Miss Seeton irait encore inventer...

Cet ouvrage a été réalisé par

FIRMIN DIDOT

GROUPE CPI

Mesnil-sur-l'Estrée

pour le compte des Éditions 10/18
en avril 2001

Imprimé en France
Dépôt légal : mai 2001
N° d'édition : 3247 – N° d'impression : 55445